Peter Freudenberger, Jahrgang 1960, ist fest in der Main-Spessart-Region verwurzelt. Er arbeitet seit dem Abitur für Zeitungen in Würzburg, Miltenberg und seiner Heimatstadt Aschaffenburg. Sein Credo: Ein Journalist darf die Menschen seines Verbreitungsgebietes durchaus etwas lieben. Der humor- und liebevolle Blick auf die Region spiegelt sich (bei aller Spannung) in den Figuren seiner Kriminalromane. Im Emons Verlag erschien »Stiller und die Tote im Bus«.

»So starb ich tausendmal. Doch da du kamst,
mocht ich das Glück, dir nah zu sein, nicht stören.
Wie aber solltest du mein Schweigen hören,
da du doch nicht einmal mein Wort vernahmst ...«

Mascha Kaléko, »Solo für Frauenstimme«

Finsternis

Lange hatte sie geschrien. Ängstlich. Wütend. Verzweifelt. Das machte für sie keinen Unterschied in der Finsternis, sie dachte nicht darüber nach. Sie hatte geschrien, bis sie heiser wurde, bis ihre Stimme nur noch krächzte und schließlich versagte.

Aber auch danach hörte sie nicht auf, gegen die Tür zu trommeln. Ihre Finger waren geschwollen, ihre Handflächen brannten, ihre Knöchel schmerzten. Sie schlug weiter gegen die Tür aus altem, rostigem Stahl. So alt und rostig schien sie ihr, dass sie anfangs versucht hatte, sie einzutreten. Wieder und wieder hatte sie sich dagegengeworfen, umso heftiger, je mehr der Schmerz in ihren Schultern anschwoll. Es war sinnlos. Die Tür gab nicht nach, bewegte, öffnete sich nicht.

Ihr Schreien, ihr heiseres Rufen, die Schläge – sie hallten in der Finsternis. Ihr Kerker war weit und hoch, der Boden mit Sandsteinplatten ausgelegt, die Wände aus Gesteinsbrocken aufgeschichtet, die Decke gewölbt. Das hatte sie noch sehen können, als er sie hineingestoßen hatte. Einmal nur hatte er seine Lampe über den Boden, die Wände und die Decke leuchten lassen. Der Lichtstrahl blieb in der Ecke neben der Tür an einem gemauerten Sockel hängen, über dem ein Brett lag, in das nebeneinander zwei Löcher gesägt waren. »Die Toilette«, hatte er gesagt. »Kein Wasser.« Dann hatte er die Stahltür zugeworfen, sie verriegelt. Seitdem war sie gefangen in der Finsternis.

Die Finsternis war vollkommen. Schwärzer als alle Nächte, als jede Dunkelheit, die sie vorher gekannt hatte. Tiefer als die Düsternis des Kellerraums in dem Haus, das sie mit ihren Eltern bewohnte. Als Kind hatte sie ihn mit pochendem Herzen betreten, wenn sie von Mutter geschickt worden war. Hatte furchtsam die Kartoffeln in den Korb geworfen und war rasch wieder nach oben gerannt. Doch selbst in den Keller ihrer Kindheit war ein fahles Licht durch ein schmales Fenster unter der Decke gefallen.

Hier gab es keine Lichtspur. Nur Schwärze. Sie war eingesperrt in diesem Gewölbe, doch sie fühlte sich zusätzlich eingeschlossen von der Finsternis, die so undurchdringlich war wie die Tür, so massiv wie die Mauern ringsum, so tief wie ihr Verlies.

In dieser Finsternis war sie nicht nur der Freiheit beraubt, sondern auch der Zeit. Wie lange hatte sie geschrien? Gegen die Tür geschlagen? Sie wusste es nicht. Sie wusste nicht, ob draußen Tag und wieder Nacht geworden war. Ob Stunden vergangen waren oder nur Sekunden, die sich wie Stunden zogen. Hier gab es keinen Unterschied zwischen Tag und Nacht. Nichts, woran sie die Dauer von Sekunden, Stunden oder Tagen hätte messen können. Sie hatte beim Weggehen vergessen, ihre Armbanduhr anzulegen. Das machte sie wütend auf sich selbst, auch wenn sie wusste, dass ihr die Uhr in dieser Finsternis nicht geholfen hätte.

Es war feucht und kalt. Sie fror. Sie trug nichts bei sich, um sich gegen die Kälte und die Feuchtigkeit zu schützen. Sie hatte nicht auf den Rat von Mutter gehört, eine Jacke mitzunehmen, als sie abends das Haus verlassen hatte. Es war ein warmer Abend gewesen, und sie wollte nur in die Stadt. Sie hätte auf den Rat hören sollen, auf ihre Mutter, die immer besorgt war.

Als die Schmerzen in ihren Händen unerträglich geworden waren und noch immer niemand auf ihr Schreien und Trommeln antwortete, begann sie, ihr Gefängnis zu untersuchen. Sie forschte nach einem Durchschlupf, den sie vielleicht übersehen hatte, als der Lichtstrahl durch das Verlies geglitten war, einen Moment nur, der zu überraschend gekommen und zu kurz gewesen war, um alles zu erfassen. Sie tastete sich an den Wänden entlang, griff in jede Fuge, rüttelte an jedem Stein.

Als Mädchen hatte sie mal ein Abenteuerbuch gelesen, in dem eine Gruppe von Kindern im Kerker einer Burg gefangen saß. Irgendwann hatten sie einen zugemauerten Gang gefunden, den Mörtel aus den Fugen gekratzt und waren geflohen. Doch hier gab es nur die schroffen, scharfen Kanten der Steine, an denen sie ihre Finger aufriss, ihre Arme aufschrammte, während sie blind suchte. Sie leckte an den Händen, schmeckte das Blut. Und ihre Wut.

Eine Wut, die wilder war als jede Wut, die sie vorher je empfunden hatte. Eine Wut ohne Tränen. Eine Wut, die sich aus Angst, Hass und Verzweiflung speiste.

Sie fürchtete sich vor ihm. Vor dem, was er ihr antun würde, wenn er wiederkäme. Sie fürchtete sich davor, in ihrem Verlies zu verenden. Ein Fraß für die Ratten, sofern sie einen Weg in den Kerker kannten, aus dem sie keinen hinausfand. Er war der Herr über Leben und Tod – wenn er kam und wenn er nicht kam.

Verzweifelt dachte sie an ihre Eltern. Sie mussten gemerkt haben, dass sie nicht da war. Dass sie am Morgen nicht nach Hause gekommen war – wie lange das wohl zurücklag? Sicher machten sie sich Sorgen, suchten nach ihr, durchlitten den Kummer der Ungewissheit. Wie mochte es ihrer Mutter gehen? Sie hatte ein schwaches Herz. Nie würde sie es ihm verzeihen, wenn ihrer Mutter etwas zustieß.

Sie hasste ihn für den Schmerz, den er ihren Eltern zufügte. Sie hasste ihn für das, was er ihr angetan hatte. Sie hasste ihn, weil sie hoffen musste, dass er wiederkam. Wieder tastete sie über die Wände, suchte einen lockeren Stein, eine Waffe, um vorbereitet zu sein auf seine Rückkehr. Einen Stein, schwer genug, um ihn damit zu erschlagen. Der Gedanke, ihn zu erschlagen, schreckte sie nicht. Zu groß waren die Wut und das Wissen, dass es keinen anderen Weg geben würde, sich von ihm und aus diesem Verlies zu befreien.

Sie hätte ihn mit dem Schwert durchbohren sollen, an dem er sie auf dem Weg hierher vorbeigeführt hatte. Es hing an der Wand wie eine Herausforderung, es zu ergreifen und sich zu wehren. Aber sie wusste nicht, ob sie mit einem Schwert umgehen konnte. Ob sie schnell genug sein würde, um ihn zu überrumpeln. Sie hatte Angst davor, dass er ihr zuvorkommen, ihr wehtun oder sie töten würde. Sie hatte ja nicht wissen können, was er vorhatte, wohin er sie führen wollte.

Jetzt bereute sie ihr Zögern. Sie war wütend, weil sie es nicht einmal versucht hatte. Jetzt besaß sie nichts mehr, um sich zu helfen, nicht einmal mehr ihre Stimme. Stärker als zuvor spürte sie ihre Ohnmacht. Sie fühlte sich wehrlos in der Finsternis, winzig in ihrem riesigen Verlies.

Sie hatte eine Ecke erreicht. Erschöpft sank sie nieder. Sie wartete auf den Schlaf; die einzige Flucht, die ihr geblieben war.

1

»Beim Uhu: Wo steckt das Schwert?« Der Princeps zog die Augenbrauen zusammen und warf dem Ritter zu seiner Rechten einen fragenden Blick zu. Der hob, sichtlich nervös, die Schultern. »Das Bundesschwert! Wo steckt es?«, raunte der Princeps erneut, als er sich wieder den singenden Rittern im Saal zuwandte.

Der Rittersaal lag glanzerfüllt vor ihm, in das lodernde Licht der Leuchter getaucht, die zu beiden Seiten des geschnitzten Throns standen. Die Wappenschilde der Ritter schmückten die Wände und warfen das Flackern der Fackeln matt zurück. Vielleicht fünfzig Augenpaare sahen zu ihm auf, im einen oder anderen glaubte er Tränen der Rührung zu erkennen, während aus den rauen Kehlen der Männer feierlicher Gesang erscholl. Sie standen und sangen, die Schwerter gezückt und gegen die Schulter gelehnt, die Spitzen stolz zur Decke des Saals gereckt.

Vor den Stufen des Throns knieten, das Haupt gesenkt, die beiden Knappen, die er zu Rittern schlagen wollte, sobald das Lied verklungen war. Der Knappenmeister zur Linken des Throns hielt bereits die Helme und Rüstungen bereit, die er den beiden Neuen unter dem Jubel der Recken überreichen würde. Zur Rechten wartete der Mundschenk mit dem Kelch voll Wein, um sie zu laben.

Die Jungknappen hatten sich im Hintergrund des Saales vor dem Kamin versammelt. Auch ihnen standen Tränen in den Augen, galt es doch, Abschied zu nehmen von den Freunden, mit denen sie so lange die Tafel geteilt hatten. Mit denen sie oft ausgeritten waren, manche Nacht durchzecht hatten in fremden, fernen Burgen. Trotz der Trauer reckten sie wacker die Hellebarden, getröstet durch die Aussicht, bald selbst zu Rittern geschlagen zu werden.

Mit dem Bundesschwert, beim Uhu! Ohne diese Insignie war kein Ritterschlag denkbar. Längst hätte der Zeugmeister mit der edlen Waffe vor dem Thron erscheinen müssen. Der Princeps hatte ihn wenige Minuten zuvor den Rittersaal verlassen und in die Vorburg eilen sehen, um das Schwert zu holen, das dort in der reich verzierten Scheide an der Wand prangte.

Das Bundesschwert war der Stolz der Ritter, die sich in diesem Saal zur höchsten Zeremonie, zum Ritterschlag, versammelt hatten. Der Anderthalbhänder war geschmiedet aus Solinger Stahl und besser ausbalanciert als jedes andere Schwert der Ritterschaft, denn die Klinge endete nicht mit dem Anker im Knauf. Ein geschmiedeter Uhu, das Wappentier der Gemeinschaft, verlängerte das Heft und bildete ein Gegengewicht zur schweren Klinge. Sie maß stattliche einhundertzehn Zentimeter, und keine Blutrinne erleichterte ihr Gewicht. Stattdessen war sie auf beiden Seiten des Stahls graviert. Auf der einen stand der Wahlspruch der Gemeinschaft: »In Arte Voluptas – In der Kunst liegt das Vergnügen«. Auf der anderen waren die drei Tugenden des Bundes aufgeführt: »Kunst + Freundschaft + Humor«.

Das Bundesschwert diente ausschließlich der Zeremonie. Der Princeps benutzte es, um eine Burg zu weihen. Er hielt es am Ende der abendlichen Treffen über die Häupter der Recken, während sie ihren Schwur erneuerten: »Bis zum letzten Atemzug …« Er senkte es ehrfürchtig vor dem Schrein mit den Namen derer, die ihren letzten, einsamen Ritt angetreten hatten. Oder er schlug damit Knappen zu Rittern, indem er das Schwert sanft auf ihre Schultern legte.

Eine friedliche Waffe – und eine todbringende zugleich. Das Heft war mit einem Geflecht aus Messing umwickelt, das einen festen Griff gewährte. Der stumpfe Winkel der Schwertspitze eignete sich, auch schwere Rüstungen zu durchstoßen. Beide Schneiden der Klinge waren so scharf geschliffen, dass jeder Barbier vor Neid und jeder Feind vor Furcht erblassen musste. Nur dem Zeugmeister und dem Princeps war es gestattet, diese Waffe zu ergreifen oder sich ihrer zu bedienen. So hatte noch nie jemand mit ihr einen verletzenden Hieb oder gar einen tödlichen Stich geführt.

Der Gesang der Recken verhallte, der Nachklang der Pauken, Becken und Fanfaren ließ die Luft noch einige Augenblicke vibrieren. Dann kehrte Stille ein im Saal, durchschnitten nur vom Klirren der Ketten, die sich die Ritter zum Schmuck an ihren Rüstungen und Helmen befestigt hatten – Zeichen vollbrachter Heldentaten. Voller Ungeduld erwarteten sie die Ankunft des Bundesschwerts. Unsicher wirkten die Augen, die zum Thron aufsahen.

Verunsichert war auch er. Sein Blick schweifte suchend über die Köpfe und blieb schließlich am Zeremonienmeister haften. »Ritter Jussacard«, rief er, »wollet mir den Zeugmeister vor die Stufen des Thrones führen!«

Nun war es am Zeremonienmeister, sich suchend umzusehen. Ihm, der ja keinen erhöhten Sitzplatz innehatte, war es entgangen, dass der Zeugmeister den Rittersaal zur Vorburg hin verlassen hatte. Als er nicht fündig wurde, stieß Ritter Jussacard den Zeremonienstab dreimal auf den Boden und rief aufs Geratewohl mit kräftigem Bass in die Menge:

»Ritter Zeugmeister, folget mir vor die Stufen des Thrones!«

In diesem Augenblick schwang das Flügeltor zum Rittersaal auf – aber es wurde nicht würdevoll geöffnet, wie es der Zeremonie entsprach, sondern mit Brachialgewalt aufgestoßen. Als habe er auf den Ruf gewartet, erschien der Zeugmeister im Torbogen. Seine massige Gestalt wirkte seltsam verkrümmt, als er innehielt, einen Arm ausstreckte und sich an der Fassung des Tores abstützte.

Der Princeps achtete nicht auf das Schwanken des Recken. Er war beruhigt und erfreut, über dessen Schulter die Spitze des Bundesschwerts aufragen zu sehen. Doch die Ritter, die dem Tor am nächsten saßen, wichen zurück, ein Raunen ging durch ihre Reihen. Ausrufe erschrockenen Erstaunens stiegen zur Saaldecke auf.

Der Zeugmeister löste sich vom Tor und stolperte ungelenk in den Saal. Er trug keinen Helm, wie der Princeps erst jetzt erkannte, eine unverzeihliche Nachlässigkeit. Das wird er mir später gut erklären müssen!, nahm er sich vor. Mit wachsendem Zorn musterte er die Erscheinung des Ritters, die so gar nicht zur feierlichen Zeremonie passen wollte. Das schüttere, fast weiße Haar des alten Recken stand zerzaust vom Kopf ab, der rote Rittermantel klaffte an der Brust weit auseinander. Als er sich dem Kamin näherte, wichen die Knappen zurück, der jüngste unter ihnen schlug entsetzt die Hände vor den Mund. Der Princeps reckte den Hals, wollte sehen, was solchen Schrecken auszulösen vermochte.

Doch es hätte dieser Anstrengung nicht bedurft, denn nun bog der Zeugmeister in die Gasse zwischen den Rittertafeln ein, die vom Kamin gegenüber zum Thron führte. Seine Hände hielten das Heft des Schwerts umfasst, wie immer, wenn er es – feierlich gegen die Schulter gelehnt – in den Rittersaal trug. Im selben Augenblick erkannte der Princeps, dass etwas an diesem Bild anders war als sonst. Der Winkel stimmte nicht. Das Schwert lehnte keineswegs in der Beuge zwischen Schulter und Hals des Trägers. Es schien sie zu durchbohren.

Wieder schwankte der Zeugmeister, während er sich schweren Schritts dem Thron näherte. Panik flackerte in seinen Augen, die er auf den Princeps gerichtet hatte. Sein Mund formte Worte, doch er brachte nur ein Krächzen hervor. Er löste die Hände vom Heft und streckte sie dem Thron entgegen. Blut troff von seinen Fingern. Das Schwert, das er losgelassen hatte, fiel nicht zu Boden. Für den Princeps und die Umstehenden gab es keinen Zweifel mehr: Es steckte fest in seinem Hals.

Der Zeremonienmeister erwachte aus seiner Erstarrung, sprang einige Schritte nach vorn und versuchte den Strauchelnden zu stützen. Doch es war zu spät. Mit einem dumpfen Schlag stürzte der Zeugmeister zu Boden. Die Ritter stöhnten auf wie aus einem Munde. Der Gestürzte röchelte, seine Hände umfassten wieder das Heft des Schwerts, als wollte er es sich aus dem Leib reißen. Nochmals bäumte er sich auf in einem letzten Krampf, dann erstarrte er.

Der Zeremonienmeister hatte den Stab fallen lassen, kniete nieder, legte einen Finger an den Hals des Freundes. Schließlich sah er auf.

»Wo sind denn die Ärzte, verdammt noch mal?«, dröhnte sein Bass.

Vielleicht war es dieser Fluch, der die Ritter aus dem Spiel riss und in die Wirklichkeit zurückwarf. Ein Arzt, Ritter Spritzfix, kämpfte sich durch die Menge, beugte sich über den Liegenden. Auch der Princeps besann sich seines Berufs.

»Niemand verlässt den Raum, niemand rührt etwas an!«, befahl er mit scharfer Stimme. »Am besten, ihr setzt euch auf eure Plätze. Jussacard, ruf die Polizei.«

Er ließ sich in seinen Sessel fallen, zog den Helm vom Kopf. Aus dem Princeps, dem obersten Ritter im Saal, wurde der Mensch, der er im wirklichen Leben war: der leitende Oberstaatsanwalt Rudolf Possmann.

***

»Hi, Paul. Ich bin's.«

Diese Stimme. Woher kannte er diese Stimme? Paul Stiller war sich sicher, dass er sie oft gehört hatte. Aber das musste lange her sein. Er stand schweigend da, während seine Gedanken in der Vergangenheit zu graben begannen. Wild, wie bloße Hände im Erdreich, wühlten sie sich durch die Schichten seiner Erinnerungen. Irgendwo darunter lag diese Stimme.

»Hallo? Bist du noch dran?«

Sie klang ängstlich, und doch meinte er einen Unterton von Ironie herauszuhören. In diesem Augenblick hatte er sie gefunden. Aber es war nicht möglich. Diese Stimme war vor vielen Jahren verstummt. Längst hatte er sich damit abgefunden, sie nie wieder zu hören. Es war die Stimme einer Totgeglaubten.

»Rebecca?«

Während sein Kopf noch zweifelte, hatte sich sein Bauch schon entschieden. Er verkrampfte leicht. Stiller fühlte, wie seine Knie weich wurden. Trotzdem wanderte er noch ein paar Schritte, verließ das Wohnzimmer, in dem er mit Ruth gesessen und über den vergangenen Tag geplaudert hatte. Er war voller Frust gewesen über die Routinearbeiten in der Redaktion, die jeden Freitag seine Zeit verschlangen, seine Frau voller Eifer über ihre Vorbereitungen für den Ostermarkt in Seligenstadt, auf dem sie ihre neuesten Keramiken ausstellen wollte. Jetzt blickte sie zu ihm herüber, runzelte fragend die Stirn, als sie seine ernste Miene sah. Stiller winkte ab, nahm das Telefon mit in die große Essküche, zog sich einen Stuhl heran und setzte sich an den Tisch.

»Du erinnerst dich. Das ist gut!«

War das wirklich gut? Ja, er hatte sie nie vergessen. Verdrängt vielleicht. Verschüttet. Fortgeschoben an den Rand seiner Erinnerung. Irgendwann hatte er gelernt, ohne diese Sehnsucht nach ihr zu leben. Ohne Herzklopfen an sie zu denken. Und ohne Kränkung. Denn sie war es gewesen, Rebecca, die ihn verlassen hatte von einem Tag auf den anderen. Ohne Abschied – und ohne einen Grund zu nennen.

»Du bist es wirklich, Rebecca? Du lebst!«

»Oh ja, ich lebe. Sonst könnte ich jetzt schlecht mit dir telefonieren.«

Da war sie, die Ironie, eine der Eigenschaften, die er an ihr geliebt hatte. Wie das Lächeln, das ihre Lippen und ihre blauen Augen umspielte. Ihren sprühenden Geist und ihre Lebendigkeit. Ein Bild aus frühen Tagen, das sich ihm fest ins Gedächtnis gebrannt hatte, fasste all das zusammen: ein Spaziergang im Sturm. Sie tanzte an seiner Hand, lachte strahlend in den Wind, der ihre dunkelblonden Haare zauste und ihr leichtes, selbst genähtes Kleid um sie flattern ließ. Dabei rezitierte sie ein Gedicht von Mascha Kaléko. Er kannte und hörte noch jedes der Worte, deren Ernst in seltsamem Gegensatz zur Leichtigkeit der Szene stand:

Du drangst wie Sturmwind in mein junges Leben,
und alle Mauern sanken wie Kulissen.
Du hast das Dach von meinem Haus gerissen.
Doch neuen Schutz hast du mir nicht gegeben.
So starb ich tausendmal …

»Wie lange ist das jetzt her?«, fragte er.

Sie antwortete prompt. »Einundzwanzig Jahre – in zwei Monaten und drei Tagen.«

Zwanzig Jahre und zehn Monate, seit er ihre Stimme zum letzten Mal gehört hatte. Zwei Jahrzehnte, die an ihm nicht spurlos vorübergegangen waren. Hinter dem Küchenfenster stand die Nacht, die Scheibe warf sein Bild unscharf und düster zurück, verpasste ihm hohle Wangen, tiefe Ringe unter den Augen und eine schroffe Furche, die sich von der Nasenwurzel aus in die Stirn schob, von der sich das angegraute Haar bereits weit zurückgezogen hatte. In diesem Spiegelbild war der Vierundzwanzigjährige von damals allenfalls zu ahnen. Sie dagegen sah er noch immer als Achtzehnjährige vor sich.

»Ich will dich sehen, Rebecca!«

Mit einem Mal waren alle Gefühle wieder da. Nicht die Gefühle, die er in ihrer gemeinsamen Zeit für sie gehegt hatte. Sondern diejenigen, die er nach ihrem plötzlichen Verschwinden empfand. Sehnsucht und Sorge, Trauer und Trotz.

»Paul«, sagte sie ruhig, »ich will ehrlich zu dir sein. Ich weiß erst seit ein paar Tagen, dass es dich noch gibt, dass du Familie hast und in Aschaffenburg lebst. Und ich weiß heute noch nicht, ob ich je wieder einen Fuß in diese Stadt setzen will. Es ist alles sehr verwirrend. Ich bin nicht ganz freiwillig in der Gegend.«

»Was ist passiert, Rebecca?« Endlich konnte er die Frage stellen, die ihm seit fast einundzwanzig Jahren unausgesprochen auf dem Herzen lag, die er lange Zeit Nacht für Nacht in Gedanken gewälzt und wieder gewälzt hatte: »Warum bist du verschwunden?«

Sie seufzte. »Ach Paul, ich hab ja versucht, dir alles zu erklären. Bei unserem letzten Treffen. Es ging nicht. Und hinterher war es zu spät.«

Das letzte Treffen. Immer wieder war er es in Gedanken durchgegangen. Jedes Bild, jedes Wort hatte er noch einmal heraufbeschworen. Sie hatte sich in den Wochen zuvor schon verändert, war ernster, unnahbarer geworden, senkte rasch den Kopf, wenn er sie küssen wollte. Und doch hatte er den Schlüssel zu allem immer in diesem letzten Treffen gesucht.

»Wieso zu spät? Sag es mir jetzt, Rebecca! Ich will es wissen. Ich habe ein Recht darauf.«

Sie schwieg. Dann endlich kam eine Antwort. »Ja, vielleicht hast du ein Recht darauf. Ich hab das Gefühl dafür verloren, was damals Recht oder Unrecht war, richtig oder falsch. Bitte glaube mir eines: Ich wollte, dass du all das bekommst, worauf du ein Recht hattest. Es war nicht meine Absicht, dich zu verletzen. Aber vielleicht war es besser so. Du hättest mich nur gesucht, Paul.«

Er fühlte, wie sich bei diesen Worten etwas in ihm veränderte. Wie der Schmerz sich wandelte in Schuldgefühl. Auch das war nach ihrem Verschwinden immer da gewesen. Tatsächlich hatte er sich vorgenommen, sie zu suchen. Er hatte sogar eine Vermisstenanzeige erstattet, als er allein nicht weiterkam. Aber der Vorsatz hatte nicht lange gehalten. Er hatte sich in den neuen Beruf gestürzt – er war jung, ehrgeizig, voller Hoffnungen und Pläne gewesen. Vor allem aber: Er traf Ruth.

»Wo hätte ich dich denn suchen sollen?«, fragte er trotzig. Er schluckte, bleckte seinem dunklen Spiegelbild verächtlich die Zähne entgegen.

Sie schwieg erneut.

»Rebecca«, fuhr er fort, »du wirst doch nicht nach so vielen Jahren hier auftauchen, kurz ›Hi‹ sagen und wieder verschwinden. Wir müssen uns treffen. Lass mich wenigstens wissen, warum du verschwunden bist. Wo du all die Jahre warst. Und wie es dir geht.«

»Wenn ich dich nicht sehen wollte, hätte ich nicht angerufen. Aber ich komme nicht nach Aschaffenburg. Ich kann das nicht. Noch nicht. Ich wohne in einer Pension in Alzenau. Wir können uns hier treffen oder irgendwo dazwischen.«

Hektisch sah sich Stiller nach Papier um. Einen Stift hatte er wie immer in der Hemdtasche klemmen. »Wie heißt die Pension?« Er zog sich die Küchenrolle heran, riss ein Blatt ab, um den Namen zu notieren.

Sie schwieg.

»Hast du ein Handy?«, fragte er.

»Nur wenn du niemandem die Nummer gibst. Versprich das! Überhaupt, sag bitte niemandem, dass ich hier bin.«

»Meiner Frau ...«

»Das ist etwas anderes. Kenn ich sie überhaupt?«

»Ich glaube nicht.« Er notierte die Handynummer. »Und wann?«, fragte er. »Morgen?«

»Ich weiß nicht. Ich brauche vielleicht noch Zeit.«

»Ich ruf dich morgen an, Rebecca. Wir machen dann etwas aus. Gut?«

»Gut.«

Diesmal schwiegen sie beide. Schließlich räusperte sie sich.

»Ich muss Schluss machen, Paul, ich bin müde. Ich hab mich gefreut, dass du dich noch an mich erinnerst. Bis morgen!«

»Bis morgen«, antwortete er, aber sie hatte schon aufgelegt.

Er ließ das Telefon sinken. Er erinnerte sich nicht mehr an jedes Wort ihres letzten Treffens. Aber eines wusste er mit Sicherheit: Sie hatte damals nicht »Bis morgen« gesagt. Auch nicht »Ciao« oder eine der anderen Floskeln, die damals unter Jugendlichen üblich waren. Sie hatte: »Leb wohl« gesagt. Und er hatte sich nicht einmal gewundert.

Das Klingeln des Telefons riss ihn in die Gegenwart zurück. Auf dem Display erkannte er die Handynummer seines Freundes Peter Kleinschnitz. Es verhieß nichts Gutes, wenn ihn der Zeitungsfotograf jetzt noch anrief. Die Zeiger der Küchenuhr rückten auf Mitternacht zu.

»Wird auch Zeit, dass deine Leitung mal frei ist!«, motzte Kleinschnitz grußlos.

»War wichtig«, brummte Stiller unkonzentriert.

»Egal, was es war, das hier ist wichtiger«, gab Kleinschnitz zurück. »Ich stehe im Löhergraben vor dem Haus, in dem sich jeden Freitag diese komische Loge trifft.«

»Das ist die Ascaphia.«

»Lieber Paul, ich hab keine Lust, mit dir wertvolle Zeit am Telefon zu verplaudern. Spring in deine Klamotten, falls du dich schon bettschön gemacht hast, und komm her. Schleunigst. Hier ist die Hölle los, alles voller Krankenwagen und Polizei. Was ich so höre, haben sie da drinnen einen abgemurkst.«

»Ritualmord?« Stiller erhob sich schwer vom Stuhl. Ihm war noch immer flau, aber seine Knie hatten sich schon wieder erholt.

»Bin ich Moses? Du weißt, wie die Aufgaben verteilt sind: Ich knipse, du rätselst.«

***

Bizarr!

Ein breiter Wortschatz und der treffsichere Umgang mit Fremdwörtern gehörten nicht zu seinen Stärken, Kriminalhauptkommissar Johannes Strobel wusste das. Ob das Wort »bizarr« dem gerecht wurde, was er sah, war ihm daher nicht ganz klar. Dieses Wort lag ihm jedoch auf der Zunge, als er durch das Tor des Hauses im Löhergraben schritt. Hier also traf sich einmal wöchentlich die Ascaphia. Strobel war lange genug in Aschaffenburg, um von dieser Gesellschaft gehört zu haben. Doch wie die meisten Bürger der Stadt hatte er keine rechte Vorstellung vom Treiben der Ascaphen. Zum ersten Mal warf er nun einen Blick in ihr Vereinsheim. Bizarr – das Wort ließ ihn nicht mehr los, je länger er sich umsah.

»Sie nennen das eine Burg«, flüsterte Mike Staab, ein Uniformierter, mit dem Strobel gerne zusammenarbeitete. Er hatte sich schon oft als Fachmann bei der Tatortarbeit erwiesen. Seit ihn der Dienststellenleiter vor einigen Monaten Strobels Team zugewiesen hatte, waren die beiden so häufig gemeinsam unterwegs, dass sie schon einen Spitznamen weghatten: Pat und Patachon. Der rundliche Staab, der noch mehr aus dem Leim ging, seit er sich das Rauchen abgewöhnt und den Zigarettenkonsum durch Schokoriegel ersetzt hatte. Daneben der sportliche Kommissar, eins dreiundneunzig groß, breitschultrig, schmalhüftig.

Strobel konnte in diesem Nachkriegsgemäuer nichts Burgähnliches erkennen. Abgesehen vielleicht vom muffigen Geruch. Der Löhergraben lag an dieser Stelle nur wenig höher als das Mainufer und zog sich am Fuß des Güterbergs entlang. Strobel wollte gar nicht wissen, was alles im Grundwasser mitschwamm, das da gegen die hangseitigen Mauern der Häuser drückte. Denn oben auf dem als Berg bezeichneten Hügel erstreckte sich der Aschaffenburger Altstadtfriedhof.

Vorsichtig, um keine Spuren zu zerstören, schritt er durch den Vorraum, dessen Boden voller Blut war, und betrachtete durch eine Flügeltür das Bild, das sich ihm im anschließenden Raum darbot.

»Der Rittersaal«, raunte ihm Staab zu.

Ein Rittersaal. Wohin war er hier geraten? In einen verspäteten Maskenball? Es war Anfang April, Fasching lag über einen Monat zurück. Die Szene erschien ihm ... »Äußerst bizarr«, ließ er hören. Staab nickte.

Strobel blickte in einen düsteren Raum. Zwar hingen zahlreiche Lampen von der ockerfarbenen Brandschutzdecke herab, doch deren kupferne Schirme ließen nur spärliches Licht durch kreisrunde Löcher rieseln.

Unter diesem fahlen Schein hatte sich eine farbenfrohe Gesellschaft versammelt. Gut fünfzig Männer verteilten sich an vier langen Tafeln, allesamt in rote Mäntel gehüllt. Auf dem Kopf trugen sie grün-weiß-rote Mützen. Die Mäntel, vor allem aber die Mützen waren mit Schellen, mit vielgliedrigen Ketten aus kleinen Plaketten und mit Blechbuttons behängt. Jede Bewegung löste ein Klimpern und Klirren aus, das sich hell in das dumpfe Gemurmel der Männer mischte.

Besonders bizarr erschien es Strobel, dass die Männer Holzschwerter vor sich auf den Tischen liegen hatten. »Das sind ja Spielzeugschwerter!«, sagte er leise zu Staab. »Damit bringt man doch keinen um!«

»Der tödliche Stich wurde mit einer anderen Waffe ausgeführt«, gab Staab zurück.

Strobel hob den Blick von den Männern und sah sich im Saal

um. An der Wand, die dem Eingang gegenüber lag, hingen Holzschilde, die der Form nach Wappen darstellen sollten. Sie waren mit kindlichen Bildern bemalt und mit seltsamen Namen versehen. Allen gemeinsam war das Abbild einer Eule. Er schüttelte den Kopf. Dabei fiel sein Blick nach links. Er schrak zusammen. Direkt neben dem Eingang hockte auf einem Holzsockel eine überlebensgroße geschnitzte Eule, die ihn grimmig beäugte.

»Ich glaube, das ist ihr Wappentier«, flüsterte Staab. »Der Uhu.«

»Der Uhu!«, sagte Strobel laut, worauf einige der Männer »Lulu« riefen. Er mochte kaum glauben, dass es in diesem Raum ein Mordopfer gab – und Blut vergossen worden war.

Er ließ den Blick über die Wand zu seiner Linken schweifen: ein großer, offener Kamin, in dem jedoch kein Feuer flackerte, sondern ein Heizkörper aus den sechziger Jahren Wärme spendete. Beiderseits des Kamins zwei große Wandgemälde, die ihm Ehrfurcht einflößten. Strobel war kein großer Kunstkenner. Aber diese Bilder stammten unverkennbar vom bekanntesten Maler und Kulturpreisträger der Stadt. Aus der Tiefe seines Gedächtnisses schwappte eine Erinnerung an die Oberfläche: Künstler stellten einen Großteil der Ascaphia-Mitglieder.

Der Kommissar wandte sich nach rechts, der Seite des Saales zu, die zum Löhergraben lag. Entlang der gesamten Wand erstreckte sich ein Podium, zu dem drei Stufen hinaufführten. In der Mitte des Podiums stand ein riesiger geschnitzter Tisch, an dem drei Verkleidete saßen und abwartend zu ihm herüberblickten. Der Mittlere hatte seine Mütze abgezogen. Strobel musste nicht lange überlegen, wen er da vor sich hatte. Er war bereits informiert, dass Possmann, der Chef der Staatsanwaltschaft, in dieser Gesellschaft eine Art Vorsitzender war.

»Das stellt den Thron dar.« Staab wies auf den Tisch.

»Ach was!«

Bleiverglaste Fenster und weitere Gemälde, vorwiegend Porträtzeichnungen, zierten die Wand. Links des Throns stand ein Konzertflügel inmitten einiger Notenständer, rechts ein Rednerpult. Strobel ließ den Torbogen hinter sich und schritt in den quadratischen Raum.

Genau in der Mitte des Saals, in einer breiten Gasse zwischen den Tafeln, auf halbem Wege zwischen dem falschen Kamin und dem merkwürdigen Thron, sah er den Toten, umgeben von einer dunklen Blutlache und den Beamten der Spurensicherung. Der Körper war gekrümmt, der Mann hatte im Todeskampf die Beine angezogen wie ein schlafendes Kind, aber den Kopf wie im Krampf weit zurückgeworfen. Er lag auf der Seite. Ein Schwert durchbohrte ihn. Der Stich war von vorn geführt worden, die Klinge hinten am Hals, knapp über dem Schulterblatt, wieder ausgetreten. Das war in der Tat etwas anderes als die Spielzeugschwerter der Männer an den Tischen. Das war eine gewaltige Waffe, alles in allem über anderthalb Meter lang.

»Bizarr«, wiederholte Strobel, legte die Finger aneinander und ließ sie knacken. Er löste sich von Staab und trat näher an den Toten heran.

»Vorsicht«, rief ein Mann im weißen Ganzkörperkondom und wies auf die Blutlache. Es war Fritz Bühler, der Chef der Spurensicherung.

Strobel hielt Abstand, umrundete die Gruppe, beugte sich hinab und warf einen Blick auf das Gesicht des Toten. Die Augen waren weit aufgerissen, die Lippen formten einen stummen Schrei, geronnenes Blut klebte in den Mundwinkeln. Trotz der verzerrten Züge meinte Strobel, den Mann zu kennen.

»Wir können noch nicht anfangen«, sagte Bühler, »wir müssen erst warten, bis der Saal geräumt ist.«

Strobel nickte. Er richtete sich auf und wandte sich dem Thron zu.

Hinter dem geschnitzten Tisch erhob sich Possmann. »Ich bin sehr erleichtert, dass Sie sich selbst dieser Sache annehmen, Herr Strobel.« Die Männer ringsum nickten zustimmend, ließen die Schellen und Blechketten an den Mützen klimpern. »Noch nie in unserer hundertfünfundzwanzigjährigen Vereinsgeschichte hat sich ein solcher Unfall zugetragen. Uns ist daher an einer raschen Klärung gelegen, wie Sie sich vorstellen können.«

»Sie halten das für einen Unfall?« Strobel kniff die Augen zusammen und blickte den leitenden Oberstaatsanwalt ernst an.

»Nun ja …« Possmann wand sich verlegen. »Die Ascaphia ist eine friedliche Gemeinschaft. Aller Streit liegt uns fern. Die Freundschaft ist einer unserer drei wesentlichen Grundsätze. Es kann sich nur um einen Unfall handeln. Was denken Sie?«

»Ich denke nichts«, erwiderte Strobel. »Ich sammle Fakten. Wer ist denn der Tote?«

»Das ist ... das war Richard Emge. Er trug bei uns den Ritternamen Resai-Kling. Gehört seit einem Vierteljahrhundert zu unserem Verein. Ein untadeliger und verdienstvoller Ascaphe!« Possmann schüttelte den Kopf. »Das alles ist mir unbegreiflich.«

Richard Emge – kein Wunder, dass ihm der Tote bekannt vorgekommen war. Strobel hatte sein Bild häufig in der Zeitung gesehen. Inhaber eines Entsorgungsunternehmens am Hafen. Alles selbst aufgebaut aus einem kleinen Müllabfuhrbetrieb. Kunstmäzen. Wohltäter. Angesehener Bürger. Und doch: Ein Unfall kam hier kaum in Frage. Mit größter Wahrscheinlichkeit hatte jemand diesem guten Menschen ein Schwert durch den Hals gestoßen. Was auch immer das Motiv gewesen sein mochte – Zuneigung schied aus.

»Was genau haben Sie gesehen?«, fragte Strobel.

Diesmal kniff Possmann die Augen zusammen, blickte bestürzt nach links und rechts. »Wollen Sie wirklich coram publico, vor allen Leuten ...? Sollte das nicht eher Gegenstand von Einzelbefragungen sein?«

Strobel hasste es, wenn ihm jemand sagte, wie er zu arbeiten habe. Vielleicht lag es daran, dass er mit gerade mal achtunddreißig Jahren zum Ersten Kriminalhauptkommissar und Leiter des Kommissariats 1 befördert worden war – eine Position, die andere als eine Art Alterserscheinung ereilte. Jedenfalls stieß er immer wieder auf Mitarbeiter und Vorgesetzte, die ihn zu belehren versuchten. Er ließ die Finger knacken.

»Würden Sie mir freundlicherweise schildern, was hier passiert ist? Was hat es zum Beispiel mit dem Schwert auf sich?«

Possmann seufzte. »Das ist unser Bundesschwert. Ein Geschenk zur Gründung der Ascaphia vor hundertfünfundzwanzig Jahren ...«

»Bitte nicht ganz so ausschweifend«, unterbrach Strobel. »Ein grober Überblick über das Wesentliche genügt.«

»Wir wollten heute Abend zwei neue Mitglieder in unseren Bund aufnehmen. Durch den sogenannten Ritterschlag, den der Princeps, also ich, mit dem Schwert vollzieht. Die Aufgabe des Zeugmeisters«, Possmann wies auf den Toten, »war es, mir das

Schwert zu überreichen. Es wird in der Vorburg aufbewahrt. Ich habe gesehen, wie Resai-Kling, Emge, den Saal verlassen hat, um es zu holen. Er blieb länger aus als üblich. Ich habe mir schon Sorgen gemacht.« Possmann errötete. »Als er in den Saal zurückkehrte, da ... also, da steckte das Schwert in seinem Hals. Er kam noch bis zu der Stelle, an der er jetzt liegt.«

»Die Vorburg, ist das der Vorraum dieses Saales?«

Possmann nickte.

»Kann man den Vorraum von der Straße aus unbemerkt betreten?«

Possmann schüttelte den Kopf. »Das ist ziemlich ausgeschlossen. Wenn wir mit unserer Zeremonie beginnen, wird der Eingang geschlossen. Wer zu spät kommt, muss läuten, dann öffnet ihm der Burgvogt. Es gibt höchstens ein Dutzend Vereinsmitglieder mit eigenem Schlüssel.«

»Könnte Emge, – wie sagen Sie? – Ritter Resai-Kling, jemandem die Tür geöffnet haben, als er sich im Vorraum aufhielt?«

»Das wäre natürlich denkbar.« Possmann atmete auf. »Sie sind ein Ass, Strobel. Wenn es Mord war, kam der Täter von draußen. Ein Fremder also, keiner von uns. Ist es das, was Sie denken?«

»Ich denke nichts«, wiederholte Strobel. »Jedenfalls haben alle hier gewusst, dass sich das Schwert im Vorraum befand. Und dass Ritter Resai-Kling zu gegebener Zeit hinausgehen würde, um es zu holen. Hat sonst noch jemand den Saal verlassen?«

»Nicht dass ich wüsste. Ich habe natürlich nicht die ganze Zeit darauf geachtet. Die Burg war voll besetzt und nur vom Licht der Fackeln beleuchtet ...«

»Gibt es noch einen zweiten Zugang zur Burg?«

»Ja, selbstverständlich.« Possmann wies auf die Wappenwand, die der Saaltür gegenüberlag. Dort stand eine kleine Pforte offen und gab den Blick auf eine Art Theke frei. »Dahinter liegt unsere Schänke, ein Raum für zwanglose Treffen außerhalb der offiziellen Zusammenkünfte. Es gibt da einen Seiteneingang für das Küchenpersonal.«

Strobel fuhr sich mit der Hand durch sein dichtes schwarzes Haar. Unwahrscheinlich, dass von dort aus jemand ungesehen in den Vorraum gelangen konnte. Er hätte den gesamten Saal durchqueren müssen. Allerdings wäre es möglich gewesen, die Burg durch den Seiteneingang zu verlassen und durch den Haupteingang unbemerkt wieder zu betreten – mit dem nötigen Schlüssel. Er musste dringend die Sitzordnung rekonstruieren.

»Sprechen wir über den Augenblick, in dem Richard Emge im Saal auftauchte und zusammenbrach. Gab es einen Tumult?«

»Nicht sonderlich«, erwiderte Possmann. »Wir waren wie gelähmt. Es ging alles sehr schnell. Unser Zeremonienmeister und Ritter Spritzfix, das ist Dr. Kessler, sind die Einzigen, die den Toten berührt haben.«

»Sie haben veranlasst, dass alle am Platz bleiben?«

Possmann nickte erneut.

Strobel fand es an der Zeit, dem leitenden Oberstaatsanwalt ein Kompliment zu machen. »Damit haben Sie uns die Ermittlungsarbeit enorm erleichtert!« Er stieg die Stufen hinauf, stellte sich vor den geschnitzten Tisch und wandte sich den Männern an den Tafeln zu. »Ich muss Ihnen leider noch etwas Geduld abverlangen, meine Herren. Es kommen gleich weitere Beamte, um Ihre Personalien aufzunehmen. Ich werde auch Fotos schießen lassen, um die Sitzordnung festzuhalten. Denken Sie bitte nach, ob Sie und Ihre Tischnachbarn exakt an den Plätzen sitzen, die Sie zum Todeszeitpunkt Ihres Freundes innehatten. Versuchen Sie auch, sich zu erinnern, ob vorher jemand den Raum verlassen hat – sei es zur Vorburg oder zum Schankraum hin. Sie müssen sich jetzt nicht dazu äußern. Meine Kollegen und ich werden Sie auf der Dienststelle einzeln und ohne Öffentlichkeit dazu befragen.«

Ringsum hob wieder das Schellen und Klimpern an. Strobel wertete es als Zustimmung. »Ich muss außerdem wissen, wer einen Schlüssel zur – ähm – Burg besitzt«, fuhr er fort. »Betrachten Sie sich jedoch als Zeugen, nicht als Verdächtige.« Aus den Augenwinkeln sah er, wie einer der Männer seitlich des Throns aufstand und die Hand hob.

»Ja bitte?«

»Mein Name ist Haug«, stellte sich der Ascaphe vor. »Ritter Mega-A. Ich bin der Protokollant und kann Ihnen vielleicht etwas Arbeit abnehmen.«

»Bitte. Lassen Sie hören.«

»In der Wartezeit habe ich einen Sitzplan angefertigt«, Haug hob einen Papierbogen in die Höhe, »und die Namen der Ritter eingetragen. Die jeweiligen Postanschriften, Telefonnummern und E-Mail-Adressen finden Sie in unserem Mitgliederverzeichnis.« Er ließ ein Heftchen sehen. »Außerdem führe ich die Anwesenheitsliste.« Haug präsentierte einen weiteren Papierbogen, trat vor und drückte Strobel alles in die Hand. »Sie werden sehen, dass heute Abend um die zwanzig Ritter gefehlt haben, viele aus Altersgründen. Es sind aber auch Jüngere darunter und einige, die einen Schlüssel zur Burg besitzen. Sie hätten die Vorburg auch unbemerkt betreten können.«

»Alle Achtung!« Strobel zeigte sich beeindruckt.

»Und jetzt«, rief hinter ihm der Oberstaatsanwalt, »wollen wir ein Trauer-Lulu ausbringen auf unseren viellieben Ritter Resai-Kling, der so überraschend und allzu früh den letzten einsamen Ritt angetreten hat!«

Wie auf Kommando standen die rot bemäntelten Ritter auf, erhoben die Bierkrüge, murmelten ein dumpfes »Lulu«, schickten ein meckerndes »Ehé« hinterher und tranken. In der Mitte des Saals lag die Leiche, daneben warteten die Männer der Spurensicherung geduldig darauf, mit ihrer Arbeit beginnen zu können.

»Bizarr«, sagte Strobel leise.

***

Stiller entschied sich, das Fahrrad zu nehmen. Es lag kaum mehr als ein Kilometer Wegstrecke zwischen seinem Haus am Legatplatz in der Obernauer Kolonie und dem Löhergraben am Main. Außerdem war es die erste frühlingshafte Nacht des Jahres. Der März war kühl und verregnet gewesen, erst der April hatte Wärme gebracht.

Die Knospen der acht Akazien, die auf dem Legatplatz in zwei Reihen Spalier standen, waren aufgebrochen; zartgrün schimmerten die frischen Blätter im Licht der Laternen. Zwischen grauen Wolkenfetzen hing ein Stück Mond am Himmel.

Stiller nahm das alles gewohnheitsmäßig wahr, ohne es recht zu sehen. Er radelte wie in Trance. Das Telefonat mit Rebecca hatte ihn getroffen. Er war verwirrt, konnte sich kaum konzentrieren.

Er durchquerte die kleine Grünanlage hinter dem Clemensheim. Dahinter lag der Südring, und er musste an der Ampel warten. Er nutzte den kurzen Moment und versuchte, sich ins Gedächtnis zu rufen, was er über die Ascaphia wusste.

Es war einer der ältesten Vereine der Stadt, zum hundertfünfundzwanzigjährigen Bestehen hatte er einen Bericht darüber verfasst. Sehr honorige Mitglieder, ausschließlich Männer. Zum Teil Künstler, zum Teil Kunstförderer. Begabte oder betuchte Bürger der Region, die ihre musischen Hobbys ausleben wollten, sich im Winter jeden Freitagabend trafen und sich gegenseitig mit Musik, Gesang und Vorträgen unterhielten. Das alles eingebettet in ein romantisierendes Ritterspiel.

Als die Ampel auf Grün sprang, radelte er über den Südring in die Fischerhohle hinein. Der alte Hohlweg war eine der vergessenen Straßen der Stadt, mit einem Flickenteppich aus Pflaster und Asphalt belegt, eingeschnitten in steile Hänge. Geradeaus fiel der Blick auf zwei Türme des Schlosses, die sich im Licht der Stadt als graue Silhouette vor dem Nachthimmel abhoben. Eine defekte Straßenlampe morste Lichtzeichen.

Dann radelte er durch die Fischergasse und tauchte ein in eine andere Welt.

»Ritualmord, du bist vielleicht lustig! Das sind doch keine Satanisten.« Peter Kleinschnitz fing Stiller am Hotel »Wilder Mann« ab, das die Ecke Fischergasse und Löhergraben markierte. »Ich hab mich gerade ein wenig umgehört. Das ist eine richtig feine Gesellschaft, weißt du?«

»*Ich* weiß das«, erklärte Stiller, während er sein Fahrrad an einem Regenrohr ankettete. »*Du* warst derjenige, der vorhin keine Ahnung hatte.«

»Du könntest mir schon ein wenig dankbar sein, dass ich hier deine Arbeit mitmache, während du Dauertelefonate führst«, schmollte Kleinschnitz und zog die Kamera aus der Fototasche. »Los jetzt! Sonst ist die Leiche zersetzt, bevor du deinen Stenoblock ausgepackt hast.«

Sie stiefelten ein Stück den Löhergraben hinauf. Oberhalb einer kleinen Kapelle, fast in den Hang des Güterbergs gebaut, stand auf dem Gelände einer ehemaligen Brauerei das Haus der Ascaphia.

Je näher sie kamen, desto schwieriger war es, durchzukommen.

Die Polizei hatte die Hälfte der Straße am Vereinsheim abgesperrt, um Platz zu schaffen für mehrere Dienstwagen und ein Notarztfahrzeug. Dem Verkehr im Löhergraben, einer Hauptverbindung in die Innenstadt, blieb für beide Richtungen nur eine Spur. Verzweifelt bemühten sich einige Uniformierte, die Schaulustigen auf Distanz zu halten, die vom Gehsteig gegenüber immer weiter auf die Straße drängelten. Freitagabend war Ausgehzeit in Aschaffenburg, vor allem für die Jugend und erst recht in dieser warmen Nacht. Trotz der mitternächtlichen Stunde wimmelte es von Menschen. Sie unterhielten sich angeregt, manche lachten. Blaues und gelbes Licht zuckte über die Fassaden, spiegelte sich im Lack der Autos und beleuchtete blitzartig die Szenerie. Es herrschte eine Atmosphäre wie auf einem Volksfest, und es fehlte nur noch die dröhnende Musik der Fahrgeschäfte. Prompt erklang das Wummern eines Basses: Vom Main her schob sich ein Golf durch die Schaulustigen.

Stiller war beeindruckt. »Also, was hast du schon gehört?«

»Schön, dass du dich auch mal dafür interessierst.« Kleinschnitz zog ein Bündel Zettel aus einer Tasche seiner gesteppten Daunenweste. Flüchtig blätterte er sie durch, stopfte die meisten wieder zurück. Einen hielt er Stiller vor die Nase. »Hier, kannst du das lesen? Du schuldest mir noch zwanzig Euro!« Er blätterte weiter, bis er den richtigen Zettel gefunden hatte. »Hab alles notiert, mit Uhrzeit und so weiter. Du musst also nicht mitschreiben.«

»Und?« Stiller schob sich ungeduldig durch die Menge. Widerwillig rückten die Schaulustigen auseinander, um ihn durchzulassen, einige murrten ärgerlich. Vor allem die in den vorderen Reihen hatten Angst, er wolle ihnen den Logenplatz streitig machen. Im Grunde genommen hatte er genau das vor.

»Ein klitzekleines Dankeschön wäre meiner Meinung nach schon drin.«

Stiller drehte sich zu Kleinschnitz um. »Bitte, Peter! Ich bin todmüde. Ich hatte gerade einen merkwürdigen Anruf, und Ruth ist sauer, weil ich hier mitten in der Nacht auf der Straße herumspringe und sie sich den Abend anders vorgestellt hat. Sag mir einfach, was du weißt, ja?«

Kleinschnitz seufzte. »Meine Güte, deine Probleme möcht ich

haben. Also gut: Um zehn vor elf hat mich ein Bekannter angerufen, Thommy, wohnt gleich um die Ecke in der Fischergasse. War völlig aus dem Häuschen, hat mir von dem Polizeiauftrieb und dem Notarzt erzählt. Und dass sie da drin einen umgebracht hätten.«

Er deutete auf das Vereinsheim der Ascaphia. Inzwischen hatten sie sich durch die vorderste Reihe gezwängt, hoben das rotweiße Plastikband an, schlüpften darunter durch und bauten sich vor den Schaulustigen auf. Hinter ihnen schimpfte jemand, Kleinschnitz hob erklärend die Kamera: »Presse.«

»Um elf war ich hier, gleichzeitig mit der Kripo. Hauptkommissar Strobel höchstpersönlich ist da reinspaziert. Hatte deinen Freund dabei, diesen Mike. Sie sind noch drin.«

»Hast du probiert, hineinzukommen?« Stiller blinzelte. Das zuckende Blaulicht irritierte ihn.

Kleinschnitz starrte ihn an. »Du willst mich beleidigen, stimmt's? Du suchst Streit! Lass bloß deinen Frust über die verpatzte Nacht mit Ruth nicht an mir aus.«

»Also gut, du hast es probiert. Und?«

»Ging nicht. Strobel hat ein paar scharfe Wächter am Eingang aufgestellt. Angeblich ist der Mord genau dahinter passiert. Da darf niemand durch.«

»Wie kommst du überhaupt auf Mord?«

Kleinschnitz sah ihn triumphierend an. »Hab ich erwartet, dass du das fragst. Totschlag oder Mord, etwas in dieser Art. Erstens: Siehst du hier einen Krankenwagen? Ich nicht. Also: Niemand will hier einen Verletzten abtransportieren. Zweitens: Wie würdest du das nennen, wenn jemand mit einem Schwert durchbohrt wird?«

»Mit einem Schwert?« Stiller kramte nun doch in seiner Umhängetasche nach Stenoblock und Füller. »Bizarr würde ich das nennen. Woher hast du das?«

Kleinschnitz wies mit dem Kopf auf den Durchgang zwischen dem Haus der Ascaphia und der benachbarten Kapelle. An der Wand des Vereinsheims hing eine altertümliche Laterne und beleuchtete eine schmale Tür. »Das ist der Seiteneingang. Da kommen alle paar Minuten Leute heraus, wahrscheinlich Vereinsmitglieder, deren Personalien die Polizei schon aufgenommen hat.

Ich hab mich an zwei oder drei rangewanzt, die ich flüchtig kenne.«

Stiller wandte sich der Tür zu. Sie stand halb offen, am Türpfosten lehnte eine kleine Frau und rauchte.

»Ich kenne diese Frau«, sagte Stiller. »Sie heißt Roberta, ihr gehört die ›Bar del Corso‹ in der Fußgängerzone.«

»Welche Frau, die etwas mit Essen zu tun hat, kennst du eigentlich nicht in dieser Stadt?«, brummelte Kleinschnitz. »Ist in diesem Fall aber vielleicht hilfreich.«

Stiller nickte.

Sie schlenderten über den abgesperrten Streifen der Straße auf den Seiteneingang zu. Ein Polizeibeamter beobachtete sie misstrauisch, sagte etwas in sein Funkgerät.

»Was steht denn sonst noch auf deinem Zettel?«, erkundigte sich Stiller.

»Der Mord wurde kurz nach halb elf verübt. Es gibt keine Augenzeugen und keinen Verdächtigen. Mehr hab ich nicht.«

Die Frau am Seiteneingang trug bequeme Schuhe, einen schwarzen Rock und eine weiße Bluse – die typische Kluft einer Kellnerin. Ihre dunkelbraunen Haare hatte sie streng zurückgebunden. Über eine schmale, randlose Brille sah sie den beiden entgegen.

»Roberta«, rief Stiller, »ich bin überrascht, Sie hier zu sehen!«

Sie lächelte. »Sie haben mich ertappt, Paolo. Ein kleiner Nebenverdienst. Freitagabends arbeite ich für die Herren hier.«

»Die wissen wahrscheinlich gar nicht, was für ein Glück sie haben.« Stiller lächelte. »Sie haben die beste Küche in der Stadt.«

»Sie alter Schmeichler!« Sie blies den Rauch ihrer Zigarette in die Luft und lachte. Ihre Zähne schimmerten milchig im trüben Licht der Laterne über der Tür.

»Jedenfalls dürfte eine Lebensmittelvergiftung als Todesursache in diesem Fall ausscheiden«, fuhr Stiller fort.

Roberta zog an der Zigarette, dann lachte sie erneut. »Dieser Kommissar hat mir erlaubt, hier an der Tür eine zu rauchen. Aber ich soll niemandem etwas erzählen.«

Stiller öffnete die Arme. »Kommen Sie, Roberta. Sie kennen mich wirklich lange. Ich finde, so viel Treue hat eine Belohnung verdient. Sie sollten wissen, dass Ruth in letzter Zeit häufig vom neuen Eigentümer des ›Lavazza‹ schwärmt. Seine Bistroküche wird sehr gelobt …«

Roberta ließ die Zigarette zu Boden fallen und trat sie aus. Dann zog sie die Tür weiter zu. »Was soll's. Viel weiß ich sowieso nicht.«

»Jemand ist mit einem Schwert umgebracht worden?«

Sie nickte.

»Wer ist denn der Tote?«

»Ich kenne ja nur die komischen Ritternamen. Er nannte sich Resai-Kling.«

»Resai-Kling?« Stiller notierte den Namen.

»Mit Bindestrich«, diktierte sie.

»Und wie hieß er wirklich?«

Sie seufzte. »Paolo, ich will keinen Ärger bekommen.«

»Sie können sich auf mich verlassen«, beruhigte er sie.

»Also gut. Er heißt Emge.«

Kleinschnitz pfiff leise durch die Zähne. »Doch nicht etwa *der* Emge?«

»Ich weiß nicht, wen Sie mit ›*der* Emge‹ meinen.« Sie klopfte sich eine neue Zigarette aus dem Päckchen, italienische Fortuna, blond, und steckte sie an.

»Den Müllentsorger«, ergänzte Stiller.

Roberta nickte erneut. »Er hat – oder hatte – etwas mit Abfall zu tun, das stimmt.«

Stiller sah nachdenklich auf seinen Block. »Resai-Kling – ein Wortspiel. Das passt!« Neugierig blickte er Roberta an. »Was ist denn genau passiert?«

Plötzlich schrak sie zusammen, ließ die Zigarette fallen. Neben ihr war die Tür aufgerissen worden, Mike Staab erschien im Rahmen.

»Peter und Paul«, schnaufte er, »die Zeitungsapostel. Ich hätte mir denken können, dass ihr das seid.«

»Hallo, Mike«, gab Stiller zurück und hob die Hand. »Gut, dass du da bist. Ich brauche dringend ein paar Informationen.«

»Alles, was du im Augenblick von mir kriegen kannst, ist ein Duplo.« Staab zog einen Schokoriegel aus der Brusttasche und streckte ihn Stiller entgegen. »Mehr ist wirklich nicht drin. Wir müssen uns selbst erst mal einen Überblick verschaffen.«

»Ach komm schon! Es gibt ein breites öffentliches Interesse.« Stiller ließ den Blick über die Schaulustigen schweifen. Die Menge schwoll immer weiter an, rückte nach vorn. Zwei Uniformierte schritten die Linie ab. Sie versuchten den abgesperrten Streifen der Straße entlang dem Haus wieder zu verbreitern, wohl um dem Leichenwagen einen Weg zu bahnen, der eben über die Mainbrücke in den Löhergraben steuerte.

»Tut mir leid, Paul, aber du bekommst heute Nacht definitiv keine Auskünfte. Die Staatsanwaltschaft schickt morgen eine Pressemitteilung raus. Und dein Blatt erscheint eh erst am Montag.«

»Aber ich könnte schon mal die Hintergründe recherchieren. Ich muss am Montag schließlich ein bisschen mehr bringen als das, was der Lokalfunk morgen verbreitet.«

»*Wir* recherchieren, Paul. Du wartest!« Staab wandte sich an Roberta. »Frau Carrieri, kommen Sie bitte mit. Wir brauchen Ihre Aussage.«

Sie sah Stiller an und lächelte. »Lassen Sie sich doch wieder einmal bei mir sehen, Paolo«, sagte sie. »Und bringen Sie Ruth mit.«

»Wir kommen morgen zum Frühstücken«, versprach Stiller, während sie ins Haus schlüpfte.

Staab schüttelte den Kopf. Dann ließ er die Tür ins Schloss fallen.

»Was jetzt?«, fragte Kleinschnitz hinter seiner Kamera. Er hielt in einer Serie von Bildern fest, wie sich der Leichenwagen zwischen die Schaulustigen und das Haus der Ascaphia schob.

»Was Mike gesagt hat: Wir warten. Bin gespannt, wer da noch so alles rausläuft.«

Kleinschnitz fotografierte die schwarz gekleideten Männer, die einen Zinksarg zur Hintertür schleppten. »Einer läuft jedenfalls nicht mehr«, sagte er dann. »Er wird getragen.«

2

»*Ciao bella!*« Roberta kam ihnen vor dem Café entgegen, legte ihre schmalen Hände auf Ruths Schultern und küsste sie auf beide Wangen. Eher kühl nickte sie Stiller zu, lächelte aber: »*Buon giorno, Paolo.* Hab Sie erwartet.«

Stiller und Ruth sahen sich nach einem Platz um. Blendend hell fiel die Morgensonne in die Steingasse hinein, wärmte das Verbundpflaster, die Hausfassaden und die Passanten.

In der Herschelgass, wie die Hauptader der Aschaffenburger Fußgängerzone im Volksmund hieß, gab es erstaunlich wenige Straßencafés. Den traditionellen Wurstbendel unten am Scharfeck, die Venezia-Eisdiele am oberen Ende. Dazwischen hatten nur eine Bäckerei, der Fischladen und der Metzger ein paar Stehtische aufgestellt. Dagegen säumte eine Reihe von Straßencafés die größeren Seitenarme der Fußgängerzone: In der Sandgasse, die am Scharfeck mündete, waren es die modischen Bistros, in der Steingasse, die an der Buchhandlung Diekmann zum Marktplatz hin abzweigte, die italienischen Cafés. Die »Bar del Corso« lag etwa in der Mitte.

Wie die stetige Brandung einer Küste wogte der Menschenstrom zwischen dem Wochenmarkt und der Herschelgass hin und her. Die meisten Fußgänger trugen noch dicke Jacken und Mäntel. Stiller und Ruth setzten sich dennoch an einen der Alutische im Freien. Roberta hatte Kissen und Decken auf den Stühlen verteilt.

»Du hast dich lange nicht mehr blicken lassen!«, beklagte sie sich bei Ruth, doch ihre Augen strahlten. Eine tiefe Sympathie verband die zierliche dunkle Italienerin mit Stillers großer rothaariger Frau.

»Ich muss mich auf den Ostermarkt in Seligenstadt vorbereiten«, entschuldigte sich Ruth. »Deshalb komm ich gerade selten in die Stadt.« Lächelnd schob sie die Frühstückskarte zurück, die Roberta vor ihr auf den Tisch gelegt hatte. »Du weißt doch bestimmt noch, was ich nehme, oder? Das Übliche, bitte.«

»Für mich auch«, sagte Stiller. »Ich warte noch auf meinen

Freund Peter Kleinschnitz. Dann würde ich mich gerne ein wenig mit Ihnen unterhalten.«

Roberta sammelte die beiden Karten ein. »Ich hoffe, Sie sind heute nicht nur aus diesem Grund hier«, sagte sie streng.

»Nicht nur«, gab Stiller zurück. »Ich will schon auch frühstücken.« Er sah ihr nach, während sie im Café verschwand.

»Also, Paul, was war gestern Abend los?« Ruth lehnte sich zurück und wandte ihr Gesicht der Sonne zu. »Spann mich bitte nicht länger auf die Folter.«

Stiller erzählte ihr, was er bisher über den Mord in der Fischergasse wusste. Er hatte mit Kleinschnitz bis weit nach zwei Uhr gewartet, aber keine Gelegenheit mehr gefunden, mit einem der Ascaphen zu reden. Nacheinander hatten sie das Haus verlassen, doch stets begleitete sie ein Beamter zu ihrem Wagen, bahnte ihnen den Weg durch die Schaulustigen und passte auf, dass sie mit niemandem sprachen.

Er hielt kurz inne, als ein Kellner kam, zwei Gläser mit frisch gepresstem Orangensaft, einen doppelten Espresso und einen Latte macchiato auf dem runden Bistrotisch abstellte.

»Kennst du einen von ihnen?«, fragte Ruth, als der Kellner durch die Glastür wieder nach drinnen geeilt war.

»Den einen oder anderen.« Stiller nahm den in Plastik verpackten Keks von der Untertasse seines Kaffees und schob ihn Ruth zu. Sie schüttelte den Kopf. »Aber nicht gut genug. Immerhin habe ich das hier …« Er zog ein Heftchen heraus. »Ein Mitgliederverzeichnis, das nicht nur ihre Ritternamen, sondern auch ihre wirklichen Namen und Adressen auflistet. Es ist vielleicht nicht auf dem neuesten Stand, ich hab es vor einem Jahr für meinen Bericht über das hundertfünfundzwanzigjährige Bestehen der Ascaphia bekommen.« Er reichte es Ruth.

Diesmal griff sie zu. »Wer hat eigentlich vor Kleinschnitz angerufen?«, fragte sie beiläufig, während sie das Heftchen durchblätterte. »Du warst so verändert.«

Stiller spürte, wie ihm die Hitze in die Wangen fuhr. »Och das?« Er zögerte. »Das war Rebecca.«

Ruth legte das Heft ab und sah ihn an. »Rebecca?«, wiederholte sie erstaunt. »*Die* Rebecca?«

Stiller nickte.

»Ich dachte, sie wäre verschwunden.« Ruth verstummte, als der Kellner mit einem Körbchen Croissants zurückkehrte.

»Marmelade?«, fragte er. Beide schüttelten den Kopf.

»Das dachte ich auch«, nahm Stiller den Faden auf, als sich der Kellner dem nächsten Tisch zuwandte. »Bis gestern. Sie hat angerufen, um mir zu sagen, dass sie in der Nähe ist.«

»Will sie dich treffen?«

»Sie ist sich nicht sicher.«

»Aber du willst sie sehen, stimmt's?«

Stiller nickte erneut. »Versteh mich bitte richtig, Ruth. Ich will wissen, was damals passiert ist. Warum sie verschwunden ist, mich und alle anderen verlassen hat. Ob es etwas mit mir zu tun hatte.« Seine Hand zitterte leicht, als er die Kaffeetasse anhob und trank.

»Du hast wirklich keine Ahnung?«

»Ich hab dir damals alles erzählt, was ich wusste.«

Sie schwiegen, ihre Blicke lösten sich voneinander, folgten den Menschen, die durch die Gasse schlenderten.

»Es muss etwas Furchtbares gewesen sein«, sagte Ruth leise. »Wenn ein Mensch alle Brücken hinter sich abbricht, alle verlässt, mit denen er vertraut ist und die ihn lieben, die Eltern, den Freund ... alles aufgibt und ohne Spur verschwindet.«

Plötzlich legte sie ihre Hand auf Stillers. »Lad sie zu uns ein, Paul. Wenn es sein muss, triff dich auch sonst wo mit ihr, ich vertrau dir. Aber find's raus.«

Stiller wollte etwas sagen, da spürte er einen Schlag auf die Schulter.

»Na, ihr zwei Hübschen?« Kleinschnitz ließ sich auf den Alustuhl neben Stiller plumpsen, schob die Fototasche unter den Tisch und ächzte. »Ich merk schon, es wird Frühling. Ihr haltet Händchen wie zwei Turteltauben.« Irritiert sah er in ihre ernsten Gesichter. »Das war jetzt metaphorisch gesprochen. Ich weiß natürlich, dass Tauben keine Hände haben.«

»Nicht mal Händchen.« Ruth lächelte. »Hi, Peter!«

»Endlich ausgeschlafen?«, erkundigte sich Stiller mürrisch.

»Na hör mal«, beschwerte sich Kleinschnitz. »Wer sitzt denn hier herum mit einer Miene, als hätte er auf dem Teppich übernachten müssen?« Er angelte sich ein Croissant aus dem Körbchen und biss herzhaft hinein. »Mmmh! Meint ihr, ich krieg hier auch ein Heißgetränk?«

Stiller winkte dem Kellner, der drinnen an der Bar lehnte.

Kleinschnitz folgte seinem Blick. »Schätze, ich werde dieses Café zu meiner Stammkneipe machen. Das ist der knackigste Kellner von ganz Aschaffenburg.«

»Ach ja?« Ruth lächelte. »Ist mir bisher noch gar nicht aufgefallen.« Sie musterte den Kellner neugierig. »Aber jetzt, wo du es sagst …«

»Ich weiß nicht, was ihr an dieser halben Portion findet!« Stiller klang, als wüsste er es doch.

Ruth zwinkerte ihm zu. »Du stehst ja auch mehr auf italienische Volontärinnen.«

»Halbitalienische«, stellte Stiller richtig. »Und ich steh nicht drauf. Außerdem arbeitet sie gar nicht mehr in Aschaffenburg.«

»Waf ift denn mit unferem Paul lof?«, fragte Kleinschnitz nach einem erneuten Biss ins Croissant mit vollem Mund und warf einen besorgten Blick auf Stiller. »Fo ernft heute!« Er schluckte. »Mensch, Paul«, grinste er dann. »Hallo! Wir haben einen Mord. Du solltest glücklich sein!«

Stiller stöhnte. »Ich ruf Roberta. Lass uns arbeiten.«

Roberta folgte seinem Wink nur zögernd. Hier und da plauderte sie auf dem Weg nach draußen mit Gästen, verteilte Wangenküsse.

»Erinnert mich an deine französische Nachbarin.« Kleinschnitz grinste Stiller an. »Cathérine. Stellt sie dir immer noch nach?«

Stiller warf Kleinschnitz einen kalten Blick zu, unter dem jeder andere am Stuhl festgefroren wäre. »Wüsste nicht, dass sie mir nachgestellt hätte.«

Ruth lächelte. »Ach wo, sie hegt rein nachbarschaftliche Gefühle für ihn. Hat ihn übrigens zu ihrem vierzigsten Geburtstag eingeladen. Wenn er will, kann er mich mitnehmen.«

»Und«, fragte Kleinschnitz, »willst du?«

Stiller zuckte die Schultern. »Wenn ihr so weitermacht, werde ich mir das gut überlegen.«

Roberta hatte ihren Tisch erreicht, zog sich einen Stuhl heran und setzte sich. »Ich weiß nicht, ob ich mit Ihnen reden sollte«, sagte sie zu Stiller. »Der Kommissar hat mich gestern noch mal ausdrücklich gebeten, niemandem etwas zu erzählen.«

»*Carissima Roberta*«, gab Stiller zurück, »ich will ja nur wissen, was genau passiert ist. Ich verspreche Ihnen, Ihr Name bleibt draußen.«

»Genau kann ich es nicht sagen.« Roberta rief dem Kellner ein paar italienische Worte zu. »Es war sehr viel zu tun. Ich stand an der Theke und habe Bier gezapft. Das ist ein eigener Raum, müssen Sie wissen. Sie sagen Schänke dazu. Die Tür stand offen, und ich konnte in den Saal sehen. Die eigentliche Saaltür liegt genau gegenüber.«

Sie unterbrach sich kurz, um sich eine Zigarette anzuzünden. »Die Männer haben gesungen. Dann hat einer nach Resai-Kling gerufen, er sollte wohl das Schwert für den Ritterschlag bringen. Plötzlich flog die Tür auf, und er torkelte herein. Es war entsetzlich. *Terribile*.«

Sie schauerte, schluckte ein paarmal. Dann zog sie heftig an der Zigarette. »Das Schwert hatte seinen Hals durchbohrt. Er hat wohl noch versucht, es herauszuziehen. Alles war voller Blut. Schließlich ist er gestürzt, einer hat ihn untersucht, und ein anderer hat vom Telefon an der Theke aus die Polizei gerufen. Das ist alles, was ich weiß.«

»Heißt das, eines der Vereinsmitglieder hat ihn umgebracht?«

Roberta zuckte die Schultern. »Wenn er nicht selbst in das Schwert gestürzt ist. Es war ja sonst niemand da.«

»Können denn keine Fremden in die Burg?«

Der Kellner kam, setzte einen Cappuccino vor Roberta ab. Sie drückte die Zigarette aus. »Nur wer einen Schlüssel hat. Sie schließen den Eingang ab, wenn ihre Treffen beginnen. Ich kann die Tür nicht sehen, also auch nicht sagen, ob da jemand rein oder raus ist. Und der Seiteneingang zur Schänke hat einen Schnappverschluss. Man kann ihn von innen öffnen, aber um hereinzukommen, braucht man einen Schlüssel. Oder man muss klingeln, und ich öffne.«

»Haben Sie gestern Abend jemanden hereingelassen?«

Roberta schüttelte den Kopf.

»Hat vielleicht jemand die Burg durch den Seiteneingang verlassen?«, erkundigte sich Stiller zwischen zwei Schluck Espresso. »Um hinauszukommen, braucht man ja keinen Schlüssel«

Roberta zog die Brauen über ihrer schmalen Brille zusammen und dachte nach. »Das hat mich der Kommissar auch schon gefragt. Ich kann es aber nicht mit Sicherheit sagen. Schauen Sie, ich koche, ich zapfe, ich bediene und ich kassiere. Wenn ich im Saal bin, kann jeder, der einen Schlüssel hat, durch den Seiteneingang unbemerkt reinkommen. Und rausgehen sowieso.«

Stiller stellte seine Tasse heftig auf dem Untersetzer ab. Das Klirren ließ Roberta verstummen. »So kommen wir nicht weiter«, ereiferte er sich.

Die drei sahen ihn erschrocken an.

»Ich fass das mal zusammen! Erstens: Grundsätzlich kommt jeder als Täter in Frage, der im Saal war, sofern er sich unbemerkt in den Vorraum schleichen konnte. Zweitens hätte es auch ein Ascaphe sein können, der nicht anwesend war, aber einen Schlüssel besitzt. Das sind zusammen auf jeden Fall sechzig, vielleicht siebzig Verdächtige.«

»Das reicht nicht«, ergänzte Kleinschnitz. »Denn drittens hätte Emge seinem Mörder auch selbst die Tür öffnen können. Du darfst also getrost noch ein paar tausend Aschaffenburger dazuzählen, die Emge gekannt haben und sauer auf ihn waren, weil seine Firma eine Mülltonne nicht ordentlich geleert hat. Oder morgens zu laut war.« Er nahm das Körbchen mit den Croissants und hielt es Stiller hin. »Hier, iss was. Das beruhigt dich vielleicht.«

»Ich will mich nicht beruhigen«, brummte Stiller. »Ich habe keinen Appetit mehr.«

Roberta ließ ihren Blick zwischen den beiden hin und her wandern. »Ich verstehe nicht, was daran so schlimm ist. Das ist doch nicht Ihre Sache. Soll sich die Polizei darum kümmern. Sie sind schließlich keine Detektive.«

Stiller schwieg verblüfft. Dann räusperte er sich. »Wollen Sie etwa nicht wissen, wer es war?«

»Natürlich will ich das«, gab sie zurück.

»Na also! Ich auch.«

»Aber deswegen forsche ich doch nicht selbst nach. Ich warte, bis die Polizei alles aufgeklärt hat, und lese es dann in der Zeitung«, verteidigte sich Roberta.

Stiller wies auf die Passanten. Einige schleppten Plastiktüten oder Marktkörbe, andere zogen Trolleys hinter sich her. Die meisten hielten den Blick geradeaus gerichtet, schlängelten sich eilig an den Langsameren vorbei, die im Schlendergang die Gäste in den Straßencafés musterten oder die Schaufenster betrachteten. Hin und wieder begegneten sich Bekannte, blieben stehen. Rasch bildeten sich Grüppchen, kleine Inseln im Strom der Fußgänger.

Kuriose Wortfetzen wehten durch die laue Luft: »Uffm Markt isses bei demm schäi Wetter widder knallvoll, da kriechste Zuständ …« – »Hätt heit e dünner Jacke aazieje solle. Wann ich als schwitz, des dut mer fei gor nit gut …« – »Ich hatt e Bauchspeicheldrüse, die wor so. So groß wor die. Wie e Ende-Ei …« – »Noch verzeh Daach uff Kur nach soiner Hüftopee …« – »Worste ach scho im Meidhof soim neue Programm? Der ist widder so richtich morbied. Ich könnt mich dodlache …« – »Volle Lotte druff uff de Brückepfeiler. Er wor sofort hie.« – »Was e Glück fer sei Alde. Er hätt ach en Pflechefall wern könne.« – »Jetzt brauchtse freilich e neu Audo …« – »Schäi Wetter …« – »Zuständ …« – »Gor nit gud …« – »Ende-Ei« – »Hüftopee …« – »Volle Lotte …« – »Pflechefall …« – »Dodlache …« – »Was e Glück …«

»Worüber sprechen die Leute auf der Straße?«, fragte Stiller. »Über Krankheit, Unfall, Tod. Die meisten, die hier vorbeilaufen, haben von dem Mord in der Fischergasse vermutlich noch gar nichts gehört. Aber die Nachricht geht schon um, es gab zu viele Schaulustige. Und wenn erst der Rundfunk Strobels Pressemitteilung sendet, geht es ruckzuck. Schlechte Nachrichten breiten sich in der Stadt aus wie ein Furz im Wohnzimmer.«

»Paul!«, sagte Ruth streng.

»Wie ein Lauffeuer«, verbesserte sich Stiller. »Dann wollen die Leute alles wissen: Wer war der Tote? Wie hat er gelebt, hinterlässt er Frau und Kinder? Wer sind seine Feinde? Hatte er vielleicht eine Geliebte? Schulden? Irgendwelche abartigen Neigungen? Jemanden erpresst? Je mehr unappetitliche Details herauskommen, desto besser. Schließlich war Emge nicht ganz arm, solchen Leuten gönnt man es schon, wenn nicht alles glattläuft. Zumindest, wenn man sie nicht näher kennt.«

»Wir haben's begriffen!«, versuchte Kleinschnitz den Freund zu stoppen.

»Ich rede mit Roberta«, entgegnete Stiller. »Die Leute wollen *alles* wissen, und nicht bloß das, was die Kripo in einer schöngefärbten Pressemitteilung herauslässt. Aber sie haben keine Zeit und keine Möglichkeiten, selbst nachzuforschen. Ob ich will oder nicht: Ich muss für diese Leute Fragen stellen und herumschnüffeln. Ich bin ihr Auge und ihr Ohr, dafür werde ich bezahlt.«

»Du bist ihr Stift«, stellte Kleinschnitz richtig. »Das Auge bin ich.«

»Hört mal, ihr zwei Meisterdetektive«, meldete sich Ruth. »Darf ich vielleicht einmal was zu den Verdächtigen sagen?«

Stiller schnaufte, die Falte über der Nasenwurzel hatte sich vertieft. »Was denn?«

»Ihr seid heute früh wohl beide noch nicht ganz wach. Hab eigentlich gedacht, ihr kommt von allein drauf.« Sie ignorierte die fragenden Blicke, hob in aller Ruhe ihr Orangensaftglas und trank. Dann sah sie in die Runde. »Na?«

»Na, was?«

Sie lächelte. »So, wie ich Roberta verstanden habe, ist das Opfer im Vorraum umgebracht worden. Demnach musste der Mörder wissen, dass Resai-Kling den Saal verlassen und draußen ein paar Minuten allein sein würde. Und er musste wissen, wann. Das dürfte den Täterkreis ein wenig einschränken.«

»Auf die Anwesenden«, folgerte Stiller. »Und diejenigen, die nicht da waren, aber einen Schlüssel besitzen. Ich geh mal davon aus, dass alle Vereinsmitglieder die Zeremonie und ihren Ablauf kennen. Ruth, das ist gut!«

»Trotzdem, Paul«, wieder legte sie ihre Hand auf seine, »Roberta hat recht: Du musst das der Kripo überlassen.«

Stiller nickte. »Soll Strobel den Mörder jagen. Aber ich will wenigstens ein bisschen recherchieren. Ich brauche Ablenkung.« Er griff nach dem Mitgliederverzeichnis, das Ruth auf den Tisch zurückgelegt hatte. »Also: Wer war sauer auf Emge? Wer von diesen Ascaphen – und von ihren Frauen natürlich«, er lächelte Ruth an, »hatte ein Motiv, ihn umzubringen?«

»Das macht es jetzt aber einfacher«, sagte Kleinschnitz ironisch. »Meinst du, die melden sich freiwillig, oder wie stellt du dir das vor?«

»Schneeballsystem.« Stiller hielt das Heftchen hoch. »Ich fange mit einem an. Mit einem, den ich kenne, der lange dabei ist und von dem wir annehmen können, dass er ein wenig hinter die Kulissen blickt. Der führt mich zu ein, zwei anderen und so weiter.«

»Was heißt ›hinter die Kulissen‹?«, erkundigte sich Roberta.

»Niemand bringt einen Müllunternehmer um, weil seine Firma mal eine Abfalltonne hat stehen lassen oder weil die Autos morgens zu viel Krach machen. Da zieht der brave Ascheberger vor Gericht. Nein, für diesen Mord mit dem Schwert braucht jemand schon ein besonderes Motiv. Geld, zum Beispiel. Oder Eifersucht. Wir brauchen jemanden, dem etwas aufgefallen ist. Einen, der mitgekriegt hat, mit wem Emge Streit hatte, mit wem er nicht mehr gesprochen hat oder umgekehrt. So mein ich das.«

»Warum schauen wir nicht einfach nach?« Ruth schnappte Stiller das Heftchen aus der Hand und schlug es auf.

***

Strobel schritt energiegeladen aus seinem Büro in den Besprechungsraum. Der Schlafmangel war ihm kaum anzusehen, noch steckte er kurze Nächte gut weg. Zufrieden ließ er den Blick über die acht Mitglieder der Soko wandern, die sich um den Tisch versammelt hatten. Drei Zweierteams fehlten, sie hatten bereits mit den Befragungen begonnen. Fünfzig Zeugen, das hatte es schon lange nicht mehr gegeben.

»Meine Herren!«, grüßte Strobel. Eine Anrede, in die er die einzige Frau in der Runde einschloss, Claudia Junk. Hin und wieder grummelte sein Magen, wenn er sie sah. Er hatte sie etwas unfein aus dem Verkehr gezogen, als sie mit ihm um die Leitung des Kommissariats konkurrierte. Er hatte sie gewissermaßen eine Weile flachgelegt und die Beförderung über sie hinwegrollen lassen. Nicht schön, aber auch nicht ganz unerfreulich.

Er blinzelte ihr zu. Sie schlug die Augen nieder, und er bemerkte nicht ohne Stolz, dass er ihr trotz allem nicht ganz gleichgültig war. Gott, war sie attraktiv, zwei Jahre älter hin oder her. Er konnte ja nichts dazu, dass sie damals ihre Bewerbung zurückgezogen hatte, weil sie so in ihn vernarrt gewesen war. Er hatte ihr nie etwas versprochen. Sein Magengrummeln rührte auch weniger von seinem schlechten Gewissen. Er hatte vielmehr Angst, dass Sabine die Sache spitzkriegen könnte.

Sabine! Wieder musste er einen Samstag für die Arbeit hinhängen, war ein Wochenende futsch. Sie hatte wenig begeistert ausgesehen, als er es ihr beim eiligen Frühstück mitgeteilt hatte. Sie wollten eigentlich gemeinsam nach Frankfurt fahren, auf der Zeil bummeln.

Kurz entschlossen sammelte er seine persönlichen Gedanken ein wie lose Blätter auf seinem Schreibtisch. Er stopfte sie in eine Schublade seines Hirns, die er verschloss und die er vor dem Abend nicht mehr öffnen würde. Er konzentrierte sich auf den Fall. Das war seine Stärke.

»Wir wollen keine Zeit verlieren.« Er ließ die Finger knacken und setzte sich an die Stirnseite des Tischs. »Bühler«, sagte er, »fang an.«

Bühler, der Chef der Spurensicherung, nickte einem Kollegen zu, der die Jalousie schloss, während er selbst den Beamer auf die weiße Wand scharf stellte. Nacheinander ließ er dort während seines Vortrags die passenden Bilder vom Tatort erscheinen.

»Das Opfer«, begann er. »Richard Emge, zweiundsechzig. Inhaber der gleichnamigen Entsorgungsfirma im Hafen. Seit vierzig Jahren verheiratet – mit derselben Frau. Ein Stammhalter, ledig, sowie zwei Töchter, beide unter der Haube.«

»Irgendeinen Hinweis auf ein Motiv?« Strobel ließ sich von den Bildern des Ermordeten nicht berühren.

Bühler schüttelte den Kopf. »Bisher Fehlanzeige. Im polizeilichen Informationssystem findet sich kein Eintrag, und im Ascaphia-Verein war er sehr beliebt.«

Das wusste Strobel bereits. Possmann und die beiden anderen Ober-Ascaphen, die den Ritterschlag leiteten, hatten Emge am Vorabend als unbescholten, freundlich, ein wenig einfach, aber kunstsinnig beschrieben. Hatte sich nie in den Vordergrund gedrängt, sich immer hilfsbereit gezeigt. Ein Mann, der mit Herz und Hand bei allem war, was er unternahm. Seine Weste ist so unbefleckt wie die Empfängnis der Heiligen Jungfrau Maria, dachte Strobel. Zugleich bat er inständig, der Herrgott möge ihm den Vergleich verzeihen.

»Der Tatort.« Bühler schickte die nächste Bilderserie an die Wand, sie zeigte den Vorraum des Saals. »Die Spurenlage ist eindeutig. Seht ihr die Treppe?« Er ließ einen roten Leuchtpunkt über das Bild sausen und den Treppenaufgang umkreisen, der dem Saaleingang schräg gegenüber lag. »Sie führt in den ersten Stock. Da gibt es eine Art Galerie über dem Saal, die Garderobe und die Toilette. Da ist Emge runtergekommen. Der Angreifer hat ihn unten erwartet und kurzen Prozess gemacht. Ein einziger Stich.«

»Was hat Emge oben zu suchen gehabt?«, fragte Strobel. »Er sollte doch nur das Schwert holen. Und das hing unten an der Wand.«

»Das kann ich dir sagen …« Nur Bühler und Claudia Junk waren mit Strobel per Du. Alle anderen hielten eine fast ehrfürchtige Distanz zu ihrem Chef, dessen Ruf als erfolgreicher Ermittler in der Region legendär war. »Er hat gepinkelt.«

Mike Staab runzelte die Stirn. »Wie hast du das denn nun wieder herausgefunden?«

»Ganz einfach. Erstens gab es frische Urinspuren an der Hose. Würde mich nicht wundern, wenn die Rechtsmediziner bei der Obduktion auf Prostatahypertrophie im frühen Stadium stoßen würden. Zweitens hat er gespült. Sein Daumenabdruck sitzt fett auf dem Drücker über allen anderen drüber.«

Staab bohrte nach. »Kann er nicht auch vor dem Täter nach oben geflohen sein?«

»Unwahrscheinlich. Dann wäre der Stich von hinten geführt worden. Oder – dritte Möglichkeit – der Täter könnte ihn von oben angegriffen haben. Auch dann passt die Stichwunde nicht.« Bühler zog ein Fax aus dem Papierstapel, den er vor sich liegen hatte. »Das kommt direkt vom Rechtsmedizinischen Institut der Uni Würzburg.«

»Lass hören.« Strobel vollführte eine Handbewegung wie die Queen, die ihre Gäste einlädt, zur Teatime Platz zu nehmen.

Bühler räusperte sich. »Nach dem vorläufigen Obduktionsbericht über den Wundbereich handelt es sich eindeutig um Anwendung scharfer Gewalt, also um die mechanische Einwirkung eines scharfen, spitzen Gegenstandes. Die glattrandige Wunde bestätigt die augenscheinliche Wahrnehmung, wonach es sich um eine Stichverletzung handelt. Außerdem gibt es keinen Schürfsaum, der für Risswunden typisch wäre.«

Aufmerksamkeitsheischend sah er sich um. »Jetzt kommt's:

Der Stichkanal verläuft von ventrocaudal nach dorsocranial. Das heißt: von vorne unten nach hinten oben. Das lässt keinen anderen Schluss zu. Unser Opfer kam die Treppe herunter, der Täter hat unten gewartet. Außerdem ist der Stichkanal weder gefächert noch gegabelt. Es gibt also nur einen einzigen Stich, und die Klinge wurde in der Wunde nicht gedreht.«

»Und dieser Stich war tödlich?« Claudia Junk bemühte sich, ihrer Stimme einen festen Klang zu geben. Sie wusste, dass Strobel Mitgefühl als mangelnde Professionalität wertete.

»Genau genommen sogar doppelt tödlich«, nickte Bühler. »Erstens durch Verbluten nach einem Schnitt in die Halsschlagader, wofür der enorme Blutverlust spricht. Zweitens durch Luftembolie nach einer Verletzung der Halsvenen. Wie wir alle wissen, strömt das Blut durch die Venen zum Herzen. Bei einer Verletzung der Venen kann durch die Sogwirkung Luft angesaugt werden. Schon siebzig Milliliter Luft, vielleicht auch weniger, reichen zur Bildung von Schaum in der rechten Herzhälfte. Die Folge ist Rechtsherzversagen durch Verstopfen der Lungenkapillaren. Der endgültige Bericht der Rechtsmedizin wird uns das eindeutige Resultat liefern. Aber der kann noch etwas dauern.«

Bühler beugte sich über den Laptop, von dem aus er seine Präsentation steuerte. »Das mag euch jetzt alles ein bisschen verwirren. Auch ich bin kein Experte, ich zitiere nur aus dem vorläufigen Bericht der Rechtsmedizin. Zur Veranschaulichung zeige ich euch hier zwei Querschnittszeichnungen der Halsanatomie, die mir die Würzburger Kollegen mitgeschickt haben.« Die Bilder erschienen an der Wand. »Ihr seht hier einen Schnitt durch die Halsmitte, etwa in Höhe des fünften Halswirbels, also des Stimmbands. Die Arteria vertebralis, die hinten an der Halswirbelsäule zum Kopf zieht, ist in diesem Abschnitt einigermaßen geschützt durch die Halswirbel. Anders sieht es in der Vagina carotica, dem Gefäßnervenstrang, aus.«

»Wusste gar nicht, dass es im Hals eines Mannes eine Vagina gibt«, raunte Staab seinem Nachbarn zu. »Vielleicht stimmt die Geschichte mit der Rippe ja doch?«

Bühler sah ihn so scharf an, als wollte er ihm ein Loch durch den gesamten Querschnitt der Halsanatomie brennen. »Ich komme gleich zum Ende, du wirst es ja wohl noch erwarten können!

Stell deine pubertären Albernheiten drei Minuten zurück. Vagina heißt übrigens nichts anderes als Hülle.«

Er ließ erneut den Lichtzeiger aufblitzen. »Im Gefäßnervenstrang verlaufen die Halsschlagader, eine Halsvene und der zehnte Hirnnerv. Den Rest können wir vernachlässigen.« Bühler deutete den weiteren Verlauf der Schneide vage an und sah stolz in die Gesichter seiner Kollegen. »Ich denke, ich habe den Bericht verständlich zusammengefasst.«

»Okay.« Strobel rührte lautstark in seiner Kaffeetasse, bevor er sie anhob. Die anderen fassten das als Aufforderung auf, ebenfalls einen Schluck aus ihren Tassen zu nehmen. Er beobachtete die Szene mit Belustigung. Sie erinnerte ihn an die Familienfeiern seiner Kindheit. Damals durften die Gäste erst trinken, wenn sein Vater das Zeichen gab, indem er still sein Glas hob und vor sich über den Tisch hielt. Schnell aßen alle den Mund leer und folgten seinem Beispiel. Die meisten hatten wahrscheinlich schon brennend darauf gewartet, sich endlich den Wein hinter die Binde zu gießen.

Bühler setzte die Tasse ab und nahm den Faden wieder auf. »Da Emge von oben kam, kann er seinem Mörder nicht die Tür geöffnet haben. Es sei denn, er hat es getan, bevor er auf den Lokus verschwand. Kurz: Der Angreifer muss aus dem Saal gekommen sein oder einen Schlüssel für den Eingang gehabt haben.«

Die nächsten Bilder zeigten das Schwert. »Das ist die Mordwaffe. Die Ascaphia benutzt dieses Schwert nur zu zeremoniellen Zwecken, aber es ist höllisch scharf. Alle Details stehen im schriftlichen Bericht.«

»Fingerabdrücke?«, warf Strobel ein.

»Jede Menge. Am Griff. Von mehreren Personen.«

»Also nicht abgewischt«, folgerte Strobel. »Dann hat der Täter vermutlich Handschuhe getragen. Trotzdem: Die Vernehmungsteams sollen Fingerabdrücke von allen Zeugen nehmen.«

»Ist schon veranlasst«, meldete sich Claudia Junk.

Strobel nickte zufrieden. »DNA-Spuren?«

»Nur vom Toten selbst«, fuhr Bühler fort. »Außerdem ein paar Mikrofasern der roten Mäntel, die von den Vereinsmitgliedern getragen werden. Ich lasse sie heute Nachmittag sicherstellen, dann können wir bis Montag diejenigen heraussuchen, die zu den Fasern passen. Schneller geht es nicht.«

»Ich komme mit dir mit«, entschied Strobel. »Wollte mich sowieso noch einmal in diesem Gemäuer umsehen. Aber erst besuche ich die Witwe und die Kinder. Mike begleitet mich. Treffen wir uns …«, er sah auf seine Armbanduhr und dann auf Bühler, »… um eins vor dem Vereinsheim im Löhergraben?«

Bühler nickte.

»Die Vernehmungen laufen schon. Ich hab die Ascaphen von gestern Abend in alphabetischer Reihenfolge herbestellt.« Strobel sah sich um, sein Blick blieb an Claudia hängen. »Claudia, schnapp dir den Kollegen Syndikus. Sucht euch ein freies Zimmer und schaltet euch in die Vernehmungen ein. Nehmt euch die Vereinsmitglieder vor, die gestern nicht anwesend waren, aber einen Schlüssel besitzen. Denkt daran, es sind vorerst nur Zeugen. Fragt aber in alle Richtungen und schaut vor allem, dass ihr etwas wegen eines Motivs aus ihnen rauskriegt.«

Strobel erhob sich, wieder folgten die anderen seinem Beispiel. »Sie und Sie«, er deutete auf zwei Beamte, »graben sich in die Firmengeschichte dieses Emge ein. Ich will wissen, ob da alles sauber ist. Ob er vielleicht einen Konkurrenten über den Tisch gezogen hat, wie es mit Schulden aussieht, alles.« Er wandte sich an die beiden Letzten: »Sie nehmen sich Emges Büroräume vor. Schränke, Akten, Computer. Beantragen Sie einen Durchsuchungsbeschluss.«

Er drehte sich zur Tür, die in sein Büro führte. »Packen wir's. Mike, in fünf Minuten sehe ich Sie unten am Auto.«

»Und die Presse?«, rief Staab ihm hinterher. Aber Strobel hatte die Tür schon ins Schloss fallen lassen.

***

Die Mitglieder waren dem Alphabet nach geordnet. Hinter den Adressen, den Berufsangaben und den Telefonnummern standen die Namen, die sie in der Ascaphia trugen.

»Hier ist auch vermerkt, seit wann sie dabei sind.« Ruth tippte mit dem Finger auf die letzte Spalte.

Stiller, Ruth und Kleinschnitz waren zusammengerückt und beugten die Köpfe über das Heftchen. Roberta saß ihnen gegenüber und sah zu. Stiller bemerkte ihren besorgten Blick.

»Alles in Ordnung, Roberta?«, fragte er.

Roberta nickte. *»Va bene.«*

Sie konzentrierten sich auf die Namen, vergaßen den Trubel um sich herum.

»Der Bussi-Baum ist dabei.« Kleinschnitz fummelte mit einem Kugelschreiber über die Heftseite. »Ihr wisst schon, der frühere Bank-Chef Baum, der alle Frauen mit Küsschen begrüßt.« Er ließ den Kugelschreiber weitergleiten. »Leider nur die Frauen«, murmelte er.

Wieder stoppte sein Kugelschreiber: »Wie wär's mit dem hier? Der ist doch bekannt!«

Stiller blickte auf den Namen. »Weiß nicht. Das ist einer der Künstler. In der Regel bekommen die von den irdischen Problemen wenig mit.« Rasch wandte er sich an Ruth. »Die männlichen, mein ich.« Vor seinem geistigen Auge zogen wie ein Reigen die Mitglieder des Berufsverbands Bildender Künstler vorbei. Er hatte sie im Zeitungsgeschäft meist als etwas eitel, immer aber als weltfremd erlebt.

»Dann nimm den da …« Kleinschnitz gab nicht auf. »Der ist von der Industrie- und Handelskammer. Kennt sich vielleicht in der Abfallszene aus.«

»Aber er ist erst seit Kurzem dabei. Emge ist in der Burg der Ascaphia umgebracht worden. Das ist kein Zufall, wenn ihr mich fragt. Ich brauche jemanden, der den Vereinshintergrund kennt, und zwar gut.«

»Dann probier's mit dem hier!« Diesmal war es Ruth, die auf einen der Namen deutete. »Seit vierundzwanzig Jahren dabei.« Sie sah Stiller an. »Dr. Fredemann Laip – ist das nicht der Politiker, den du erst neulich interviewt hast?«

»Und nicht zum ersten Mal«, bestätigte Stiller. »Wenn ich richtig rechne, ist er schon genauso lange im Stadtrat wie in diesem Verein. Außerdem seit achtzehn Jahren im Landtag.«

Kleinschnitz klopfte Stiller auf den Rücken und angelte sich ein weiteres Croissant. »Das ist der Richtige! Ein waschechter Ascheberger und ein Mann der Wirtschaft. Hat dem nicht früher eine der größten Kleiderfabriken der Stadt gehört?«

»Stimmt!« Ruth lächelte. »Ich kann mich noch an den Werbespruch erinnern: ›Wie auf den Laip geschnitten‹. Hab mich als Kind köstlich über den Fehler amüsiert. Dass es ein Wortspiel sein sollte, ist mir erst später aufgegangen.«

»Also gut«, willigte Stiller ein. »Als Politiker wird er der Presse kaum eine Bitte abschlagen wollen.« Er kramte das Handy aus seiner Umhängetasche und tippte die Nummer ein, die im Mitgliederverzeichnis stand.

Plötzlich beugte sich Roberta nach vorn. »Sie suchen ein Motiv?«, fragte sie leise. »Dazu kann ich vielleicht etwas beitragen.«

Sofort presste Stiller den Daumen auf die Taste »Beenden« und sah sie neugierig an. Es schien ihm, als verstummten die Gespräche an sämtlichen Nachbartischen, als richteten alle Gäste ihre Ohren wie Satellitenschüsseln auf die zierliche Italienerin aus.

Sie senkte die Augen. Sie holte Luft. Sie öffnete den Mund.

Da meldete sich Stillers Handy. »Auf in den Kampf« – die Ruftonmelodie, die er allen Redaktionsnummern verpasst hatte. Er sah aufs Display und erbleichte. »Mist«, murmelte er, »die hab ich völlig vergessen.« Er hielt das Handy Kleinschnitz hin.

Der zuckte zusammen. »Ich bin nicht da!«, sagte er rasch.

»Wer ist es denn?«, erkundigte sich Ruth.

Stiller drückte auf »Annehmen« und seufzte zerknirscht in Richtung Ruth: »Interpol.«

»Das hab ich gehört, du Arsch!«, bellte eine raue Stimme aus dem Handy. Diesmal war Stiller sicher: Die Gespräche an den Nachbartischen verstummten.

***

Kerstin Polke war sauer. Stinksauer, um genau zu sein. Eigentlich nichts Neues. Sie stiefelte immer etwas angesäuert in den heiligen Hallen des Verlags herum, seit sie vor zwei Jahren ihren Schreibtisch in der Onlineredaktion bezogen und zu spät bemerkt hatte, wie hier der Hase wirklich lief.

Die Printabteilung zählte achtundsechzig Redakteure – den Häuptling nicht mitgerechnet. Und sie allein war die gottverdammte Onlineredaktion in persona. Durfte sich freuen, wenn alle paar Monate ein Volontär für zwei Wochen bei ihr abgesetzt wurde.

Im Bewerbungsgespräch hatte das ganz anders geklungen. Da

hieß es, die Printkollegen würden ihr zuarbeiten, was das Zeug hielt. Wahrscheinlich war sie damals einfach nur glücklich gewesen, den Job zu kriegen. Sie wusste, dass ihr düsteres Gothic-Outfit und ihre diversen Piercings nicht jedermanns Geschmack waren. Trotzdem: Sie hätte etwas genauer zwischen den Zeilen des Vertrags lesen sollen. Die Wirklichkeit sah jedenfalls anders aus. Wenn die Printkollegen überhaupt an sie dachten, dann zuallerletzt.

Tagsüber verdüsterte sich ihre Laune von Stunde zu Stunde, sie brauchte nur einen Blick auf die ständig wachsende To-do-Liste werfen, um sich in Rage zu bringen. Wenn sie den Verlag verließ, hatte sie meist das Stadium »stinksauer« erreicht. An manchen Tagen wälzte sie Mordphantasien, die um eine Kettensäge und den Häuptling kreisten, wenn sie sich nicht sogar im vierten Stock bei der Geschäftsleitung abspielten. An den vielen anderen Abenden dachte sie sich Selbstmordvarianten aus, die sich nur deshalb nicht verwirklichen ließen, weil es in Aschaffenburg keine ausreichend hohen Gebäude gab, die den Todessprung zur sicheren Sache gemacht hätten. Das waren die Abende, an denen ihr beim Weggehen zusätzlich bewusst wurde, dass sie gleich in ihre Wohnung kommen würde – und dort niemand auf sie wartete.

Wie sollte sie bei diesem Lebenswandel auch jemanden kennenlernen? Sie war froh, wenn sie nach einem Vierzehn-Stunden-Tag endlich eine Nirvana-Scheibe in den CD-Player schieben und mit einer Flasche Wein aufs Sofa sinken konnte. Sie hatte nach zweiundzwanzig Uhr echt keinen Bock mehr, um die Häuser zu ziehen und in den Kneipen alkoholisierte Junggesellen aufzureißen. Oder solche, die sich dafür ausgaben.

Am Arbeitsplatz war die Partnersuche ebenso aussichtslos. Entweder waren die Typen, für die sie sich interessierte, glücklich verheiratet, oder sie hatten Angst vor ihr. Nicht gerade die optimale Ausgangslage für eine dauerhafte Beziehung. Sie war jetzt siebenundzwanzig, und die Aussicht, die nächsten Jahrzehnte in eine einsame Wohnung heimzukehren, deprimierte sie immer mehr.

Oft grübelte sie darüber nach, was sie wohl falsch machte. Liebe Güte, wenn sie sich im Verlag umsah: Da hatten es ja sogar die langweiligsten Schafe unter irgendeine Haube gebracht. Vielleicht lag's daran, dass sie ihre Gefühle nicht so richtig zeigen konnte? Sie hielt es für Schwäche, sich anderen zu öffnen, hatte Angst, es könnte sie verletzbar machen. Vielleicht sollte sie mal den strahlenden Augenaufschlag üben, mit dem es die neue Ziege in der Kulturredaktion schaffte, dass sämtliche männlichen Redaktionsmitglieder vor ihrem Zimmer Schlange standen. Aber das verhinderten bei ihr schon der schwarze Lidschatten und Eyeliner.

Dann war da noch ihre raue, fast männliche Stimme – ein Tick zu rau und männlich, um noch sexy zu klingen. Sie überlegte schon, ob sie das Rauchen aufgeben sollte. Die filterlosen Gitanes waren das einzige Laster, das sie sich gönnte. Von den gelegentlichen erotischen Phantasien abgesehen. Aber ohne die Glimmstängel würde sie wahrscheinlich dem Frustfressen verfallen – und aufgehen wie ein Hefekuchen. Meine Figur ist so ziemlich das einzige Vorzeigbare an mir, dachte Kerstin Polke und sah fast zufrieden an sich hinab. Dann kehrte sie wieder in die Realität ihres Berufslebens zurück.

Selten war sie, wie an diesem Samstag, schon vormittags auf Level »stinksauer«. Diesmal gab es zwei Gründe: erstens die drei Anrufer, die sie an ihrem einzigen freien Tag der Woche vor acht aus den Federn gebimmelt und etwas von einem Mord, der von einem Geheimbund verübt worden sein sollte, gefaselt hatten. Warum davon noch nichts im Internet zu lesen sei? Zweitens die Tatsache, dass sie nun an diesem einzigen freien Tag in der Redaktion saß und nirgends eine beschissene Nachricht von einem Mafiamord vorfand. Nichts. Nada. Nothing. Niente.

An diesem Vormittag war Paul Stiller Teil ihrer Mordphantasien. Er war der gottverdammte Leiter dieser behämmerten Stadtredaktion. Wenn sich irgendwo in Aschaffenburg ein Mord zugetragen hatte, würde er das längst wissen – und er hatte offensichtlich genauso wenig an sie gedacht wie alle anderen Knalltüten in der Redaktionsabteilung sonst auch. Ihr Gefühl schwankte zwischen Enttäuschung und Wut.

Enttäuschung, weil sie sich von ihm ein wenig mehr erwartet hatte. Um ehrlich zu sein: Ihr Herz machte jedes Mal einen Hüpfer, wenn er in ihrem Büro aufkreuzte. Damit er ja nichts merkte, bemühte sie sich ihm gegenüber um einen besonders ruppigen

Ton. Schließlich gehörte er in die Kategorie »glücklich verheiratet«. Ihr Ton schien ihm aber nichts auszumachen. Er war immer freundlich zu ihr. Sie hätte sich lieber das Zungenpiercing herausgerissen, als das zuzugeben, aber es tat ihr gut, wenn er etwas Nettes zu ihr sagte.

Geduldig hörte er sich das Gemotze an, mit dem sie ihre Arbeit kommentierte. Er blieb so lange neben ihr stehen, bis sie sich ausgekotzt hatte und ihm ein aggressives »Was willst du?« hinschleuderte. Dann unterhielt er sich mit ihr wie mit einer normalen Frau.

Und jetzt ließ er sie hängen. Wie sauer sie auch war, die Professionalität behielt die Oberhand. Sie musste möglichst schnell etwas über diesen Mord online haben, das allein zählte. Die Lokalfunker konnten jeden Moment mit der Nachricht rüberwachsen, außerdem erschien sonntags ihr Anzeigenblatt. Einen Tag vor der nächsten Druckausgabe der Zeitung.

Das musste Stiller doch klar sein!

Wütend griff Kerstin Polke zum Telefon und hackte Stillers Nummer hinein. Als er den Anruf annahm, hörte sie klar und deutlich den Spitznamen, den ihr die Printkollegen verpasst hatten. Sie hasste ihn, weil er ihre Außenseiterrolle festschrieb, indem er auf ihre Arbeit für das Internet anspielte: »Interpol«.

»Das hab ich gehört, du Arsch!« Hatte sie wirklich »Arsch« gesagt? Zu Stiller?

»Entschuldige, du hast recht, ich bin ein Arsch«, schnarrte es zurück. »Ich hab dich noch nicht angerufen.«

Sie war platt.

Sie hätte gerne etwas Versöhnliches gesagt, aber die Worte wollten ihr nicht folgen. »Also bist du selbst an dem Mord dran. Und warum sitze ich hier auf dem Trockenen? Die Regel lautet: Wenn irgendwo Rauch aufsteigt, krieg ich Bescheid. Kannst du dir das verdammt noch mal merken?«

»Kerstin ...«, sagte er.

Jetzt also wieder Kerstin. Eben war sie noch Interpol gewesen.

»... ich hätte mich gleich gemeldet, ehrlich. Aber ich sitze hier gerade mit einem Informanten, der mir etwas über ein mögliches Motiv sagen kann.«

»Scheiß auf das Motiv. Ich brauch erst mal die Basisinformationen, und zwar ein bisschen plötzlich.«

Im Schnelldurchlauf erzählte ihr Stiller, was er wusste. Sie klemmte den Hörer zwischen Kinn und Schulter und notierte.

»Viel ist das nicht«, fasste sie zusammen.

»Ich arbeite dran. Du kriegst auf jeden Fall Nachricht, wenn ich etwas Neues weiß.«

»Hast du mir überhaupt alles erzählt? Ich hab gehört, der Mord hätte was mit der Mafia zu tun …«

»Mafia? Nein. Das ist die Ascaphia. Klingt nur ähnlich. Du findest jede Menge Infos über den Verein im elektronischen Archiv. Es ist einer der ältesten in der Stadt.« Er buchstabierte zur Vorsicht den Namen.

»Halt mich nicht für blöd!«, fiel sie ihm ins Wort.

»Tu ich nicht, wirklich.« Stiller legte eine kleine Pause ein. »Wenn du schon dabei bist, könntest du mir ein wenig Arbeit abnehmen: Schau doch mal, was du im Internet über das Mordopfer rauskriegst.«

Sie schnaufte. Eigentlich wollte sie etwas in der Art sagen wie »Gerne« oder wenigstens ein neutrales »Okay«. Aber es kam anders: »Ich nehm dir schon Arbeit ab, wenn ich hier den Text schreibe, den du eigentlich liefern solltest. Ich finde, damit reicht's.«

»Kerstin …«

Er wiederholte sich.

»… ich kann verstehen, dass du sauer bist. Ich hab nicht angerufen, und jetzt sollst du auch noch für mich recherchieren. Und das alles an deinem freien Tag.«

Schnellmerker.

»Aber mir geht's ja nicht anders«, fuhr er fort. »Wär schön, wenn wir uns gegenseitig helfen. Du bist noch nicht so lange dabei wie ich …«

Noch lange nicht so lange! Sie konnte wenigstens auf einen frühen Tod hoffen. Er nicht mehr.

»… aber glaub mir: Am besten fühlt man sich, wenn man seine Arbeit gut macht. Und – wie sagst du? – drauf scheißt, was die anderen davon halten.«

Sie schluckte. »Laber nicht rum. Schwing lieber deinen Hintern.« Sie legte auf und blieb einen Moment lang bewegungslos sitzen. »Schwing deinen Hintern« – was war das denn für ein Spruch?

Warum konnte sie nicht einfach »Beeil dich bitte« sagen? Er musste sie für total bekloppt halten.

Was hatte Stiller ihr überhaupt zu verstehen geben wollen? Dass sie sich deswegen oft schlecht fühlte oder sauer war, weil sie tagaus, tagein vor sich hin wurschtelte, ohne dafür Anerkennung zu erfahren – vor allem nicht von diesem Häuptling? War da was dran? Sie glotzte sekundenlang auf den Bildschirm, der so leer war wie ihr Blick. Dann gab sie »Richard Emge« bei Google ein und startete die Suche.

***

Der »Hintern« schwang noch über dem Bistrotisch vor der »Bar del Corso«. Stiller klappte verlegen das Handy zu und steckte es in die Tasche seines gefütterten Anoraks. Die Gäste am Nachbartisch nahmen ihr Gespräch wieder auf. Neugierig hatten sie dem Telefonat gelauscht.

»Alter Schleimer!«, spottete Kleinschnitz.

»Kommt, ihr zwei, gebt Frieden«, beschwichtigte Ruth. »So, wie ich das sehe, hat sie nicht ganz unrecht!«

Stiller nickte. »Roberta«, sagte er, »Sie haben gehört, ich soll meinen Hintern schwingen. Was ist Ihnen eingefallen?«

Diesmal sah sie sich verlegen um. »Also, weil Sie das mit dem Streit gesagt haben, Paolo.« Sie schluckte. »Der tote Ritter hatte gestern Abend tatsächlich einen Streit.« Roberta nahm ihre schmale Brille ab und legte sie vor sich auf den Tisch. »Einen ziemlich heftigen Streit.«

»Worum ging's denn?«

»Um eine Frau. Sie heißt Mareike. Das war gleich am Anfang, noch vor der Feier. Der tote Ritter …« Sie zögerte. »Emge war gestern als einer der Ersten in der Burg. Das hatte mich gewundert. Sonst kommen immer die Musiker zuerst, um noch einmal zu proben. Als er sich zu mir an die Theke stellte, trug er schon seinen roten Mantel. Er sah sich dauernd um, als warte er auf jemanden.«

»Und?«

»Er bestellte ein Quell. So sagen sie zu Bier.«

»Okay.« Stiller erinnerte sich, dass der Verein eine Reihe von

Spezialbegriffen benutzte. Ein paar hatte er in seinem Jubiläumsbericht untergebracht, weil sie so originell waren. Wie hieß doch gleich wieder das Wort für Prost?

»Er wartete, bis ich es gezapft hatte, dann ging er in den Saal zurück. Wenig später sah ich ihn dann mit dem Holzmann streiten.«

»Dem Holzmann?«

»Er stammt aus Köln und betreibt in Obernburg eine Firma, die etwas mit Holz zu tun hat. Pfütz oder so. Ihre Zeitung hat doch bei der Eröffnung der Firma groß berichtet.«

»Pütz«, erläuterte Kleinschnitz. »Holzhandel.« Er schnappte sich das Mitgliederverzeichnis und blätterte. »Hier: Uwe Pütz. Rittername ›Ar-Bor‹.«

»Wieder ein Wortspiel.« Stiller notierte den Namen. »Arbor ist lateinisch und heißt Baum.«

»Danke für die Belehrung, du Streber. Aber ich löse auch Kreuzworträtsel.«

Stiller überhörte die Ironie in Kleinschnitz' Ton und sah Roberta erwartungsvoll an.

»Ich bin in den Saal gegangen, um vor dem großen Ansturm schnell noch die Tische abzuwischen. Es war ja ein Festabend. Emge und dieser Pütz standen in einer Ecke unter der Galerie beisammen. Sie stritten sich, das war nicht zu übersehen. Vor allem Pütz hat ausgeschaut, als würde er gleich auf Emge losgehen. Richtig bedrohlich.«

Zwei Frauen verließen die Bar, blickten sich um und steuerten strahlend auf Roberta zu. Sie erhob sich und verteilte Wangenküsse. Geduldig wartete Stiller, bis die beiden endlich Richtung Stadthalle stakelten und Roberta ihnen noch ein breites *»Ciao, ciao«* hinterherrief. Sie setzte sich wieder.

Stiller gab ihr das Stichwort. »Bedrohlich.«

»Ja. Ich wollte nicht lauschen, bitte glauben Sie mir das. Zuerst konnte ich auch gar nichts hören, weil auf dem Musikpodium das Streichquartett probte. Ah, ich habe eine Gänsehaut bekommen!«

»Ich kenn das«, sagte Kleinschnitz. »Gräulich, wenn Streichinstrumente falsch gestimmt sind.«

Sie sah ihn entgeistert an. »Wieso falsch gestimmt? Es war ergreifend!«

»Okay, also Gänsehaut. Und dann?« Stiller versuchte nun doch, das Gespräch voranzutreiben.

»Dann hab ich gehört, wie Pütz gesagt hat: ›Wie kommst du darauf, dass ich mit der Mareike was am Laufen hätt?‹ Am Laufen hätt … der redet immer so komisch.«

»Sie können froh sein, wenn Sie einen Kölner überhaupt ohne Dolmetscher verstehen«, tröstete Kleinschnitz.

»Was Emge gesagt hat, hab ich nicht verstanden, er hat nicht so laut geredet. Aber Pütz hat fast geschrien. Wenn Emge das mit ihm und der Mareike jemandem erzählen würde, bekäme er Probleme mit der Familie.«

»Er?«

»Der Pütz.«

»Verstehe.«

»Aber Emge würde auch Probleme bekommen.«

»Aha?«

Roberta rieb sich mit den Händen über Stirn und Augen, konzentrierte sich. »Er, also Pütz, wollte das nicht tatenlos hinnehmen, wenn jemand seine Ehre beschmutzt. Das mit der Mareike sei seine Privatsache, das tät niemand was angehen. ›Tät‹ – auch so ein Wort von ihm.«

»Hat er Emge gedroht?«

Sie nickte. »Emge sollte sich da raushalten, sonst …«

»Sonst?«

»Sonst tät das seiner Gesundheit nicht gut. Könnte leicht sein, dass er seine nächste Ehrung nicht mehr erlebt. Es stehe mehr auf dem Spiel als Mareike. Das sei kein Spaß mehr, das sei todernst.«

Stiller, Ruth und Kleinschnitz sahen sie an.

»Das war's. Mehr hab ich nicht gehört. Ich musste ja die Tische wischen.«

Stiller überlegte kurz. »Pütz hat also gesagt, das mit ihm und der Mareike gehe niemanden etwas an.«

Wieder nickte sie.

»Aber er hat fast geschrien.«

»Ich fand schon. Aber außer mir war sonst niemand im Saal. Und das Orchester auf dem Podium hat geprobt. Die Musik war ziemlich laut«

»Hm.«

Roberta setzte die Brille auf und blitzte Stiller verärgert an. »Glauben Sie mir etwa nicht?«

»Doch. Es wundert mich bloß. So unvorsichtig ...« Er blätterte den Stenoblock zurück. »Andererseits: Er war ja auch wütend.«

»Oh ja!«

Stiller sah auf. »Weiß Strobel das schon?«

Sie schüttelte den Kopf. »Ich hatte das völlig vergessen. Es war später alles so aufregend. Erst als Sie das Wort ›Streit‹ erwähnten, ist es mir wieder eingefallen.«

»Sie müssen es Strobel sagen.« Noch einmal blätterte Stiller den Block durch. »Gab es sonst noch Zeugen für den Streit?«

»Die Musiker haben bestimmt nichts mitbekommen, die saßen ja in der entgegengesetzten Ecke und haben gespielt. Im Saal war ganz sicher sonst niemand mehr. Könnte sein, dass sich jemand auf der Galerie aufgehalten hat. Sie ziehen da manchmal ihre Mäntel an, weil es in der Garderobe so eng ist. Von da kann man runtergucken. Und die beiden standen unter der Brüstung.«

»Aber Sie haben da oben niemanden gesehen?«

»Auf die Galerie habe ich nicht geachtet.«

»Sagen Sie's Strobel«, wiederholte Stiller. »Bald.«

Ruth legte ihre Hand auf seinen Unterarm. »Was ist los, Paul? Irgendetwas stimmt doch nicht!«

Stiller klappte den Block zu, zog das Handy aus der Tasche und tippte Wahlwiederholung. Laips Nummer erschien auf dem Display. »Roberta hat nicht auf die Galerie geachtet. Aber wenn sich jemand da oben aufhielt, hat er Roberta gesehen. Und Pütz weiß auf jeden Fall, dass sie im Saal war und etwas gehört haben könnte.«

»Paolo!«, rief Roberta. »Sie machen mir ja richtig Angst!«

»Das tut mir leid, Roberta. Aber ich versichere Ihnen: Vor mir müssen Sie sich nicht fürchten.« Beim ersten Tuten legte er das Mobiltelefon ans Ohr. »Ehé«, sagte er.

Die drei Gesichter, die ihn anstarrten, bogen sich wie Fragezeichen.

»Ehé heißt Prost.«

»Also mir macht er Angst«, brummelte Kleinschnitz.

***

Mike Staab übernahm das Steuer des Dienst-BMW. Strobel faltete sich auf den Beifahrersitz, zog ein Bündel Akten unter seinem Arm hervor und blätterte es auf den Knien auf. Sein Team hatte ihn mit allem versorgt, was auf die Schnelle über die Familie des Opfers greifbar gewesen war. Er überflog die Seiten und warf Staab die wichtigsten Informationen hin.

»Die Witwe heißt Klara Emge, ist neunundfünfzig. Hat früher mal die Buchhaltung für die Firma ihres Mannes gemacht, zog sich aber vor vier Jahren zurück.«

»Hm.« Staab steuerte das Auto auf die Auffahrt zur Adenauerbrücke.

»Die ältere Tochter hat die Buchhaltung übernommen. Maria Hecht. Siebenunddreißig. Kaufmännische Ausbildung. Verheiratet, keine Kinder. Ihr Mann, Georg Hecht, ist Betriebswirtschaftler. Arbeitet ebenfalls in der Firma des toten Emge. Ist für den Einkauf zuständig.«

»Betriebswirtschaftler«, wiederholte Staab. »Einkauf. Das gibt es oft in diesen Familienunternehmen. Wie es aussieht, war der alte Emge der typische Patriarch. Hat den Schwiegersohn nicht in die Geschäftsleitung gelassen. Da kommt nur der leibliche Sohn rein.«

»Keineswegs. Der Sohn hat mit der Firma nichts am Hut. Ist Landschaftsgärtner, hat seinen eigenen Betrieb. Name Berthold Emge, Alter neununddreißig. Ledig, keine Kinder.« Strobel sah nach vorn in die Straßenschlucht der Ringstraße hinein. »Fahren Sie an der Würzburger raus, ja?«

Staab nickte.

Strobel versenkte sich wieder in die Akten. »Die jüngere Tochter: Elisabeth Brenneis, derzeit Hausfrau. Erziehungspause. Hat zwei Kinder, fünf und zwei Jahre alt. Sie ist vierunddreißig und verheiratet mit Bernhard Brenneis.«

»Lassen Sie mich raten: Verkauf?«

»Nein, das war eine Aufgabe des alten Emge. Bernhard Brenneis ist Betriebsleiter der Recyclinganlage. Hat Maschinenschlosser gelernt.«

»Mit anderen Worten: Er war chancenlos.« Staab lenkte den Wagen vom Ring zur Würzburger Straße. »Dann versteh ich das erst recht nicht.«

»Sie verstehen nicht, weshalb er den Mann der älteren Tochter, Georg, nicht in die Geschäftsführung gelassen hat?«

»Genau. Das ergibt doch keinen Sinn, wenn sonst niemand aus der Familie den Laden übernehmen kann oder will.«

»Vielleicht hat der Patriarch noch keine Lust gehabt, abzutreten – sein bizarres Ende hat er ja wohl schwer vorhersehen können. Was soll er sich daher vorzeitig mit einem ehrgeizigen Nachfolger herumstreiten? Besser, er hält ihn auf Distanz.«

Der BMW bog in den Gentilweg ab, eines der nobleren Viertel Aschaffenburgs. Villen aus den sechziger und siebziger Jahren säumten die Straße. Die meisten hatten angebaute Kamine und schmiedeeiserne Gitter vor den Fenstern im Erdgeschoss. Die großen Grundstücke, die sich oberhalb des Gentilwegs den Hang hinaufzogen, waren meist schon geteilt worden. Investoren, Erben oder betuchte Zugezogene hatten moderne Prachtbauten mit Säuleneingängen in die einstigen Gartenparks gepflanzt. Das Emge-Anwesen gehörte dazu. Strobel warf einen Blick in die Akten. Der Adresse nach war die ältere Tochter mit ihrem Hecht in die neureiche Villa am Fuße des Grundstücks eingezogen. Der alte Emge wohnte oben am Hang in einem fränkischen Landhaus mit steilem Dach. Ein Altbau ohne Erker und sonstige Schnörkel. Fensterläden, die vermutlich mehr der Zierde dienten, gaben ihm ein Gesicht.

Strobel freute sich über die Schlichtheit in diesem aufgeplusterten Umfeld. »Da haben sich wohl mal Geld und Geschmack getroffen«, sagte er zu Staab, der den Wagen über eine gepflasterte Einfahrt auf den Parkplatz vor der Haustür lenkte.

Eine junge Frau in einem schwarzen Kleid öffnete ihnen. Ihre Wangen waren blass, die Augen rot gerändert. Strobel schloss auf eine der Töchter.

»Kriminalpolizei«, stellte er sich vor. »Ich bin Hauptkommissar Strobel, das ist mein Kollege Staab. Wir sind angemeldet.«

Sie wandte sich stumm zur Seite, ließ die beiden eintreten, schloss die Tür und führte sie ins Wohnzimmer.

Strobel war überrascht über die Größe des Raums. Das war dem Haus von außen nicht anzusehen gewesen. Auch die Helligkeit erstaunte ihn. Der Boden war cremefarben gefliest, die Möbel weiß lackiert. Die Fensterfront des Wohnzimmers wies zwar nach Westen, ließ aber doch viel Licht hereinfluten.

»Wir haben Sie erwartet«, sagte die junge Frau leise. Wieder ließ sie den Beamten den Vortritt. Strobels Blick fiel auf eine Polstergruppe aus hellbraunem Leder. In einem der Sessel saß eine zierliche Frau, die ihm gefasst, beinahe gespannt entgegenblickte. Die Witwe, da war er sich sicher.

Er schritt auf sie zu und verneigte sich leicht. Sie reichte ihm die Hand, ihr Druck war kräftig. Strobel richtete sich auf und musterte kurz die übrigen Anwesenden: ein Paar auf der Dreiercouch, ein junger Mann auf einem Zweisitzer. Die Frau von der Tür setzte sich zu ihm. Ein weiterer Mann löste sich vom Kaminsims, an das er sich angelehnt hatte, und stellte sich hinter den Sessel der Witwe. Der Sohn, dachte Strobel.

Er grüßte, stellte Staab und sich erneut vor. »Frau Emge, ich darf Sie zunächst unserer tiefen Anteilnahme versichern«, begann er hölzern. Er kannte diese Schwäche. Nie flogen ihm in solchen Situationen die passenden Worte zu. Da half keine Routine. »Zugleich möchte ich Ihnen danken, dass Sie sich trotz des schmerzlichen Verlustes und der umfangreichen Vorbereitungen der ...«, er zögerte; die Leiche war noch lange nicht freigegeben, »... der Trauerfeierlichkeiten die Zeit für uns genommen haben.«

»Danke«, erwiderte Klara Emge. »Und bitte: Nehmen Sie doch Platz.« Sie wies auf die beiden freien Sessel. »Trinken Sie einen Kaffee?«, fragte sie, während sich Strobel und Staab setzten.

»Gerne.«

Die Frau auf dem Dreisitzer erhob sich. »Ich mach das schon. Milch? Zucker?«

Strobel schenkte ihr ein gewinnendes Lächeln. »Sie sind ...?«

»Maria Hecht. Die ältere Tochter.«

Strobel nickte.

»Vielleicht sollte ich Ihnen die Familie kurz vorstellen?« Klara Emge wies auf den Mann auf dem Dreisitzer: »Das ist mein Schwiegersohn Georg Hecht.« Ihre Hand schwenkte zur Doppelcouch. »Meine jüngere Tochter Elisabeth und ihr Mann Bernhard.« Dann legte sie den Kopf zurück und sah zu dem Mann hinauf, der hinter ihr stand und sich leicht über sie beugte. »Berthold, mein Sohn.«

Strobel betrachtete sie kurz. Sie trug ein schwarzes Kostüm, das ihren zierlichen Körper mädchenhaft erscheinen ließ. Sie war ungeschminkt, ihre braun getönten Haare, die sonst wohlfrisiert sein mussten, hatte sie an diesem Morgen nur nachlässig gekämmt. Er räusperte sich und unterdrückte den Drang, die Finger knacken zu lassen.

»Frau Emge, ich weiß, wie schwer das alles für Sie ist. Aber ich muss Ihnen dringend einige Fragen stellen. Je rascher wir uns ein Bild von den Lebensverhältnissen Ihres Mannes und über mögliche Gründe für seine Ermordung machen können, desto größer ist die Wahrscheinlichkeit, dass wir den Täter fassen.«

»Wir stehen Ihnen zur Verfügung«, sagte sie mit fester Stimme.

»Ihr Mann ist im Vereinsheim der Ascaphia erstochen worden. Sie werden verstehen, dass wir uns deshalb vor allem für dieses Umfeld interessieren.«

Sie deutete ein Nicken an.

»Wissen Sie, ob einer der Ascaphen ein Motiv gehabt haben könnte? Hat Ihr Mann etwas von Auseinandersetzungen mit anderen Vereinsmitgliedern erzählt?«

»Nicht dass ich wüsste.« Die Witwe lehnte sich zurück. »Er gehört dem Verein seit über zwanzig Jahren an. Er ist immer ganz vernarrt gewesen in die Ascaphia, hat kaum eine der Zusammenkünfte ausgelassen. Und wenn es seine Zeit zuließ, ist er unter der Woche ausgeritten.«

»Ausgeritten?«

»So nennen sie es, wenn sie die Abende anderer Vereine ihres Bundes besuchen. Die benachbarten Vereine treffen sich an unterschiedlichen Wochentagen.«

»Verstehe. Aber seinen Verein zu mögen schließt ja persönliche Differenzen mit einzelnen Vereinsmitgliedern nicht aus. Gab es solche Differenzen?«

»Das kann ich mir nicht denken. Richard war sehr beliebt, und er war der Typ Mann, der mit allen gut auskam. Er akzeptierte die meisten Menschen, wie sie waren.«

»Die meisten?« Strobel wurde hellhörig. »Welche denn nicht?«

»Ich kann Ihnen niemand Bestimmten nennen. Richard lehnte Menschen mit schlechtem Lebenswandel ab. Er war ein Moralist. Er stammte aus armen Verhältnissen, wissen Sie? Er musste sich Geschmack, Bildung, Wohlstand, den Betrieb, das alles hart erarbeiten. Hart, aber ehrlich.« Sie beugte sich vor, schloss die Augen bis auf einen Spalt. »Er hatte nichts übrig für Leute, die meinten, auf unredliche Weise ans schnelle Geld zu kommen. Für unehrliche Menschen und …«

Strobel war sich sicher, dass sie unter den halb geschlossenen Lidern einen raschen Blick auf den älteren Schwiegersohn warf.

»… für solche, die sich lieber ins gemachte Bett setzen, als zu arbeiten.«

»Fällt Ihnen da jemand ein?«

Sie blickte ihn an. »Solche Menschen gibt es in der Ascaphia nicht. Wer da Mitglied wird, muss mit den anderen auf einer Wellenlänge liegen. Es sind Künstler oder Menschen, die, wie er es tat, hart arbeiten und in der Freizeit ein musisches Hobby pflegen. In diesem Verein finden sie einmal in der Woche das Leben, das sie gerne geführt hätten – oder zumindest ein Auditorium. Viele Ascaphen-Frauen tun sich schwer damit. Aber ich habe es immer akzeptiert.«

Strobel erwiderte ihren Blick. »Wir müssen bisher davon ausgehen, dass es ein Vereinsbruder war, der …«

Sie ließ ihn nicht ausreden. »Sie irren sich. Sie werden schon sehen.«

Der Sohn legte ihr von hinten die Hand auf die Schulter. »Nimm's mir nicht übel, wenn ich dir widerspreche, Mutter. Aber eine Sache gibt es doch.«

Maria Hecht kehrte mit einem Tablett voller Tassen zurück, stellte es auf dem Couchtisch ab. »Hole noch den Kaffee«, murmelte sie, bevor sie das Wohnzimmer wieder verließ. Es war unschwer zu erkennen, dass auch sie geweint hatte. Ihre Schwester begann, die Tassen zu verteilen.

Berthold Emge wandte sich dem Kommissar zu. »Die Sache ist vielleicht viel zu unbedeutend …« Er schluckte. »Aber es gab einen Mann im Verein, mit dem er eine Auseinandersetzung hatte. Sie müssen wissen, dass Vater in letzter Zeit daran dachte, sich aus der Firma zurückzuziehen. Das Geschäft wird zunehmend härter, er hatte schwer mit den Folgen der Globalisierung zu kämpfen. Außerdem wollte er endlich Zeit für sich und die Familie haben, nach all den Jahren.«

Strobel war sich sicher: Die Witwe warf bei diesen Worten erneut einen Blick auf ihren Schwiegersohn. Er betrachtete ihn ebenfalls. Hecht saß wie erstarrt auf dem Sofa, seine Miene hatte sich verfinstert.

»Natürlich wollte er sich dann auch stärker in der Ascaphia engagieren. Man hat ihm wohl vorgeschlagen, für das Amt eines Ober-Ascaphen zu kandidieren.«

»Man?«

»Der Vorstand«, erläuterte Emge. »Possmann, der Oberstaatsanwalt, Sie kennen ihn, will sein Amt niederlegen. Es müssen immer drei Ober-Ascaphen sein.«

Die drei auf dem sogenannten Thron, dachte Strobel.

»Es gab aber schon einen Bewerber. Ein Mann namens Möller. Französischlehrer im Vorruhestand. Sein Rittername ist Gall-isch. Er hat ziemlich wütend reagiert, als er von Vaters Kandidatur hörte.« Emge unterbrach sich und sah zur Tür. Maria Hecht kehrte mit einer großen altmodischen Kaffeekanne ins Wohnzimmer zurück und begann, die Tassen zu füllen.

»Hat Ihnen das Ihr Vater erzählt?«

Emge nickte und sah entschuldigend auf seine Mutter herab, die ihm ihr Gesicht zugewandt hatte. »Er wollte nicht, dass du etwas davon erfährst. Es hätte dich nur aufgeregt.« Dann blickte er wieder Strobel an. »Möller hat ihn richtiggehend beschimpft und aufgefordert, von der Wahl zurückzutreten.«

»Wann ist denn die Wahl?« Strobel beugte sich vor und griff nach der Tasse.

»Ende des Monats. In drei Wochen, am letzten Freitag vor der Sommerpause. Die Ascaphia ist nur von Oktober bis April aktiv.«

»Weshalb fürchtete Möller die Kandidatur Ihres Vaters?«

Emge brachte trotz der Trauer ein Lächeln zustande. »Mutter hat es Ihnen schon gesagt: Mein Vater ist … war im Verein sehr beliebt. Möller nicht. Er unternimmt schon den fünften oder sechsten Anlauf auf den Thron, hat die früheren Wahlen aber immer verloren. Diesmal hatte er wohl gehofft, es gebe keinen Gegenkandidaten. Vater entschied sich erst vor einem Monat zur Kandidatur.«

»Sie sagen, er hat Ihren Vater beschimpft?«

»Er hat ihn als Verräter und Intriganten bezeichnet. Vater war völlig verstört.«

Klara Emge stöhnte und schüttelte leicht den Kopf. Strobel sah sie entschuldigend an.

»Es tut mir leid, aber ich muss diese Fragen stellen. Wurde Möller handgreiflich?«

»Davon hat mein Vater nichts erzählt«, erwiderte Emge. »Aber Möller hat ihm gedroht. Vor Zeugen. Sie werden das sicher noch von anderen erfahren. Er hat gesagt, das Amt stehe ihm zu. Vater werde in der Ascaphia seines Lebens nicht mehr froh, wenn er es ihm wegnehme.«

»Nein! Berthold, ich bitte dich ...« Klara Emge beugte sich nach vorn, entzog ihre Schulter der Hand des Sohnes. Strobel registrierte erneut, wie fest ihre Stimme klang. »Das ist doch kein Motiv für ... für einen Mord.«

»Wir müssen jedem Hinweis nachgehen, Frau Emge«, erwiderte Strobel. »Wir stehen völlig am Anfang der Ermittlungen.« Er dachte kurz nach. »Gab es Menschen außerhalb des Vereins, mit denen Ihr Mann Auseinandersetzungen hatte?«

Wieder der rasche Blick zum Schwiegersohn. Sie bewegte den Kopf nicht, ließ nur die Augen kurz zur Seite springen.

»Berufliche Feinde?«, hakte Strobel nach.

Erneut ergriff Berthold Emge das Wort. »Wie ich Ihnen schon sagte: Das Geschäft ist in den letzten Jahren deutlich härter geworden. Vor allem die kommunalen Entsorgungsaufträge sind umkämpft. Sie bieten einen sicheren Grundstock. Aber hier in Aschaffenburg kennen sich die Unternehmer. Die meisten sind sogar verwandtschaftlich verbandelt. Vater hatte klare Prinzipien, daher war er auch in diesen Kreisen geachtet.«

»Gut.« Strobel klappte sein Notizheft zu, trank den Kaffee aus und gab Staab ein Zeichen. »Dann will ich Sie nicht länger stören. Es ist möglich, dass wir später noch Fragen haben. Und falls Ihnen noch etwas einfällt«, er legte seine Karte auf den Couchtisch, »bin ich jederzeit für Sie erreichbar.«

Elisabeth, die jüngere Tochter, erhob sich. »Ich bringe Sie zur Tür.«

Strobel folgte ihr ein paar Schritte, drehte sich dann aber noch einmal um. »Eine letzte Frage. Ihr Vater wollte sich aus der Firma zurückziehen.« Er sprach Berthold Emge an, fixierte aber Georg Hecht. »Wie hat er sich denn die Übergabe vorgestellt? Wer sollte das Unternehmen in Zukunft führen?« Er hatte die Reaktion erwartet: Wieder verfinsterte sich die Miene des älteren Schwiegersohns.

Emge schwieg kurz. »Er wollte die Firma verkaufen«, sagte er dann. »Vaters gesamtes Vermögen steckt in diesem Haus und in seinem Unternehmen. Er wollte etwas mehr zum Leben und vom Leben haben, solange ...«, er senkte die Stimme und legte eine Hand über die Augen, »... solange er es noch genießen konnte.«

»Sie sind doch beide in der Firma tätig«, wandte sich Strobel an das Paar auf dem Dreiersofa. »Sogar an maßgeblichen Stellen, wie ich gehört habe. Haben Sie kein Interesse, die Firma weiterzuführen?«

»Ich wüsste nicht, wie ich die anderen auszahlen sollte«, entgegnete Maria Hecht. Sie überlegte kurz. »Ich weiß nicht genau, was Sie da andeuten wollen. Ich hoffe aber, es ist nicht das, was ich vermute!«

»Ich will nichts andeuten. Aber das ist durchaus eine wichtige Information, finden Sie nicht?«

Maria Hecht blickte Strobel geradewegs an, während ihr Mann den Kopf gesenkt hielt. »Ich kann mir nicht denken, dass diese Information Sie weiterbringt. Den Mörder meines Vaters suchen Sie hier jedenfalls vergeblich. Auf Wiedersehen, Herr Kommissar.«

Strobel wartete nicht, bis der Wagen das Emge-Anwesen verlassen hatte. Noch während Staab den BMW die gepflasterte Einfahrt hinabrollen ließ, zückte er sein Handy und rief die Dienststelle an.

»Es gibt einen Ascaphen namens Möller. Ein Lehrer im Vorruhestand, den Vornamen hab ich leider nicht. Würden Sie bitte in der Liste nachsehen und einen Termin mit ihm machen?« Er gab dem Kollegen Zeit, den Namen zu notieren. »Außerdem brauche ich alles, was die Computer und Archive hergeben, über Georg Hecht ... Ja, den Schwiegersohn ... Ich weiß, dass heute Samstag ist, tut mir leid. Vielleicht finden Sie jemanden, der Sie unterstützt, mein Placet haben Sie.«

Er steckte das Mobiltelefon weg und sah Staab von der Seite an. »Vielleicht hatten Sie gar nicht so unrecht, Mike. Schon merkwürdig, dass der alte Emge seinen Schwiegersohn nicht ans Ruder lassen wollte. Es muss einen Grund geben! Dem tollen Hecht schien das jedenfalls nicht zu schmecken. Und die Witwe weiß Bescheid.«

Er sah ungeduldig aus dem Fenster. Die innere Unruhe hatte ihn gepackt, er spürte, wie die Zeit verrann. Das Gespräch mit der Familie hatte ihm zwei Spuren beschert. Keine tollen Spuren, das gestand er sich ein, aber es war ein Anfang. Etwas, an dem er sich festhalten konnte. Er hatte es oft erlebt: Es würde sich eines zum anderen fügen, bis sich alle losen Enden verknüpften. Er ließ die Finger knacken.

***

Stiller und Kleinschnitz trafen Fredemann Laip eine Stunde nach dem Telefonat im Löhergraben vor dem Vereinsheim der Ascaphia. Es war nicht schwer gewesen, ihn zu überreden. Laip war am Vorabend zwar nicht in der Burg gewesen, doch er wusste bereits von dem Mord. Mehrere Vereinsbrüder hatten ihn angerufen. Er besaß einen Schlüssel und brannte selbst darauf, einen Blick auf den Schauplatz zu werfen, wie er Stiller versicherte. Die Polizei konnte ja etwas übersehen haben.

»Wissen Sie, das kann einfach keiner von uns gewesen sein«, beteuerte er am Telefon. »Emge war in der Ascaphia beliebt wie kein anderer. Ich bin völlig schockiert. Ich glaube das erst, wenn ich alles mit eigenen Augen gesehen habe.«

»Es könnte vielleicht heikel für Sie werden, wenn Sie uns in das Vereinsheim führen«, warf Stiller ein. »Kommissar Strobel will nicht, dass allzu viel nach außen dringt.«

»Lassen Sie das meine Sorge sein. Seien Sie froh, dass Sie sich an mich gewandt haben. Schließlich war ich einmal Staatssekretär im bayerischen Justizministerium.«

Stiller gähnte. Er kannte diese Leier. Trotzdem: Laip war ein Volltreffer. Sie vereinbarten die Uhrzeit, und er legte auf.

Sie erkannten ihn schon von Weitem. Trotz des lauen Frühlingswetters trug Laip einen grauen Lodenmantel, den er bis zum Hals zugeknöpft hatte. Unter den Abgeordneten seiner Partei ein beliebtes Gewand. Typisch auch der graue Filzhut, den er bis über die Ohren gezogen trug. Es fehlte nur der Gamsbart – offensichtlich ein Zugeständnis an seinen Wahlkreis Aschaffenburg, der im nördlichsten Winkel Bayerns lag. Bajuwarischen Hutschmuck trugen die Menschen hier allenfalls bei Festzügen.

»Guten Tag, meine Herren!« Laip streckte ihnen eine fleischige Hand entgegen. »Freue mich, dass ich der Presse zu Diensten sein kann.« Er warf einen Blick über seine Schulter und wies mit dem Daumen nach hinten. »Wir dürfen den Haupteingang nicht benutzen. Er ist versiegelt. Aber ich habe schon nachgesehen, der Seiteneingang ist frei. Kommen Sie!«

»Augenblick«, hielt Kleinschnitz ihn zurück. Er ließ die beiden stehen, schritt zur Tür und fotografierte das Siegel über dem Türschloss. Kurz entschlossen schoss er noch eine Aufnahme von einem Uhu aus Bronze, der an der Wand neben der Tür angebracht war und die Hausnummer in seinen Krallen hielt. »Man kann nie wissen ...«, sagte er, als er zurückkam.

Laip schloss die Seitentür auf, ließ Stiller und Kleinschnitz vortreten. »Das ist die Schänke. Hier lassen wir unsere Abende in kleiner Runde bei einem Schoppen ausklingen.« Er zwinkerte vielsagend.

Der Raum war düster, lediglich an der linken Seite, zur Straße hin, gab es ein Fenster mit altmodischen Butzenscheiben. Laip zog den Hut vom Kopf und warf ihn auf den Tisch in der Mitte des Raums. Dann knöpfte er den Mantel auf und legte ihn über eine Stuhllehne.

Stiller musterte ihn von der Seite. Der Abgeordnete wirkte trotz seiner Leibesfülle selbstbewusst, bewegte sich in diesem Raum, als sei er hier zu Hause. Sein Auftreten ließ ahnen, dass er sein Leben lang von Erfolg verwöhnt worden war – als Arbeitgeber und als Politiker. Ein wenig Eitelkeit kam hinzu, stellte Stiller schmunzelnd fest: Laips Schädel war kahl bis auf einen Haarkranz, den er auf einer Seite hatte lang wachsen lassen, um die Haare quer über die Platte zu kämmen. Die randlose Brille und das Halstuch waren seine Markenzeichen. Kein schöner Mann, aber seine Selbstsicherheit wirkte auf Frauen offenbar attraktiv: Laip hatte drei Ehen hinter sich.

Kleinschnitz umrundete den Tisch und musterte die postkartengroßen Fotos, die gerahmt an der Wand gegenüber dem Eingang hingen. Offensichtlich Porträts der Ascaphen. »Die tragen ja Narrenkappen. Ist das so eine Art Karnevalsclub?«

»Junger Mann!« Laip blickte Kleinschnitz vorwurfsvoll an. »Der Vergleich mit einem Faschingsverein ist die größte Beleidigung für die Ascaphia!« Sein Ton blieb streng. »Was Sie als Narrenkappen bezeichnen, ist die phrygische Mütze, auch Jakobinermütze genannt. Bei uns wird sie als Ritterhelm bezeichnet.«

»Ritterhelm«, murmelte Kleinschnitz. »Das macht Sinn. Für mich zwar nicht, aber das muss ja nichts heißen.«

Stiller stieß ihm den Ellbogen in die Seite.

Laip hatte ihnen den Rücken zugewandt und wies auf eine Schiebetür mit Fenstern aus Milchglas an der rechten Seite. »Da geht es zur Theke. Von dort aus kommen wir in den Saal.« Er zog die Schiebetür auf und öffnete die Saaltür, die nicht versiegelt war.

Stiller wusste, was ihn erwartete. Er hatte den Saal besichtigt, als er den Jubiläumsartikel über die Ascaphia verfasst hatte. Er erinnerte sich gut an den künstlichen Kamin, den sogenannten Thron, die großen Gemälde und die Holzwappen an den Wänden. Nur eines störte das skurrile Ambiente: ein rot-weißes Absperrband, das den Saal in zwei Hälften teilte. Die Kripo hatte das Band nicht gespannt, um ungebetene Gäste am Weitergehen zu hindern. Es sollte sie warnen: Eine breite Blutspur zog sich vom Eingang gegenüber in die Mitte des Saals, mündete dort in eine dunkle, fast schwarze Lache getrockneten Bluts. Kreidestriche markierten die Lage, in der die Spurensicherung den Toten gefunden hatte.

»Hier muss er zusammengebrochen sein«, sagte Stiller.

Laip faltete die Hände wie zum Gebet und legte sie ans Kinn. »Oh, mein Gott! Das ist ja furchtbar.« Er schüttelte den Kopf. »Welch grauenvoller Anblick. Das hat dieser Mann nicht verdient.«

Kleinschnitz ging am Absperrband entlang und schoss eine Serie von Bildern. Dann kehrte er zu den beiden zurück. »So wie es aussieht, kommen wir nicht an den Tatort.« Er wies mit dem Kinn zum Saaleingang. »Versiegelt.«

Laip löste den Blick nicht von der Blutlache. »Ich kenne … kannte Emge seit meiner Schulzeit. Wir sind ein Jahrgang. Abitur am Huma, wie es sich gehörte, obwohl es für ihn nicht leicht war. Er stammte aus einfachen Verhältnissen. Wir waren vielleicht privat nicht so eng, aber hier in der Ascaphia war er mir einer der Liebsten.« Er nahm die Hände vom Kinn und ballte die Fäuste.

»Wer auch immer das getan hat, ich hoffe nur, dass die Kripo ihn kriegt. Ich werde dazu beitragen, was ich kann. Ich habe Verbindungen …«

»Wenn Sie möchten, können Sie mir gerne ein paar Informationen geben«, schlug Stiller vor.

»Sicher.« Laip sammelte sich. »Aber nicht hier. Kommen Sie, gehen wir nach nebenan.«

Er führte Stiller und Kleinschnitz zurück in die Schänke, lud sie mit einer Handbewegung ein, sich an den Tisch zu setzen. »Ich darf vielleicht eines vorausschicken: Vertrauliches kann ich Ihnen nicht erzählen. Es sei denn, Sie sichern mir zu, es nicht für Ihren Bericht zu verwenden.«

Stiller nickte, stellte seine Umhängetasche auf den Tisch, kramte Stenoblock und Füller heraus.

»Dann fragen Sie mich, was Sie wissen wollen.«

»Sie sagen, Sie kannten Emge seit der Schule. Was war er für ein Mensch?«

Laip wiegte den Kopf. »Ich glaube, am besten beschreibt ihn das Wort ›rechtschaffen‹. Wie gesagt, privat pflegten wir keine dicke Freundschaft, dazu waren wir zu verschieden. Aber nach allem, was ich von ihm gesehen und über ihn gehört habe, war er ehrlich zu seinen Mitmenschen, redlich im Geschäft. Er kannte seine Pflichten und hat sie pünktlich und gewissenhaft erfüllt …«

Stiller hatte den Füller schon nach den ersten Worten ruhen lassen. Er kannte diese oberflächlichen Floskeln aus ungezählten Festreden. Für die Zeitung ließen sie sich meist in einem Satz zusammenfassen – wenn überhaupt. Laip klang, als halte er die Grabrede auf einen Parteifreund. Vielleicht war der Mann doch kein solcher Volltreffer, wie er im ersten Moment gedacht hatte. Wahrscheinlich würde er gleich einen Philosophen zitieren, einen Dichter oder mindestens einen lateinischen Spruch.

»Bitte denken Sie nicht, dass ich hier nach dem Motto spreche, ›De mortuis nil nisi bene‹. Aber ich wette, Sie finden niemanden in der Ascaphia, der anderer Meinung ist.«

»Einen muss es ja wohl geben.«

Die Feststellung brachte Laip für einen Moment aus dem Konzept. Dann schmunzelte er. »Sie werden doch wohl nicht im Ernst einen unserer Ritter verdächtigen! Erst die Sache mit dem Faschingsverein«, er warf einen Seitenblick auf Kleinschnitz, »und jetzt das. Ich bin gespannt, was als Nächstes kommt.«

»Warum waren *Sie* eigentlich gestern Abend nicht hier?«

Das Schmunzeln blieb, aber aus den Augen wich der Humor. »Ich treffe mich hier mit Ihnen aus purer Hilfsbereitschaft, meine Herren. Gewiss, ein wenig Neugier war mit im Spiel. Und Sie wollen tatsächlich wissen, ob ich ein Alibi habe!«

Stiller nickte. »Sie besitzen einen Schlüssel ...«

»Wie etliche andere auch, die gestern gefehlt haben.« Laip seufzte. »Wenn es der Presse dient: Ich war im Stadttheater. Aufführung hinter der Bühne, wegen des Umbaus, und ausschließlich für geladene Gäste. Es war die Vorpremiere des Modernen Theaters. Ich weiß, der Ritterschlag ist der Höhepunkt der Ascaphia. Aber ich habe nun mal gewisse gesellschaftliche Verpflichtungen. Schließlich bin ich Politiker und will noch einmal gewählt werden.«

»Wenn der Mörder ein Außenstehender war, wie Sie meinen: Wie könnte er hereingekommen sein?« Stiller schlug einen versöhnlichen Ton an.

»Ich habe keine Ahnung. Vielleicht hat Emge ihn hereingelassen, vielleicht hat sich jemand einen Schlüssel besorgt und nachmachen lassen. Ich weiß es nicht.«

»In welcher Ecke würden Sie den Täter denn vermuten?«

Laip hob die Schultern. »Am ehesten vielleicht in seiner Branche. Abfallentsorgung und Wertstoffhandel sind ein hartes Geschäft. Vor allem die großen Konzerne haben raue Methoden und Mitarbeiter, die nicht zimperlich sind.«

»Haben Sie da irgendetwas mitgekriegt?«

»Er hat nie etwas Derartiges erzählt.«

»Hatte Emge Frauengeschichten?«

»Wie bitte?«

»Affären.«

»Ich habe schon verstanden, was Sie meinen«, antwortete Laip kühl. »Nein, dafür hatte er weder Zeit noch Interesse. Die Familie ging ihm über alles. Aber das geht Sie nun wirklich nichts an, denke ich.«

Stiller blätterte in seinen Notizen. »Kennen Sie eine Frau, die Mareike heißt?«

»Mareike? Nein. Wer soll das sein?«

»Vielleicht die Frau eines Ascaphen?«

Laip lehnte sich zurück und überlegte. »Nein. Zumindest nie gehört.«

»Oder eine Tochter?«

»Ich kenne keine einzige Tochter eines Ascaphen mit Namen.«

»Hat Ritter …«, wieder blätterte Stiller kurz nach, »… Ar-Bor Frau oder Tochter?«

Laip kniff die Augen zusammen. »Wie kommen Sie jetzt auf Pütz? Hat er …«

Stiller schüttelte den Kopf. »Ich kenne ihn beruflich. Interessiert mich nur.«

»Pütz ist verheiratet. Aber ich habe seine Frau nie gesehen. Kinder hat er nicht, soweit ich weiß.«

»Wie hat er sich denn mit Emge verstanden?«

»Hören Sie, was sollen diese Fragen?« Laip beugte sich vor. »Als ich Ihnen meine Hilfe angeboten habe, dachte ich daran, Ihnen die Hintergründe unseres Vereins zu erklären. Viele Außenstehende kennen sich damit nicht aus und wittern irgendwelche Geheimnisse dahinter. Ich habe es Ihnen möglich gemacht, sich den Tatort näher anzusehen. Ich erwarte keine Dankbarkeit und kein Entgegenkommen. Aber wenn Sie irgendwelche Vereinsbrüder verdächtigen, dann sagen Sie es bitte offen!«

»Ich wollte Sie nicht verärgern«, lenkte Stiller erneut ein. »Ich verdächtige auch niemanden. Den Täter zu suchen ist Sache der Kripo. Ich will mir nur ein Bild von Emge verschaffen. Dazu gehört auch sein Umgang hier im Verein.«

»Es ist möglich, dass er sich in letzter Zeit mit Pütz nicht so gut verstanden hat«, sagte Laip. »Wenn Sie mich fragen … aber das erzähle ich Ihnen nur *off the record*: Dieser Pütz ist ein undurchsichtiger Typ, er passt gar nicht so recht zu unserem Verein. Vielleicht sollten Sie da wirklich etwas genauer recherchieren.«

»Was hatte er denn mit Emge?«

»Da müssen Sie andere fragen. Um so etwas kümmere ich mich nicht.«

»Sie haben eben vom Tatort gesprochen«, griff Kleinschnitz ein. »Wir haben aber nur den Saal gesehen. War nicht der Vorraum der Tatort?«

»Vorburg«, korrigierte Laip. »Wir nennen das die Vorburg.« Er nickte. »Ich habe gehört, dass er dort erstochen wurde. Aber das Siegel dürfen wir nicht brechen, tut mir leid. Das ist strafbar.«

»Ich wollte Sie auch nur um einen weiteren Gefallen bitten.« Kleinschnitz schob Laip seine Karte über den Tisch. »Würden Sie mir Bescheid geben, wenn die Kripo die Vorburg freigibt, und mich dann noch mal hereinlassen? Sie können mich jederzeit anrufen, Tag und Nacht.« Er grinste. »Immer im Dienste – da sind wir Journalisten wie die Politiker.«

»Gerne.« Laip sah Kleinschnitz und Stiller an. »Wenn Sie sonst keine Fragen mehr haben, schlage ich vor, dass wir gehen.«

Sie erhoben sich. Stiller warf einen beiläufigen Blick zur Theke, hinter der eine kleine Küche lag. Im Hintergrund erkannte er eine Stahltür.

»Gibt es dort noch einen weiteren Ausgang?« Er wies mit dem Kinn zur Küche.

Laip schüttelte den Kopf. »Die Tür führt in ein altes Kellergewölbe. Es gehörte zur Brauerei, die hier stand. Heute dient es als Lagerraum für die Schänke.«

»Ich wusste gar nicht, dass es im Güterberg auch Gewölbe gibt.«

»Sogar sehr alte«, sagte Laip. »Aber wenn ich Sie jetzt bitten dürfte …«

Stiller überhörte die Aufforderung. »Kennen Sie die Gewölbe?«

»Sicher. Jeder Ascaphe war da schon einmal drin.«

»Um ehrlich zu sein, würde ich das auch gerne einmal sehen.« Stiller lief um die Theke herum, durchquerte die schmale Küche und rüttelte an der Tür. »Verschlossen.« Er wandte sich zu Laip um. »Meinen Sie, Ihr Schlüssel passt?«

»Keine Ahnung.« Laip zuckte die Schultern.

»Gibt es in der Burg noch andere Zugänge zum Gewölbe?«, fragte Stiller nachdenklich.

Laip erbleichte. »Moment mal, Sie haben recht! Es gibt noch einen anderen Weg in die Vorburg. Dass mir das erst jetzt einfällt … Aber wenn die anderen Ascaphen genauso wenig daran gedacht haben wie ich – vielleicht weiß das die Kripo noch gar nicht.«

Mit wenigen Schritten war er bei Stiller. Kleinschnitz folgte ihm.

Vor der Stahltür blieb Laip kurz stehen, steckte seinen Schlüssel ins Schloss, ließ sie zurückschwingen und kippte einen altmodischen Schalter. Blinzelnd sprang ein Neonlicht an. »Hier entlang, bitte«, rief er über die Schulter zurück.

Stiller staunte. Vor ihnen lag ein schmaler Gang mit gewölbter Decke. Neonlampen leuchteten ihn spärlich aus. Die Wände waren weiß gestrichen, Ziegelsteine aus Ton bildeten den Boden. An den Sockeln blühte Kalk aus. Die Luft war kühl und feucht.

Nach wenigen Schritten zweigte ein Gang links ab. Laip deutete hinein: »Der führt zum Saal. Ist aber zugemauert. Wir müssen geradeaus weiter, glaube ich.«

***

Finsternis

Stimmen. Sie schrak aus dem Schlaf. Hob den Kopf in ihrer Ecke. Sie hatte Stimmen gehört. Oder war es, wie so viele Male zuvor, nur ein Traum gewesen? Einer der Träume, an die sie sich nicht mehr erinnerte, wenn sie nach dem unruhigen Schlaf in der Finsternis erwachte.

Wieder meinte sie, Stimmen zu hören.

Er kam leise. Er schlich heran, wollte sie ertappen, wie sie schrie oder gegen die Tür trommelte, was er ihr verboten hatte. Erst wenn er vor ihrem Kerker stand, klopfte er, befahl ihr, sich ans andere Ende des Gewölbes zurückzuziehen. Einmal hatte sie sich auf ihn gestürzt, als er die Tür aufschob. Aber sie war zu schwach, und sie hatte keine Waffe. Er hatte ihr gedroht, sie zu fesseln, wenn sie ihm nicht gehorchte, wenn sie schrie oder ihm zu nahe kam. Seitdem fügte sie sich seinem Willen. Noch. Um ihn zu täuschen. Denn bald würde sie eine Waffe haben.

Er kam immer allein. Wenn da Stimmen waren, stammten sie von anderen. Vielleicht wollte er sie auf die Probe stellen. Sie wusste nicht mehr, wie sich die Stimmen anderer Menschen anhörten. Vieles hatte sie vergessen in der Finsternis. Sie hatte vergessen, wie es zu Hause aussah. Ihr Zimmer. Die Küche. Das Gesicht ihres Vaters. Saßen ihre Eltern in diesem Augenblick am Küchentisch? Wer kümmerte sich um ihre Mutter, jetzt, wo sie nicht mehr da war? Viel-

leicht Nachbarn oder Freunde. Sie hatte vergessen, ob ihre Eltern Freunde hatten. Sie erinnerte sich nicht an Nachbarn. Selbst das Datum jener Nacht, in der er sie in dieses Verlies gestoßen hatte, kannte sie nicht mehr.

Längst musste sie sich nicht mehr an der Wand entlangtasten, um die Tür zu finden. Sie beugte sich vor, verließ die Ecke, in der sie sich weniger verloren fühlte, kroch auf allen vieren quer durch die Finsternis. So oft hatte sie es schon getan, dass ihre Knie aufgeschürft waren, schmerzten wie ihre Hände.

Der Kerker war ihr vertrauter geworden, als es ihr Zimmer je gewesen war. Sie kannte jede Kerbe in den feuchten Sandsteinplatten des Bodens, in den Wänden jeden Stein, den sie erreichen konnte. Immer wieder hatte sie den Boden und die Wände erforscht, dagegengeklopft in der Hoffnung, einen zugemauerten Gang zu finden. An den Wänden entlang hatte sie ihr Verlies abgeschritten. Fünfzehn Schritte in der Länge, zehn in der Breite. Im Krieg hatten die Menschen hier Zuflucht gesucht vor den Bomben, das hatte er ihr erzählt. Deshalb die Toilette. Fünfzig Menschen, manchmal mehr. Sie *war hier allein in der Finsternis.*

Zweimal hatte er ihr eine brennende Kerze zurückgelassen. Sie schämte sich für die Dankbarkeit, die sie dafür empfand. Sie schätzte die Höhe des Gewölbes. Vielleicht zehn Meter an der höchsten Stelle, unerreichbar. Sie suchte die Scharniere der Stahltür, aber sie saßen auf der anderen Seite. Sie nutzte das trübe, flackernde Licht, um einen Stein zu finden, dessen Fugen von der Feuchtigkeit des Gewölbes möglichst tief ausgewaschen waren. Dann begann sie, mit den Fingern den Lehm aus diesen Fugen zu kratzen.

Der Lehm war festgebacken trotz der Feuchtigkeit. Ihre Nägel brachen, ihre Fingerkuppen rissen auf. Es würde lange dauern, bis sie diesen Stein würde lösen können. Mit geschlossenen Augen tastete sie sich an der Wand entlang, um die Stelle später ohne Licht wiederzufinden. Während die Kerze niederbrannte, verschwendete sie die Zeit des Lichts in selbst gewählter Dunkelheit. Ihre Verzweiflung darüber schlug um in Wut, als die Kerze erlosch und sie die Stelle doch nicht gleich fand, lange suchen musste. Beharrlich hatte sie seitdem Lehm aus den Fugen gekratzt. Versucht, den Stein loszurütteln. Er saß fest, aber sie würde nicht aufgeben. Der Stein war ihre Hoffnung, ihr Petrus, der Fels.

Sie erreichte die Tür, richtete sich auf. Sie wagte es nicht, dagegenzuschlagen, aus Furcht vor ihm. Vorsichtig legte sie ein Ohr an den rostrauen Stahl. Oft hatte sie sich diese Szene ausgemalt. Wie sie mit pochendem Herzen lauschte, um dann zurückzutreten, damit ihr Retter die Tür aufstoßen könnte. Da stand er, in gleißendes Licht getaucht. Der märchenhafte Königssohn, der gekommen war, um Dornröschen wach zu küssen, sie zu erlösen aus ihrem hundertjährigen Alptraum. In der Hand würde er eine Fackel tragen, ein loderndes Flammenschwert, das Licht spenden und ihren Peiniger durchbohren würde. »Komm mit«, würde er sagen und ihr mit dem Flammenschwert den Weg in die Freiheit weisen.

Sie kannte das Bild ihres Retters. Wie sie selbst aussah, hatte sie vergessen. Zu lange hatte sie nicht mehr in einen Spiegel gesehen. Im Kerzenlicht hatte sie betrachtet, was sie von sich erblicken konnte. Ihre Arme und Beine waren abgemagert, die Kleider schmutzig und aufgerissen, die Haut aufgeschürft, die Finger schwarz und voller Blut. Die Kuppen gerunzelt, als hätte sie zu lange in der Badewanne gelegen. Oma-Haut, hatte sie als Kind dazu gesagt, und ihre Mutter hatte gelacht.

Die runzelige Haut kam von der Feuchtigkeit, so viel wusste sie noch. Mutter hatte ihr erklärt, woran das lag, aber sie erinnerte sich nicht mehr. Sie hatte viel vergessen von dem, was sie gelernt hatte. In der ersten Zeit der Finsternis war sie in Gedanken jeden Unterrichtsstoff durchgegangen, der in ihrem Gedächtnis haftete. Mathematische Formeln. Geschichtliche Daten. Lateinische Wendungen. Um sich abzulenken. Um die Zeit vergehen zu lassen. Um dranzubleiben. In einem Jahr wollte sie das Abitur ablegen. Ihre Noten waren gut. Jetzt hatte sie den Stoff vergessen und sorgte sich, was sie in der Zeit ihrer Gefangenschaft versäumt hatte. Ob sie es jemals würde aufholen können? Sie wollte gut sein. Sie wollte ihren Eltern keine Schande machen.

Sie lauschte. Die Stimmen waren verstummt. Oder doch nicht? Sie konnte nichts hören, so laut schlug ihr Herz. Würde wieder kein Retter kommen?

Würde auch er nicht mehr kommen? Ihre Angst vor dem langsamen Sterben in dieser Finsternis war so groß wie die Furcht vor ihm. Sie brauchte ihn, der sie jederzeit töten konnte, um zu leben. Er hatte ihr eine Decke gebracht, zwei Mal Licht, er versorgte sie mit

Wasser und Broten. Mit Broten, vor denen sie sich ekelte – weil er sie brachte.

Keine Stimmen. Jetzt erst schlug sie mit den Fäusten gegen die Tür. Schrie auf vor Schmerz und Wut. Mehr als die wunden Hände schmerzte die Ohnmacht, die völlige Abhängigkeit von seiner Macht. Die Ungewissheit, wie lange ihre Gefangenschaft dauern sollte, was sie noch alles vergessen würde, ob sich jemand an sie erinnerte, ob man sie suchen und finden würde. Die Sorge, was er mit ihr vorhatte. Wollte er sie quälen oder sie langsam verdursten lassen? Vielleicht wusste er es selbst nicht.

Eine Weile schrie sie, schlug gegen die Tür. Wenn da jemand war, musste er sie gehört haben. Dann gab sie auf, tastete sich an der Wand entlang zu ihrem Stein. Eine Hoffnung hatte sie noch. Ihr Prinz hatte sie wieder enttäuscht. Aber sie vertraute auf ihren Petrus.

***

Laip ging voraus, Kleinschnitz und Stiller folgten ihm im Gänsemarsch. Nach einigen Metern mündete der Gang in eine Art Halle. Ihre Wände waren weiß getüncht, die hohe Decke gewölbt. Eine einzige Neonröhre spendete Licht, sie hing über der Mündung des Gangs. Links ließ sie eine Stahltür erkennen, die rechte Hälfte der Halle lag im Dunkeln.

»Die Brauerei hatte hier früher ihre Eiskeller«, erläuterte Laip. »Es liegen noch zwei oder drei Keller dahinter. Im Zweiten Weltkrieg dienten sie als Luftschutzbunker.«

»Aber der Berg ist doch bebaut«, sagte Stiller, während Kleinschnitz Bilder schoss. »Wie halten diese Hallen den Druck aus?«

Laip zuckte die Achseln. »Davon verstehe ich nichts. Aber ich kann Ihnen sagen: Der gesamte Güterberg ist ausgehöhlt wie ein Schweizer Käse. Jede Menge Keller in verschiedenen Etagen, Verbindungsgänge, wie dieser hier, und Brunnen. Kommen Sie!«

Er wandte sich der Stahltür zu, versuchte aufzuschließen, doch der Schlüssel ließ sich nicht drehen. Laip pfiff durch die Zähne. »Die Tür ist nicht abgeschlossen!« Vorsichtig zog er sie zwei Zentimeter weit auf, tastete mit den Fingern durch den Spalt und öffnete sie dann ganz. »Kein Siegel. Das habe ich mir gedacht.«

Hinter der Stahltür lag eine zweite aus Holz. Sie hatte einen Knauf, aber kein Schloss. Laip warf Stiller und Kleinschnitz einen Blick über die Schulter zu.

»Das ist die Täfelung der Vorburg. Die Tür ist so geschickt eingearbeitet, dass man sie drinnen nur sehen kann, wenn man weiß, dass es sie gibt.« Er drehte den Knauf, schob die Tür wiederum nur einen Spalt weit auf und vergewisserte sich, dass es auch hier kein Siegel gab. »Dann wollen wir mal sehen.«

Die Tür schwang auf und gab den Blick in die Vorburg frei. Stiller erkannte trotz des Halbdunkels deutlich die Blutspur. Sie zog sich von einer Treppe rechts hinten quer durch den lang gestreckten Raum, bis sie einen Torbogen zu Stillers Linken erreichte. Das musste der Eingang zum Saal sein.

Kleinschnitz hob die Kamera und fotografierte.

»Gehen Sie nicht hinein«, warnte Laip. »Der Raum ist versiegelt. Die Polizei hat von der Existenz dieser Tür wahrscheinlich nichts gewusst.«

»Dann dürfen wir hier auch nichts mehr anfassen und nicht herumlaufen«, murmelte Stiller. »Vielleicht ist der Mörder auf diesem Weg hereingekommen. Oder geflohen.« Er nestelte sein Handy aus der Tasche und tippte eine Nummer ein. »Ich rufe Strobel an.«

In diesem Augenblick öffnete sich das Tor zur Vorburg, das ihnen gegenüberlag. Die Silhouetten zweier Männer zeichneten sich vor dem hellen Licht des Aprilmittags ab. Stiller musste ihre Gesichter nicht sehen. Er erkannte den Kommissar an der athletischen Figur und den breiten Schultern. Kleinschnitz ebenfalls. »Was für ein Auftritt!«, brummte er leise, ließ das Kartenfach seiner Kamera aufschnappen und die Speicherkarte in der Fototasche verschwinden.

***

Strobel ließ Stiller, Kleinschnitz und Laip von einer Streife zur Dienststelle fahren und zog sie für vier Stunden aus dem Verkehr. Die erste Stunde brachten sie in der Besucherschleuse hinter dem Haupteingang zu, ein Raum, der von einer Kamera überwacht wurde und zudem von den Dienstzimmern zu beiden Seiten gut einsehbar war. Nur von dort aus ließen sich auch die Türen freischalten, die nach draußen oder ins Innere der Dienststelle führten. Sie mussten den beiden Beamten, die sie dort abgeliefert hatten, alle persönlichen Gegenstände aushändigen. Kleinschnitz fluchte, als sie mit seiner Fototasche abzogen.

Vor allem aber Laip haderte mit seinem Schicksal. Er hatte Angst, seine blütenweiße Abgeordnetenweste könnte durch diesen Vorfall Flecken bekommen. Wiederholt klopfte er an die Panzerglasscheiben zu den Diensträumen beiderseits der Schleuse.

»Ich will den Dienststellenleiter sprechen«, forderte er. »Ich kann das alles in ein paar Minuten erklären.«

Aber niemand kümmerte sich um sie. Auch nicht, als Laip die Sprechtaste drückte und ins Mikrofon schrie: »Ich muss aufs Klo! Hören Sie? Ich mach mir gleich in die Hose.«

Da hat er recht, dachte Stiller.

Während sie warteten, brach ringsum hektische Betriebsamkeit aus. Beamte in Zivil schleppten Alukoffer durch die Schleuse, bestückten einen VW-Bus damit und brausten davon. Die Spurensicherung, die den Gang hinter der Burg der Ascaphia unter die Lupe nehmen sollte, vermutete Stiller.

Zwanzig Minuten später kam der Bus zurück. Uniformierte Beamte polterten durch die Schleuse nach draußen, um ihn zu entladen. Als sie die Fracht in die Dienststelle schleppten, erkannte Stiller die roten Rittermäntel der Ascaphen, sorgfältig und einzeln in Plastiktüten gepackt.

Schließlich tauchte Strobel auf und nahm sie mit. Sie stiegen durch das Treppenhaus nach oben und bogen im dritten Stock in einen dunklen Flur ab. Die Schuhe quietschten auf dem PVC-Boden, ein Geräusch, das Stiller untrennbar mit Behörden und Krankenhäusern verband. Strobel knipste das Licht an und bat sie, auf den Stühlen Platz zu nehmen, die sich im Gang zwischen zwei Bürotüren aneinanderreihten. Dann verschwand er in seinem Büro.

Wieder hieß es warten. Nach einer Weile erschien Bühler, der Chef der Spurensicherung, mit Mike Staab im Schlepptau. Bühler klopfte an Strobels Tür und trat ein, Staab blieb im Flur und setzte sich ihnen gegenüber auf einen Stuhl. Stiller grüßte freundlich. Staab grüßte zurück, musterte den Freund und Schachpartner aber mit gerunzelter Stirn.

»Du hast doch sicher einen Schokoriegel für uns«, versuchte Stiller ein Gespräch in Gang zu bringen. »Wir hatten noch kein Mittagessen.«

»Ich auch nicht«, gab Staab zurück. »Wie die meisten hier. Warum soll es euch besser gehen?« Dennoch erbarmte er sich, zog drei Duplos aus der Brusttasche seiner Dienstweste. Er beugte sich vor und reichte sie über den Gang wie ein wohlhabender Gastgeber in den fünfziger Jahren, der seinen Besuchern über einen Nierencouchtisch hinweg dicke Havannazigarren anbot. Nur Stiller griff zu.

»Zu viele Süßigkeiten in Verbindung mit zu langem Sitzen – das schadet meiner Figur«, witzelte Kleinschnitz. »Wie wäre es denn mit einem Hofgang?«

Staab lehnte sich zurück und wickelte sich selbst einen Schokoriegel aus. »Ein paar Jährchen sitzen, das könnte manchem nicht schaden. Nicht dass ich jetzt jemand Bestimmten anschauen würde.« Um seine Worte zu unterstreichen, sah er demonstrativ zur Decke und kaute genüsslich.

Laip schmollte. Offensichtlich hatte er beschlossen, nicht mehr zu sprechen. Jedenfalls nicht mit vermeintlich niederen Dienstgraden, denn er ignorierte den Beamten in Uniform völlig.

»Sag mal, Mike«, setzte Stiller wieder an, »könnten wir das hier vielleicht abkürzen? Wir haben alle Siegel beachtet, keines aufgebrochen und …«

»Es wäre mir lieb, wenn hier nicht über den Fall und die Vorgänge im Löhergraben gesprochen werden würde«, unterbrach ihn Staab. »Um es klar zu sagen: Genau deshalb bin ich hier. Ich hätte eigentlich Wichtigeres zu tun. Vielleicht verstehst du, dass meine Laune daher im Augenblick nicht die beste ist.«

»Eben«, sagte Stiller. »Du könntest dich spätestens in fünf Minuten wieder wichtigeren Aufgaben widmen. Und wir auch.«

»Paul«, seufzte Staab. »Bitte sag jetzt nichts mehr.«

Stiller fand ohnedies keine Gelegenheit mehr, etwas zu erwidern, denn im selben Augenblick streckte Strobel seinen Kopf durch den Türspalt und rief ihn zu sich.

Der Hauptkommissar hatte schon wieder hinter seinem Schreibtisch Platz genommen, als Stiller eintrat, und bedeutete ihm, sich auf den Stuhl davor zu setzen. Bühler lehnte in einer Ecke in

Stillers Rücken, er hielt die Arme verschränkt. Auf dem Tisch lag ein digitales Aufnahmegerät.

»Das hier ist mein Büro«, eröffnete Strobel das Gespräch, »kein Verhörzimmer. Betrachten Sie das als Entgegenkommen. Ich bin mir durchaus bewusst, dass Sie kein Siegel gebrochen haben. Gleichwohl war Ihnen bekannt, dass der Vorraum der sogenannten Burg der Ascaphia nur von berechtigten Personen betreten werden darf.«

Typisch Strobel, dachte Stiller. Der Hauptkommissar war jung, modern und erfolgreich. Aber er sprach, wie Beamte vor einem halben Jahrhundert geschrieben hatten.

»Wir haben den Raum nicht betreten«, sagte er. »Und die Bedeutung des Gangs ist mir leider erst aufgegangen, als ich in die Vorburg blickte. Ich wollte Sie gerade anrufen, aber da kamen Sie schon selbst.« Schneller, als die Polizei erlaubt, dachte er, hütete sich aber, den Kalauer auszusprechen.

»Tatsächlich haben Sie als Letztes meine Nummer gewählt.« Strobel zog Stillers Handy aus einer Schreibtischschublade und schob es ihm zu. »Der Zeitpunkt stimmt auch.«

Stiller nahm das Handy und betrachtete es misstrauisch.

»Keine Sorge. Mein Kollege Bühler hat lediglich die Wahlwiederholung aktiviert. Andere Nummern haben wir nicht beachtet. Hier ...« Er griff nach Stillers Umhängetasche, die er hinter seinem Schreibtisch stehen hatte. »Die können Sie auch wiederhaben.«

Strobel sah zu, wie Stiller das Handy in der Tasche verschwinden ließ. »Ich wäre Ihnen dennoch dankbar, wenn Sie mir jetzt den genauen Ablauf berichten würden. Und was Sie sonst noch wissen, soweit es der Wahrheitsfindung dient.«

Stiller schilderte die Ereignisse in der Burg so knapp wie möglich. Kurz erwähnte er Emges Streit mit Pütz, wies Strobel jedoch darauf hin, dass Roberta ihn darüber selbst informieren wollte.

Strobel nickte. »Sie hat sich bereits angemeldet.« Er entließ Stiller und bat ihn, im Flur zu warten. Nacheinander rief er Kleinschnitz und Laip zu sich. Den Landtagsabgeordneten als Letzten, den wollte er wohl besonders lange schmoren lassen.

Bevor Laip zurückkehrte, erschien Strobel erneut im Türrahmen und winkte Stiller und Kleinschnitz zu sich herein.

Bühler stand noch immer unbeweglich in seiner Ecke. Strobel sah sie der Reihe nach an, ging dann zum Fenster und blickte hinaus. »Ich will von einer weiteren Verfolgung dieser Geschichte absehen, werde das aber noch mal mit der Staatsanwaltschaft besprechen. Soweit ich es erkennen kann, lag es nicht in Ihrer Absicht, die Tatortarbeit der Kriminalpolizei zu behindern oder Spuren zu beseitigen. Auch wenn ich von Ihnen …«, er wandte sich um und sah Laip an, »… als ehemaligem Staatssekretär des bayerischen Justizministeriums doch etwas mehr Umsicht erwartet hätte.«

Laip hob die Hände. »Herr Strobel, ich bin ein Landespolitiker. Sie wissen gar nicht, wie man von der Presse unter Druck gesetzt werden kann.«

Kleinschnitz hustete.

Strobel warf ihm einen Blick zu. »Herr Kleinschnitz, ist das Ihre Speicherkarte?« Er zog eine Compact Flash aus der Brusttasche seines Hemdes.

»Um das festzustellen, müsste ich sie erst öffnen«, erwiderte Kleinschnitz. »Ich hab mehrere dieser Art in meiner Fototasche.«

»Diese ist jedenfalls die einzige aus ihrer Fototasche, auf der Bilder vom Schauplatz und dem Gang hinter dem Vereinsheim der Ascaphen gespeichert sind.« Er schmunzelte. »Es sind ein paar ganz gute Aufnahmen darunter. Wenn Sie uns bei Gelegenheit die eine oder andere überspielen würden … Mein Kollege Bühler hat eine Liste erstellt.«

Bühler trat ein paar Schritte vor und reichte Kleinschnitz ein Blatt Papier.

»Ihnen wollte ich auch einen kleinen Deal vorschlagen, Herr Stiller.«

Stiller sah ihn fragend an. »Lassen Sie hören.«

»Es wäre mir recht, wenn Sie aus ermittlungstaktischen Gründen in Ihrem Bericht nicht erwähnen, dass wir erst heute auf den Gang gestoßen sind. Außerdem wäre ich Ihnen beiden dankbar, wenn Sie aus denselben Gründen vorerst keine Bilder aus der Vorburg veröffentlichen. Es steht Ihnen aber frei, Bilder aus dem Saal zu zeigen.«

»Einverstanden«, stimmte Stiller zu und ignorierte das Schnaufen von Kleinschnitz.

»Was die Fakten des Falls betrifft: Die Staatsanwaltschaft schickt in diesen Minuten eine Pressemitteilung per Mail raus. Und was Sie angeht: Ich lasse jetzt die Protokolle tippen. Sie können warten und sie gleich heute unterzeichnen. Sie können das aber auch – zuverlässig – morgen früh nachholen und jetzt gehen.«

»Wir gehen!«, riefen Stiller, Kleinschnitz und Laip wie aus einem Munde.

»Schön.« Strobel ließ sich wieder auf seinen Sessel sinken. »Polizeihauptmeister Staab wird Sie nach unten bringen.«

***

Er musste es lange klingeln lassen, bis sie abhob.

»Rebecca?« Stiller hatte sich auf die Bank vor dem Eingang der Polizeidienststelle gesetzt, um sie anzurufen. Er sah zu, wie Kleinschnitz und Laip in ein Taxi stiegen.

»Ja?«, sagte sie leise.

»Ich bin's. Paul.« Die Sonne war hinter dem Backsteingebäude verschwunden, er fühlte die kühle Luft und die laue Wärme, die noch vom Boden aufstieg.

»Hab deine Stimme schon erkannt.«

»Tut mir leid, dass ich mich so spät melde. Die Polizei hat mich …«, Stiller dachte kurz nach, »aufgehalten.«

»Sag bloß, *du* berichtest über den Mord an Emge?«

»Du hast davon gehört?«

»Kam eben im Lokalfernsehen«, erklärte sie kurz.

Stiller hatte das Gefühl, als wollte sie noch etwas sagen. »Richard Emge. Vielleicht erinnerst du dich an ihn. Er war schon damals eine große Nummer in der Abfallwirtschaft.«

»Ich …« Sie zögerte. »Mag sein, aber das ist lange her. Weißt du schon was Näheres? Im Fernsehen hieß es, es gäb noch keinen Hinweis auf den Täter.«

»Viel ist wirklich nicht bekannt. Aber ich bin dran an der Sache.«

»Gut.« Sie schwieg.

Der Supermarkt gegenüber lag noch in der Sonne. Auf dem Parkplatz herrschte Hochbetrieb. Es gab einen Stau, weil ein BMW X5 unbedingt durch die Einfahrt hinausfahren wollte, um ein paar

Meter Umweg zu sparen. Die Spritpreise stiegen wohl wieder. Stiller sah auf die Uhr. Es war schon nach fünf.

»Rebecca, wann kann ich dich sehen?«

»Ich kann's dir nicht sagen.«

Er schluckte. »Ich kann's dir nicht sagen« – dieser Satz holte schlagartig die Vergangenheit zurück. Es war am Ende jener unbeschwerten ersten Zeit gewesen. Rebecca schien sich zu verändern. Wenn sie sich trafen, war sie einsilbig. Irgendwann hatte er sie gefragt, was los sei. »Ich kann's dir nicht sagen«, hatte sie geantwortet. Sie begann, sich ihm zu entziehen, wenn er ihr näher kommen wollte. Wieder und wieder fragte er. Jedes Mal kam die Antwort: »Ich kann's dir nicht sagen.«

»Was heißt das?«, fragte er jetzt. »Weißt du es nicht oder willst du es nicht?«

Damals hatte er den Satz so verstanden, dass sie es nicht wisse, dass sie sich erst über etwas klar werden müsse. Er hatte daher nicht weiter in sie dringen wollen aus Furcht, sie könne sich sonst ganz von ihm zurückziehen. Später, nachdem sie verschwunden war, hatte er oft über diesen Satz nachgegrübelt. Er hätte auch anders verstanden werden können: dass sie es nicht sagen *wollte*. Vielleicht hätte sie sich ihm anvertraut, wenn er hartnäckig geblieben wäre.

»Ich will«, sagte sie. »Aber ich bin noch nicht so weit. Ruf mich morgen wieder an.«

Plötzlich fiel ihm ein, wann ihm ihre Veränderung zum ersten Mal bewusst geworden war. Sie hatten sich am Herstallturm getroffen, abends. Er war direkt aus der Redaktion der Regionalzeitung gekommen, in der er gerade das Volontariat begonnen hatte. Schweigsam war sie neben ihm die Herschelgass hinabgegangen. Er hatte sie von der Seite betrachtet, achtete nicht auf die Passanten, die durch die Fußgängerzone eilten, um noch rasch vor Geschäftsschluss einzukaufen. Es war ein warmer Sommerabend, aber sie trug Jeans und einen weinroten Samtblazer, den sie in der Taille zugeknöpft hatte. Keines ihrer selbst genähten leichten Kleider.

Er hatte das Gespräch allein bestritten, während sie die Landingstraße überquerten und den Stiftsberg hinaufstiegen, erzählte von den Erlebnissen in der Redaktion, von den neuen Erfahrungen, die er sammelte, vom Lokalchef, der offensichtlich dem Alkohol zusprach. Auf der anderen Seite des Stiftsbergs schwenkten sie in die Mainuferpromenade ein, folgten ihr ein paar hundert Meter, bis sie eine freie Bank in der Sonne fanden. Als er sie fragte, ob sie sich setzen wollte, nickte sie nur.

Die Promenade war belebt, die Abendsonne lockte die Menschen nach der Arbeit oder dem Einkauf ans Ufer. Und die Mücken, die über dem Wasser tanzten. Motorboote schwenkten aus der Fahrrinne des Mains in den Floßhafen ein, steuerten den Yachthafen an. Jugendliche breiteten Decken auf den Wiesen aus. Auf dem Spielplatz hinter der Bank turnten Kinder. Eines sang laut und falsch »Wer hat die Kokosnuss gekla-ha-haut?«.

Stiller legte seinen Arm um ihre Schulter und wollte sie an sich ziehen, doch Rebecca rückte ab.

»Was ist los?«, fragte er.

»Ich kann's dir nicht sagen.«

Er zog den Arm zurück und legte die Ellenbogen auf die Lehne der Bank. So blieben sie eine Weile sitzen und blickten aufs Wasser, das die sinkende Sonne gleißen ließ.

»Paul?« Ihre Stimme holte ihn aus der Erinnerung zurück. »Bist du noch dran?«

»Ja«, sagte er. »Ich ruf dich morgen wieder an.«

»Gut«, wiederholte sie. »Dann bye-bye.«

»Ciao«, gab er zurück, und sie legte auf.

Stiller blieb noch eine Weile auf der Bank vor der Dienststelle sitzen und betrachtete das Display des Mobiltelefons. Drei Anrufe in Abwesenheit. Jedes Mal dieselbe Nummer: Interpol. Er klappte das Handy zu und steckte es in die Umhängetasche.

Er kam mit Kerstin besser klar als mit einigen anderen Kollegen. Sie war geradeheraus und ehrlich, ein guter Zug in einer Redaktion, in der genug hintenrum lief. Wie überall vermutlich. Ihm war eine offene Ansage lieber als offensichtliches Taktieren. Viele Kollegen störten sich an Kerstins häufigen Zornesausbrüchen. Er dagegen führte sie darauf zurück, dass sie unzufrieden mit sich selbst war – und enttäuscht von der Redaktion, die das Internet als Konkurrenz und nicht als Chance begriff, die gedruckte Zeitung langfristig zu sichern.

Aber im Augenblick hatte er keine Lust auf einen weiteren

Streit. Klar, dass Kerstin sauer auf ihn war. Sie hatte für ihn Informationen über Emge gesammelt, und er hatte wieder nicht angerufen. Er musste sich auf den toten Ritter konzentrieren. Wenn Emge tatsächlich so rechtschaffen gewesen war, wie Laip ihn geschildert hatte, dürfte es nicht viele Motive gegeben haben, ihn umzubringen. Er nahm sich vor, mit diesem Pütz zu reden. Er würde auch nicht drum herumkommen, mit Emges Angehörigen zu sprechen.

Seufzend erhob er sich und lief in Richtung Main. Sein Fahrrad stand im Löhergraben, ein Fußweg von einer guten Viertelstunde lag vor ihm. Es war ihm lieber zu laufen, als ein Taxi zu nehmen. Das gab ihm Gelegenheit, in Ruhe nachzudenken.

»Pol!«

Stiller schrak zusammen. Cathérine. Sie saß auf der Sandsteinbank am Legatplatz und fing mit ihrem üppigen Dekolleté die letzten Sonnenstrahlen ein. Er war vorbeigeradelt, ohne sie zu bemerken.

»'ast du es 'eute so eiliisch oder kennst du deine gute Nachbarin nischt mehr?«

»Ich hab's tatsächlich ein bisschen eilig.« Er sah sich verlegen um, während sie auf ihn zuschlenderte. Cathérine machte dem Ruf französischer Frauen alle Ehre. Sie verstand es, die Sinne der Männer im Viertel zu betören. In letzter Zeit litt sie allerdings. Sie sah ihren vierzigsten Geburtstag auf sich zurasen wie ein Fallbeil, das ihr die Jugend vom Leibe trennen wollte.

»Ah, war das eine 'errlische Tag 'eute. Isch glaube, isch 'abe misch eine Sonnenbrand ge'olt. Schau 'er!« Sie griff mit beiden Händen in den ohnedies schon weiten Ausschnitt und zog ihn auseinander.

Stiller schaute schnell weg.

»Liebäär Pol, du wirst doch nischt schüschtäärn sein. Isch trage eine BA, das ist doch völlisch normal.«

»Ich kann verbrannte Haut nicht sehen, Cathérine. Davon wird mir schlecht.«

»Du Armäär«, bedauerte ihn Cathérine. »Muss des'alb deine Rüth selbst im Sommäär immäär so bleisch 'erumlaufen?«

»Findest du, dass Ruth bleich aussieht?«

»Isch mag es bronzé liebäär. Das ist knackiisch. Bleisch, das ist etwas für eine alt Frau.« Sie seufzte. »Ach, nun werde isch auch bald vierziisch …«

»Das ist doch kein Alter, Cathérine«, tröstete Stiller. »Die Vierziger sind die besten Jahre. Glaub's mir, ich bin mittendrin.«

»Es wird die letzte Geburtstag sein, die isch feiere.« Cathérines Hände packten seine Rechte und drückten sie fest. »Du denkst an die Einladung? Du wirst auch sischäär kommen? Du darfst misch nischt alleine lassen!«

»Ich komme ganz bestimmt«, versprach er. »Und ich bringe Ruth mit, dann bist du noch weniger allein.«

»Wenn das der Grund ist, muss sie sisch nischt opfäärn«, erwiderte Cathérine. »Isch 'abe 'undert Gäste eingeladen.«

»Hundert«, rief Stiller beeindruckt. »Da darf ich dich wirklich nicht alleine lassen!«

Wieder seufzte sie. »Das Schlimmste ist, dass 'inter'er alle wissen, wie alt isch bin.«

»Wenn es dich beruhigt: Ich verrate es keinem.«

»Du bist eine eschte Freund, Pol.«

»Schön, dann gehe ich jetzt mal rein. Ruth wartet. Salut.«

»Salut.« Sie strahlte ihn an.

»Cathérine!«

»Pol?«

»Meine Hand.«

»Ah, oui …« Sie nickte und ließ ihn los. »Und vergiss nischt meine Geburtstag.«

»Ganz bestimmt nicht«, sagte er und floh.

Ruth und Charlotte saßen in der Essküche am Tisch und stritten. Es war die übliche Diskussion zwischen Mutter und Tochter.

»Sie will ein Tattoo«, warf Ruth Stiller zur Begrüßung hin. »Rede du mit ihr.«

»Was willst du mit einem Tattoo?« Stiller versuchte eine väterlich-strenge Miene aufzusetzen. »In ein paar Jahren kannst du es nicht mehr sehen!«

»Hab ich ihr auch schon gesagt«, erklärte Ruth.

»Aber jetzt will ich es!«, warf Charlotte schnippisch ein. »Warum soll es mir in ein paar Jahren nicht mehr gefallen?«

Ruth suchte nach einem Beispiel. »Denk mal dran, wie doof du dich heute auf den alten Bildern mit der Frisur findest, die du vor zwei Jahren hattest.«

»Eine Frisur ist was anderes. Du hattest deine Haare früher auch anders und findest es heute trotzdem nicht doof.«

»Du aber. Der Geschmack ändert sich. Mit einem Tattoo kann dir das genauso gehen.« Ruth sah Stiller an. »Sogar ihr Freund ist dagegen.«

»Nicht mal dein Freund mag ein Tattoo?«, wunderte sich Stiller. »Wieso willst du es dann?«

»Ich finde es schön.« Charlotte warf einen raschen Blick auf Ruth. »Außerdem: Wer weiß schon, ob ich in ein paar Jahren noch denselben Freund habe. Der Geschmack ändert sich …«

»Das Tattoo hast du dann auf jeden Fall noch. Glaub mir, es ist total schmerzhaft, sich das später wieder weglasern zu lassen. Und sündhaft teuer.«

»Alle in meiner Klasse haben ein Tattoo. Warum soll ausgerechnet ich keines haben?«

»Anne hat ein Tattoo?«, fragte Ruth ungläubig.

»Die natürlich nicht«, fauchte Charlotte. »Anne ist eine Streberin.«

»Jedenfalls zeigt das: Nicht alle in deiner Klasse haben ein Tattoo.«

»Aber fast alle!«

»Julia auch?«, fragte Ruth nach.

Charlotte schwieg.

»Isabelle? Lea?«

»Dann will ich mir wenigstens noch ein paar Ohrlöcher stechen lassen.«

Stiller war von diesem Themenwechsel überrascht. »Ich dachte, das hättet ihr schon ausdiskutiert.« Er öffnete die Speisekammer und griff sich eine Flasche Wasser.

»Mama vielleicht«, motzte Charlotte. »Ich nicht.«

»Erinner dich doch nur mal an das entzündete Ohrläppchen, das du beim letzten Mal hattest.« Ruth wirkte gereizt.

»Nach ein paar Tagen war alles wieder okay.«

»Akupunktur kannst du vergessen, wenn du dir noch mehr Ohrlöcher stechen lässt.«

»Ich brauch keine Akupunktur.«

»Jetzt vielleicht nicht. Aber später …«

»Später, später!«, brauste Charlotte auf. »Was machst du dir dauernd für einen Kopf, was später mit mir los ist?«

»Ich bin deine Mutter und für dich verantwortlich. Du bist erst sechzehn. Werd achtzehn, dann kannst du machen, was du willst.« Wieder sah Ruth Stiller an. »Du könnest ruhig mal was sagen. Schließlich ist Charlotte auch deine Tochter.«

»Du hast es gehört: kein Tattoo und keine Ohrlöcher«, sagte Stiller streng. Unschlüssig stand er an der Tür, die Flasche Wasser in der einen Hand, ein Glas in der anderen. »Ich gehe nach oben und kümmere mich um meinen Bericht.«

»Kerstin Polke hat angerufen«, rief Ruth ihm hinterher. »Klang ziemlich sauer, weil du dich nicht gemeldet hast. Was für mich übrigens auch gilt.«

Er sehnte sich nach der Ruhe an seinem Schreibtisch, während er die Treppe nach oben lief. Aber erst musste er noch Jan aus seinem Arbeitszimmer werfen. Er saß am Computer und chattete; das Fenster stand offen.

»Muss das sein?«, nörgelte Stiller. »Ich hab kalte Füße.«

»Das wundert mich nicht«, erwiderte Jan, ohne vom Bildschirm aufzusehen. »Die riechen, als wären sie schon seit drei Tagen tot.«

Stiller lachte in sich hinein, entschied sich Jan gegenüber jedoch für die Rolle des Autoritären. »Marsch, mach mal den Computer frei.«

»Wär alles kein Problem, wenn ich endlich meinen eigenen bekäme.«

»Wozu brauchst du einen Computer?«

Jan schnaufte. »*Ich* brauche keinen! Ich könnte auch *deinen* benutzen. Aber da willst *du* ja dauernd dran.«

»Zu meiner Zeit haben wir mit unseren Freunden noch geredet, statt auf Computern Nachrichten in schlechtem Deutsch hin- und herzuschicken.«

»Zu deiner Zeit gab es auch noch Schallplatten«, kicherte Jan und zog ab.

Seufzend ließ sich Stiller auf den Sessel vor seinem Computer fallen. Jetzt auch noch Jan! Als hätte er nicht schon mit sämtlichen

Frauen genug Probleme: Kerstin, Rebecca, Cathérine, Ruth, Charlotte ... Kleinschnitz' Lieblingssatz fiel ihm ein: »Männer und Frauen sind einfach nicht füreinander geschaffen.«

»Und das liegt eindeutig an den Frauen!«, sagte Stiller und öffnete das Textprogramm.

3

Chefredakteur Rex Bausback war außer sich. Jedenfalls sagte er das: »Ich bin außer mir!«

Er hatte die Ellbogen auf den Konferenztisch gestützt, neigte den Kopf und fuhr sich mit den Händen durch sein struppiges blondes Haar. »Muss ich es erst Montagmorgen aus der Zeitung erfahren, wenn Freitagabend in Aschaffenburg ein Mord passiert? Sie hatten zwei Tage Zeit, mich anzurufen«, scharf schob er nach, »Herr Stiller!«

»Wir hatten die Geschichte die ganze Zeit im Netz«, brummte Kerstin Polke. Sie saß am anderen Ende des ovalen Tischs und wie bei den meisten Morgenkonferenzen auch an diesem Montag etwas isoliert: Die Plätze rechts und links von ihr waren frei.

»Das ist kein Ersatz für eine persönliche Information«, winkte Bausback ab. »Ein Mord ist chefrelevant.«

Stiller notierte das Wort. »Relevant« in unterschiedlichen Verbindungen war ein Lieblingsbegriff seines Chefredakteurs. Er hatte es sich angewöhnt, die Wortschöpfungen zu sammeln.

»Was schreiben Sie da, während ich mit Ihnen rede?« Bausback beugte sich vor, lag fast auf dem Tisch.

»Beim nächsten Mord Anruf nicht vergessen.«

»Ts ts«, zischte die Kulturzicke, wie die Feuilletonredakteurin liebevoll genannt wurde, die neben Stiller saß und durch ihre Hornbrille einen Blick auf seinen Stenoblock geworfen hatte.

»Das ist schön«, sagte Bausback und richtete sich wieder auf. »Weniger schön ist, dass Sie in Ihrem Bericht eigene Spekulationen anstellen, statt sich an die Fakten zu halten.« Er schlug die Zeitung auf. »Ich zitiere: ›Nach Zeugenaussagen hatte Emge vor seiner Ermordung mit einem anderen Vereinsmitglied einen heftigen Streit.‹ Ist Ihnen klar, was Sie da getan haben? Solange Sie nicht Ross und Reiter nennen, nehmen Sie die gesamte Ascaphia unter Generalverdacht. Hauptkommissar Strobel hat mir heute Morgen versichert: Diese Information haben Sie nicht von ihm.«

»Aber er hat sie auch«, wandte Stiller ein. Strobel und Bausback hatten offensichtlich vor der Konferenz miteinander telefoniert. Damit durfte der Chefredakteur bereits über das Gastspiel Bescheid wissen, das Stiller und Kleinschnitz auf der Dienststelle gehabt hatten.

»Es ist durch nichts bewiesen, dass der Mörder aus den Reihen der Ascaphen kommt. Das ist ein angesehener Gesellschaftsclub, der die Freundschaft als hohes Gut pflegt. Natürlich kann es da wie überall eine Meinungsverschiedenheit geben, aber das ist noch lange nicht mordrelevant.« Bausback lehnte sich zurück und ließ seine Hand über dem Tisch einen weiten Bogen beschreiben. »Wenn ich jeden umbringen wollte, der mal mit mir nicht einer Meinung war, säßen hier inzwischen lauter Leichen!«

Ein bisschen wirken wir auch so, dachte Stiller und blickte in die Runde der Ressortleiter. Es gab zwar keine feste Sitzordnung, doch alle waren jeden Morgen auf denselben Stühlen zu finden – als wären sie nie weg gewesen. Schweigend, mit starren Mienen, folgten sie Bausbacks Worten. Wie tot.

Sein Blick fiel auf Kerstin Polke. Sie grinste. Die Phantasie, den einen oder die andere im Raum mit einem Schwert zu durchbohren, war ihr wohl nicht fremd.

»Stiller?« Bausback forderte Aufmerksamkeit. »Wie mir Hauptkommissar Strobel erzählt hat, sind Sie am Samstag nur knapp einer Anzeige entgangen.« Er klopfte mit der Hand auf den Tisch, um seine Worte zu unterstreichen. »Ich dachte, ich hätte mich in der Vergangenheit deutlich genug ausgedrückt: keine Alleingänge mehr. Die blutige Nase, die Sie sich beim letzten Mord geholt haben, ist kaum verheilt, und Sie stecken sie schon wieder in einen neuen Fall.«

»Hat sich zufällig so ergeben.«

»Ach Gottchen«, flötete Bausback, »so ein Zufall aber auch. Und ganz zufällig haben Sie noch einen unbescholtenen Mitbürger und Landtagsabgeordneten in die Sache hineingezogen.« Sein Ton wurde wieder ernst. »Schön und gut, meinetwegen können Sie dranbleiben. Aber halten Sie sich in Zukunft an Recht und Gesetz. Sie sind nicht der Herr Wallraff, und das hier ist ein seriöses Blatt.« Er pochte auf die Zeitung, die er vor sich ausgebreitet hatte.

Stiller nickte.

»Im Übrigen will ich informiert werden, wenn sich etwas tut.

Ich meine, in den nächsten Tagen ist noch nichts Aufklärungsrelevantes zu erwarten. Strobel hat jede Menge Spuren, die er sorgfältig prüfen muss – nicht nur im Verein. Vernachlässigen Sie also bitte Ihre eigentlichen Aufgaben nicht, ja?«

Stiller nickte erneut.

»Heute Abend nimmt der Stadtrat das neue Fußgänger-Leitsystem in Betrieb. Das ist stadtentwicklungsrelevant. Ich erwarte einen umfassenden Bericht! Klar, verständlich, sachlich, wie das sonst Ihre Art ist. Lassen Sie die Spekulationen.«

Wieder nickte Stiller. Er hatte die feierliche Enthüllung banaler Hinweisschilder für Fußgänger ohnedies nicht versäumen wollen.

»Gut«, fuhr Bausback fort. »Dann zum nächsten Punkt. Was haben wir für die regionale Wirtschaft?«

Auf Wiedersehen, sagte Stiller zu seinen Gedanken und schickte sie aus dem Raum. Der Rest der Konferenz war erholungsrelevant.

»Gehen wir zu dir oder zu mir?«

»Wie jetzt?«, krächzte Kerstin Polke.

Stiller hatte sich beeilt, um sie auf der Brücke zwischen den Verlagsgebäuden einzuholen. »Ich wollte mich mit dir über den Fall austauschen«, erklärte er. »Und mit Kleinschnitz.«

»Dann gehen wir zu dir«, entschied sie. »Da ist es ruhiger.«

»Danke übrigens für die Links zu Emge, die du mir geschickt hast. Ich hab sie für den Bericht gut brauchen können.«

»Hab's gelesen«, brummte sie. »Hättest dich am Samstag ja mal melden können.«

»Kerstin, das ist eine lange Geschichte.«

Auf dem Weg zu seinem Zimmer steckte er den Kopf ins Sekretariat. »Kriegen wir einen Kaffee, Sonja?«

»Ich bin nicht Ihr Dienstmädchen.« Sonja Wagner sah ihn durch ihre runde Brille streng an.

»Ich weiß, aber Sie machen den besten Kaffee.«

Seufzend erhob sie sich und strich ihren Rock glatt. »Bilden Sie sich bloß nicht ein, dass Sie mich mit diesem billigen Kompliment rumgekriegt hätten. Aber wenn ich an die schale Brühe aus der Kantine denke, bekomme ich doch Mitleid mit Ihnen.«

Stiller lächelte sie an. Die rundliche, weißhaarige Redaktionssekretärin war seit über dreißig Jahren im Haus, kannte alles und jeden, wusste, wie sie mit wem umzugehen hatte. Wenn in der Redaktion die Emotionen hochkochten, war sie oft genug zur Stelle, um die Wogen zu glätten. Mit Schrecken dachte Stiller daran, dass sie in zwei, drei Jahren in Ruhestand gehen würde.

»Ich glaube, ohne Sie bricht der Laden hier glatt zusammen.«

»Jetzt hören Sie aber auf!« Sonja lachte. »Ich hab den Kaffee doch schon längst aufgesetzt.«

»Was gibt's denn, Paulchen Panther?« Kleinschnitz polterte in Stillers Büro.

»Sieh an, Peterchens Mondfahrt kommt auch schon«, gab Stiller zurück.

»Peterchen, Paulchen – habt ihr sie noch alle?« Kerstin tippte sich an die Stirn. »Ihr solltet hin und wieder mal in den Spiegel sehen.«

»So gut gelaunt heute Morgen?« Der Bürostuhl, auf den sich Kleinschnitz fallen ließ, quietschte vor Schreck.

»Können wir zur Sache kommen?« Kerstins Stimme war noch einen Ton rauer geworden. »Ich hab noch keine einzige Diashow vom Wochenende online. Und die Bilder der Lohrer Redaktion von der Miss-Spessart-Wahl muss ich bestimmt wieder stundenlang suchen, weil die Kollegen nicht in der Lage sind, sie richtig auszuzeichnen. Die sind nur in zwei Sachen wirklich gut: mir die Arbeit zu erschweren und auf mir herumzuhacken, wenn was schiefgeht.«

»Ich mach's kurz«, stimmte Stiller zu. »Ich habe keine Lust zu warten, bis Strobel etwas Neues herausfindet und sich die Staatsanwaltschaft herablässt, uns eine Pressemitteilung zu schicken. Wir haben selbst eine Spur, und ich will ihr nachgehen.«

»Welcher Staatsanwalt leitet denn die Untersuchung? Possmann doch wohl nicht, nachdem er mit dem Verein liiert ist.« Kleinschnitz gähnte ungeniert, angelte sich die Kaffeekanne und füllte seine Tasse. Als er die Kanne zurückstellte, hinterließ er eine Spur Kaffeeflecken auf der Tischplatte.

»Mann, du hast vielleicht Manieren!«, moserte Kerstin.

Kleinschnitz sah sie schuldbewusst an und wischte mit einem Papiertaschentuch über den Tisch.

»Frau von Lehrwitz«, antwortete Stiller.

»Wow.« Kleinschnitz knüllte das Taschentuch zusammen und warf es in Richtung Papierkorb, verfehlte ihn aber. »Alter Stadtadel. Verschlossen wie eine Walnuss. An der kannst du dir die Zähne ausbeißen.«

»Ich krieg sie schon weich.«

Kerstin wandte Kleinschnitz den Rücken zu, beugte sich vor, hob das Taschentuch auf und warf es in den Papierkorb. Ihr schwarzes T-Shirt rutschte hoch und gab den Blick auf ein verschlungenes Tattoo über dem Bund ihres Rocks frei.

»Hey, du hast ja ein Arschgeweih«, trompetete Kleinschnitz.

»Kümmer dich um deinen eigenen Arsch.« Sie zog das T-Shirt nach unten.

»Keine Sorge, um den kümmern sich schon andere.«

»Charlotte will auch ein Tattoo«, sagte Stiller düster.

»Wer?«

»Meine Tochter.«

Kerstin hustete. »Verschon mich mit Familienkram. Ich dachte, wir arbeiten hier.«

»Du hast recht.« Stiller versuchte, nicht mehr an Charlotte und das Tattoo zu denken. »Kerstin, du musst mir bitte noch mal helfen.«

»Dachte ich mir schon. Hab ja sonst nichts zu tun. Um wen geht's?«

»Um einen Mann namens Pütz. Uwe. Verheiratet. Betreibt einen Holzhandel in Obernburg. Und um eine Frau, von der wir nur den Vornamen kennen: Mareike. Sie taucht vielleicht in seinem Umfeld auf.«

»Darf ich wenigstens erfahren, worum es geht, wenn ich dir das schon abnehmen soll?«

»Emge hatte am Abend seiner Ermordung einen Streit mit Pütz. Er drehte sich um diese Mareike.« Stiller zögerte und rührte in seinem Kaffee – sinnlos, denn er trank ihn schwarz und ohne Zucker. »Ich werde Fenia Saalbach bitten, dass sie vor Ort ein paar Erkundigungen über Pütz einholt, während du im Internet recherchierst. Sie arbeitet ja zurzeit in Miltenberg.«

»Dann lass sie doch gleich alles machen«, brauste Kerstin auf, »deine tolle Fenia.«

Stiller erschrak. Mit dieser Reaktion hatte er nicht gerechnet.

»Jetzt lass einem älteren Herrn doch seinen Spaß«, lästerte Kleinschnitz.

»Mit Spaß hat das nichts zu tun«, verteidigte sich Stiller. »Ich kann mich nicht um alles kümmern. Ich muss mit Emges Familie reden, und ich will mir noch ein paar Ascaphen vorknöpfen, um mehr zu erfahren.«

»Und was soll ich hier?«, erkundigte sich Kleinschnitz. »Wie es aussieht, gibt es nicht viel zu fotografieren.«

»Ich hatte gehofft, du begleitest mich zur Familie.«

»Mit den Hinterbliebenen reden? Keine schöne Sache.« Kleinschnitz nickte. »Na gut, ich werd dich nicht hängen lassen.«

»Ich hab jedenfalls keine Zeit mehr, hier noch länger rumzuhängen.« Kerstin erhob sich und stiefelte zur Tür. »Hoffe, du meldest dich diesmal«, warf sie Stiller hin, bevor sie verschwand.

»Sag Bescheid, wenn du den Termin bei Emges hast.« Kleinschnitz stand ebenfalls auf. »Wir nehmen den Buick. Der macht sich gut in der Gentilstraße.«

***

Strobel stand wie üblich am Fenster und sah hinaus. Der Montag hatte wechselhaftes Aprilwetter mitgebracht. Eben war noch ein kräftiger Regenguss durchgezogen, jetzt schien wieder die Sonne und ließ die Straße gleißen. Kräftiger Wind trieb Wolkenfetzen über den Himmel.

Hinter seinem Rücken tröpfelte die Soko ein. Strobel wartete, bis sich alle um den Besprechungstisch versammelt hatten, dann wandte er sich um und setzte sich.

»Guten Morgen.« Er blickte in die Runde. »Ich denke, wir sind einen Schritt weiter. Claudia?«

Claudia Junk ließ ihre Finger über die Tastatur des Laptops gleiten. Der Beamer projizierte einen Sitzplan an die Wand. Die Namen der Ascaphen waren eingekringelt, eine verwirrende Vielzahl von Pfeilen verband die Kringel miteinander.

»Das ist der Sitzplan, den uns der sogenannte Ritter Mega-A überlassen hat, Herr Haug. Nach der Befragung können wir die Anwesenden als Täter ausschließen. Zum Zeitpunkt des Mordanschlags saß jeder Einzelne an seinem Platz, es gibt jeweils mindestens zwei andere, die das bestätigen. Wir haben das mit den Pfeilen eingetragen. Niemand hat einen Nachbarn oder sein Gegenüber vermisst. Emge war offenbar der Einzige, der den Saal verlassen hat.« Sie nickte Bühler zu.

Er tauschte den Platz mit ihr und ließ sich am Laptop nieder. »Nach der Spurenlage ist der Täter durch die Gewölbe im Güterberg in die Ascaphen-Burg eingedrungen. Es gibt drei Einstiege, die zwar abgeschlossen, aber öffentlich zugänglich sind.« Der Beamer warf die entsprechenden Bilder an die Wand. »Der Täter hat einen Zugang benutzt, der auf dem Güterberg in einer Wiese liegt. Der Einstieg ist mit einer Falltür aus Stahl abgedeckt, die sich mit dem Generalschlüssel der Ascaphia öffnen lässt – die Wiese gehört zum Grundstück des Vereins. Wir haben im Moos rings um den Zugang frische Fußspuren entdeckt, aber keine brauchbaren. Die Falltür ist kürzlich geöffnet worden, das ist an den Kanten zu erkennen. Fingerabdrücke Fehlanzeige. Von dort führt eine Wendeltreppe durch beide Geschosse der Kellergewölbe nach unten.«

»Eine Sandsteintreppe aus dem 17. Jahrhundert«, ergänzte Claudia Junk. »So alt sind die Gewölbe zum Teil.«

Bühler nahm den Faden wieder auf. »Ein weiterer Eingang liegt im Löhergraben.« Das Bild zeigte eine Stahltür im Hang hinter dem Parkplatz des Hotels »Wilder Mann«. »Der dritte befindet sich am Fuß der Treppenanlage von der Fischergasse zum Altstadtfriedhof auf dem Güterberg. Er ist mit einem Holztor versperrt. Der Schlüssel der Ascaphia passt bei diesen beiden Zugängen nicht.«

»Irgendwelche Spuren in den Gewölben?«, erkundigte sich Strobel.

»Von der Wendeltreppe führen mehrere Wege zur Vorburg der Ascaphia«, erläuterte Bühler. »Ihr müsst euch die Gewölbe, Keller und Gänge wie ein Labyrinth auf zwei Ebenen vorstellen. Überall sickert Feuchtigkeit ein, der Boden ist nur in wenigen Abschnitten mit Sandsteinplatten ausgelegt und ansonsten gestampft. An vielen Stellen bilden sich bei diesem Wetter Pfützen und Schlamm. Wir haben alle Wege akribisch abgesucht. Es gibt Fußspuren von der Wendeltreppe durch die unteren Gewölbe bis zur

Ascaphen-Burg, aber sie sind ebenfalls nicht brauchbar. Ich gehe davon aus, dass der Täter in den Gängen Plastiküberzüge über den Schuhen getragen hat.«

Bühler zeigte Bilder von den Gängen, vom Boden und von den Spuren. »Wir können Folgendes festhalten: Erstens, der Täter ist mit den Gewölben gut vertraut. Er kannte den Zugang, er hat den kürzesten Weg zur Ascaphen-Burg gewählt, und er wusste, dass er auf dem feuchten Boden Spuren hinterlassen würde. Zweitens muss es jemand sein, der einen Generalschlüssel der Ascaphia besitzt oder Gelegenheit hatte, den Schlüssel nachzumachen. Fakt ist drittens, dass sieben Ascaphen, die über einen Schlüssel verfügen, am Freitag nicht anwesend waren. Ihre Alibis werden derzeit geprüft. Parallel dazu müssen wir ermitteln, welche der insgesamt zwölf Schlüssel so aufbewahrt wurden, dass sie jemand hätte kopieren lassen können.«

»Du liebe Güte«, seufzte Norbert Syndikus. »Darf ich?« Er stand auf und öffnete ein Fenster. Der Wind trug frische Luft und das Rauschen des Verkehrs auf der Großostheimer Straße in den Besprechungsraum.

»Ich hätte eine Zwischenfrage«, meldete sich Staab. »Die Stahltür vom Gewölbe zur Burg war nicht abgeschlossen. Um da hineinzukommen, hätte der Täter den Schlüssel der Ascaphia gar nicht gebraucht. Vielleicht hat er also auch einen der anderen Zugänge zum Gewölbe benutzt.«

»Das müssen wir in Betracht ziehen«, nickte Claudia Junk. »Allerdings sprechen die Spuren dagegen. Außerdem hat die Befragung ergeben, dass die Stahltür in der Vergangenheit stets verschlossen war. Wahrscheinlich hat sich der Täter auf der Flucht keine Zeit genommen, die Tür wieder abzuschließen. Trotzdem müssen wir weiter in Emges Umfeld ermitteln, das nicht unmittelbar mit der Ascaphia zu tun hat.«

»Zum Beispiel in der Familie«, übernahm Strobel. »Ich habe mir den älteren Schwiegersohn näher angesehen. Georg Hecht war wohl kaum nach Emges Geschmack. Er ist eher der Typ Lebemann. Zudem hat er sich nicht in der Gewalt. Zieht regelmäßig durch die Kneipen, fängt mit anderen Gästen Streit an. In der Firma sieht es ähnlich aus: Der tolle Hecht schreit mit den Angestellten herum, verprellt immer wieder Kunden. Dazu kamen vor ein paar Jahren Probleme mit der Steuer. Emge musste regelmäßig den Patriarchen heraushängen lassen, um den Schaden zu begrenzen.«

Strobel verteilte Mappen an die Soko-Mitglieder. »Steht alles im Detail hier drin. Es ist ziemlich offensichtlich, dass Hecht die Firma übernehmen wollte. Aber er hatte keineswegs die Absicht, sich dafür krummzulegen. Alles in allem hat Emge lieber externe Käufer gesucht. Die beiden hatten in letzter Zeit ständig Streit deswegen.«

»Hat Hecht ein Alibi?«, erkundigte sich Staab.

»Er behauptet, er sei am Freitagabend in der Firma gewesen. Allein. Zeugen gibt es nicht. Die Geschichte will nicht recht zu ihm passen. Freitags war sein Kneipenabend.«

»Gelegenheit, an den Schlüssel zu kommen?«

»Problemlos«, sprang Bühler ein, der Emges Büroräume durchkämmt hatte. »Emge hatte den Schlüssel offen an einem Brettchen in seinem Arbeitszimmer hängen. Fein säuberlich mit ›Burg‹ beschriftet. Er hing am Samstag noch da, Emge hatte ihn am Freitag also gar nicht mitgenommen. Wer auch immer in der Firma arbeitet, er hätte sich den Schlüssel nicht einmal kopieren, sondern nur nehmen und hinterher wieder hinhängen müssen. Emges Büro hat eine Tür zum Flur, die nicht verschlossen war.«

»Fingerabdrücke am Schlüssel?«

»Nur die von Emge selbst.«

»Hat die Durchsuchung sonst etwas ergeben?«, fragte Strobel nach.

Bühler schüttelte den Kopf. »Nichts. Emges Geschäfte waren absolut sauber. Am interessantesten ist noch der Terminkalender. Unter Freitag fand sich der Eintrag ›Mit Pütz reden‹. Das bestätigt indirekt die Aussage der Bedienung über die Auseinandersetzung zwischen Emge und Pütz. Sonst nur Termine mit Geschäftskunden und potenziellen Käufern. Alles seriöse Unternehmen aus dem Rhein-Main-Gebiet.«

»Telefonate?«

»Die Anlage kann die Nummern nicht speichern. Wir haben bei der Telekom eine Liste aller Verbindungen des vergangenen Monats angefordert.«

»Gut«, sagte Strobel. »Bleiben noch die Faserspuren an der Mordwaffe.«

»Wir haben die Mäntel ermittelt, die dazu passen. Sie gehören aber ausnahmslos Vereinsmitgliedern, die sich im Saal befanden. Die Fasern müssen bei anderer Gelegenheit an das Schwert gekommen sein.«

»Gibt es schon etwas zu dieser Mareike, über die sich Pütz mit Emge gestritten haben soll?«

Bühler schüttelte den Kopf. »Wir arbeiten dran.«

»Hast du dich um diesen Ritter Gall-isch gekümmert, der Emge bedroht haben soll?«, wandte sich Strobel wieder an Claudia.

Sie nickte. »Siegfried Möller, genannt Siggi. Wie du schon gehört hast: ein Lehrer im Vorruhestand, sehr ehrgeizig, hin und wieder ein wenig hitzig, wenn etwas nicht nach seinem Kopf geht. Seine Vereinsbrüder meinen aber, er habe nur überreagiert, als er von Emges Kandidatur hörte. Er sei an sich ganz verträglich. Einen Mord traut ihm niemand zu, schon gar nicht, um einen Konkurrenten um das Amt des Ober-Ascaphen aus dem Weg zu schaffen.«

»War er am Freitag in der Burg?«

»Nein.«

»Alibi?«

»Er war angeblich auf einer Geburtstagsfeier. Wird noch überprüft.«

Einen Moment sank die Runde in Schweigen, dann ließ Strobel die Finger knacken.

»Also gut, wir haben Arbeit.« Sein Blick fiel auf Claudia Junk. »Du gehst bitte den Schlüsseln nach. Such dir drei Kollegen aus, die sich die Arbeit mit dir teilen. Fritz, du kümmerst dich um die Zeitung und die Telefonliste. Staab und Syndikus – wir brauchen noch mehr Informationen über die anderen Familienmitglieder. Ich selbst knöpfe mir Georg Hecht vor. Außerdem mache ich noch Termine mit Möller und Pütz.«

»Wieso mit Pütz?« Claudia wirkte verwirrt. »Ich denke, er war im Saal und kommt als Täter nicht in Frage.«

»Er selbst nicht«, stimmte Strobel zu. »Aber wir können derzeit auch einen Auftragsmord nicht ausschließen.«

Bühler stöhnte. »Ich bin nun schon dreißig Jahre bei der Kripo. Aber so viele Verdächtige – das hab ich noch nicht erlebt.«

»Es kommt noch schlimmer«, sagte Strobel. »Schon mal darüber nachgedacht, dass der Mord an Emge vielleicht gar nicht beabsichtigt war? Jemand könnte aus ganz anderen Gründen in das Vereinsheim eingedrungen und von Emge zufällig überrascht worden sein.«

»Hör auf!«

»Nein«, erwiderte Strobel. »Lasst uns weitermachen.«

***

»Fenia Saalbach.« Sie hörte sich gestresst an. Das passte gar nicht zu ihr. Die Volontärin hatte in Aschaffenburg trotz ihrer Jugend stets gelassen gewirkt, ihre dunklen Augen und ihr Lächeln eine Ruhe ausgestrahlt, die Stiller manch altem Zeitungshektiker gewünscht hätte.

»*Ciao bella*«, grüßte er ins Telefon und bemühte sich, Robertas Tonfall nachzuahmen.

»Ach, du bist es, Paul.« Fenia räusperte sich. »Tut mir leid, aber ich hab die Nummer nicht erkannt.«

»Was machen die Kaninchenzüchter?« Berichte über Kaninchenzüchtervereine zu verfassen: Das war das Klischee, das die Redaktionsmitglieder in der Zentrale von ihren Kollegen in den Außenredaktionen pflegten.

»Tu nicht so überheblich«, lachte Fenia. »Du warst selbst neun Jahre hier in der Provinz.«

»Und das waren nicht meine schlechtesten«, bestätigte Stiller.

»Ältere Männer verklären ihre Vergangenheit gerne«, stichelte sie.

»Nein, das ist wahr. Kennst du nicht den Spruch? Wer nach Miltenberg zieht, weint zweimal: Wenn er kommt und wenn er gehen muss.« Stiller hatte es oft bedauert, dass er das Städtchen verlassen hatte. Andererseits hatte er auch Aschaffenburg ins Herz geschlossen. Wo sonst gab es so spannende Ereignisse wie die Inbetriebnahme eines Fußgänger-Leitsystems?

»Na, dir geht's doch jetzt gut, oder?«, sagte Fenia mit warmer Stimme. »Du bist wieder an einem Mord, wie ich gelesen habe.«

»Genau. Und da brauche ich deine Hilfe.«

»Cool!«

Stiller fasste kurz zusammen, was er von ihr wollte. Sie sollte vorsichtig vorgehen, damit Pütz keinen Verdacht schöpfte. »Und schau mal, ob in seinem Umfeld eine Frau namens Mareike auftaucht. Meinst du, du schaffst das bis morgen? Ich will mit ihm reden und brauche das als Hintergrundinformation.«

Sie notierte sich alles. »Wie willst du es haben? Soll ich dir mailen, was ich herausfinde?«

»Ich habe mir gerade überlegt, dass ich morgen auch auf einen Kaffee nach Miltenberg fahren könnte.«

»Du, Paul, ehrlich: Ich stecke bis über beide Ohren in Arbeit.« Sie zögerte. »Die Kaninchenzüchter, weißt du?«

»Dann eben per Mail.«

»Bist du jetzt sauer?«

»Blödsinn. Ich hab selbst genug zu tun, sonst hätte ich dich nicht um Hilfe gebeten.«

»Fein. Du hörst von mir. *Vale*.«

»*Ciao*.« Ein »*bella*« verkniff er sich diesmal. Stiller fand sich peinlich genug.

Die meiste Zeit des Vormittags verbrachte er am Telefon. Als Erstes versuchte er, Rebecca zu erreichen. Erfolglos. Wie schon am Sonntag nahm sie seine Anrufe nicht an.

Rebecca. Merkwürdig, dass sie sich nach all den Jahren bei ihm gemeldet hatte. Auch die Uhrzeit ihres Anrufs erschien ihm ungewöhnlich. Nachts, nach elf. Angenommen, er selbst wäre einundzwanzig Jahre lang verschwunden gewesen und hätte mit ihr wieder Kontakt aufnehmen wollen. Hätte er dann diesen Zeitpunkt gewählt? Eher nicht.

Hatte sie ihm etwas sagen wollen? Sie würde ihn gern sehen, war sich aber nicht sicher, wann. Sie hatte ihm ihre Handynummer gegeben, ihm aber nicht den Namen der Pension verraten, in der sie wohnte. Was hatte das zu bedeuten? Stiller hatte noch keine Zeit gefunden, darüber nachzudenken. Er massierte seine Schläfen. Welche Dramatik in der Freitagnacht. Erst der Anruf, dann der Mord.

Moment! Er stutzte. Es war andersherum gewesen. Erst der Mord, von dem er nur noch nichts wissen konnte, dann Rebeccas Anruf. War das Zufall? Das erste Lebenszeichen, das er von ihr bekam. Nach einundzwanzig Jahren.

Er griff zum Telefonbuch, suchte die Nummer der Touristeninformation in Alzenau und wählte. Es schien ihm eine Ewigkeit zu dauern, bis sich endlich eine freundliche Frauenstimme meldete. Er bat sie, ihm eine Liste der Pensionen in Alzenau einschließlich aller Stadtteile zu mailen. Nein, nur der Pensionen. Wenn er ein Hotel brauchte, werde er sich noch einmal rühren. Sie versprach ihm, die Liste zu schicken.

Anschließend bemühte er sich vergeblich um Termine mit der Familie Emge. Die Witwe und die beiden Töchter waren nicht bereit, mit ihm zu sprechen, wollten auch seinen Anruf nicht entgegennehmen, wie ihm die Haushälterin sagte. Der Sohn? Sei beim Bestattungsinstitut. Der eine Schwiegersohn in der Firma. Und der andere? Wisse sie nicht.

Mit Pütz kam er ebenfalls nicht weiter. Er scheiterte an einer Vorzimmerdame mit rheinischem Dialekt, aber ohne die dazugehörige Frohnatur: »Der Chef is nit da, und isch weiß nit Bescheid«, wimmelte sie ihn mürrisch ab, ohne ihm die geringste Perspektive zu geben.

Gegen Mittag rief er Ruth an.

»Gut, dass du dich meldest«, begrüßte sie ihn. »Ich hab Neuigkeiten.«

»Lass mich raten: Der Abfluss des Spülbeckens ist verstopft?« Ruth gab an einigen Vormittagen zu Hause Töpferkurse für ältere Damen. Hinterher durfte Stiller meistens die Abflüsse der verschiedenen Waschbecken reinigen, die sich mit Tonschlamm zugesetzt hatten.

»Das stimmt zwar, aber das ist ja keine Neuigkeit«, lachte Ruth.

»Was ist es dann?«

»Wusstest du, dass deine Rebecca nicht die einzige Achtzehnjährige war, die vor zwanzig Jahren spurlos verschwunden ist?«

»Einundzwanzig«, korrigierte Stiller. »Nein, das wusste ich nicht.«

»Interessiert?«

»Willst du mich foltern?«

»Also gut: Vor zwanzig Jahren, demnach ein Jahr nach Rebecca, ist eine Achtzehnjährige namens Angelika Schäfer verschwunden. Es gab wohl mehrere Suchaktionen, aber alle erfolglos.«

»Angelika Schäfer, sagst du?« Stiller notierte den Namen. »Woher hast du das überhaupt?«

»Ich hab meinen Kursteilnehmerinnen davon erzählt, dass sich deine verschwundene Jugendfreundin plötzlich wieder gemeldet hat. Zwei von ihnen konnten sich noch genau an den Fall Angelika Schäfer erinnern. Er ging durch alle Medien. Kam auch im Fernsehen, Aktenzeichen XY. Der Vater hat das Verschwinden seiner Tochter nicht lange überlebt.«

»Ist sie wieder aufgetaucht?«

»Höchstens stillschweigend, wie deine Rebecca. Die beiden in meinem Kurs haben davon jedenfalls nichts mitbekommen.«

Stiller dachte nach.

»Meinst du, es gibt einen Zusammenhang?«, fragte Ruth.

»Ich mach mich schlau.«

»Paul«, Ruth zögerte, »gab es eigentlich irgendwelche Suchaktionen, als Rebecca verschwunden ist?«

»Nein.«

»Presseberichte? Ich kann mich nicht erinnern.«

»Auch nicht.«

»Warum eigentlich nicht?«

»Sie war nicht wirklich verschwunden. Ihre Mutter hatte Kontakt zu ihr.«

»Ihre Mutter wusste Bescheid und hat nichts unternommen, um sie zurückzuholen?« Ruth klang ungläubig.

»Ruth, ich weiß nicht, was da vorgefallen ist. Ich weiß, dass die Mutter Kontakt zu Rebecca hielt, aber sie hat niemandem etwas gesagt. Auch mir nicht. Außer, dass sie lebt.«

»Das war bei Angelika Schäfer wohl nicht der Fall. Trotzdem. Dass zwei Achtzehnjährige im Abstand von einem Jahr verschwinden … Ist doch merkwürdig, oder?«

Stiller stimmte zu.

»Wann kommst du heute Abend?«

»Ich kann's dir nicht genau sagen. Ich gehe erst zur Inbetriebnahme des Fußgänger-Leitsystems. Kann sein, dass es sieben oder acht wird. Warum?«

»Warum? Paul, der Abfluss ist verstopft. Meinst du, du schaffst es noch vor deinem Termin?«

Stiller seufzte. »Ich kümmere mich drum.«

Sie verabschiedeten sich. Stiller legte nicht auf, sondern drückte »Trennen« und wählte sofort das Archiv an. Carsten Spieß meldete sich.

»Hör mal«, sagte Stiller, »vor zwanzig Jahren ist eine junge Frau aus Aschaffenburg verschwunden. Angelika Schäfer. Es muss Zeitungsberichte geben. Würdest du sie mir heraussuchen? Ich hole sie dann ab.«

»Du kannst gleich kommen«, sagte Carsten. »Die Mappe liegt noch bei mir.«

»Liegt noch bei dir? Wieso das denn?«

»Letzte Woche war einer da und hat die Artikel lesen wollen. Ich bin noch nicht zum Wegräumen gekommen. Du weißt doch, was bei mir los ist.«

Stiller setzte sich kerzengerade auf. »Wer hat die Artikel gelesen? Kennst du seinen Namen?«

»Klar, er hat sich doch in die Liste eingetragen. Soll ich nachsehen?«

Stiller zählte in Gedanken bis zehn. »Bitte«, sagte er dann.

»Moment. Ich leg mal kurz den Hörer hin.«

Im Hintergrund raschelte Papier. »Ich hab die Liste«, meldete sich Carsten wieder.

»Und?«

»Er heißt – Emge. Richard.« Pause. »Mensch, Paul, ist das nicht der tote Ritter?«

Wortlos knallte Stiller den Hörer auf und stürmte in Richtung Archiv. An der Tür hätte er fast Kerstin Polke über den Haufen gerannt.

»Dem reiß ich den Kopf ab«, knurrte Stiller.

»Ich weiß zwar nicht, wen du meinst«, bellte ihm Kerstins rauer Alt hinterher. »Aber er hat's bestimmt verdient.«

»Das war vergangene Woche, Paul! Ich kann mich doch nicht an jeden erinnern, der hier in alten Zeitungsartikeln blättert.« Carstens Kopf war noch dran, aber blutrot vor Scham.

»Wenn sein Hals am Ende der Woche mit einem Schwert durchbohrt wird, dann schon«, sagte Stiller. Er hatte sich auf dem Weg ins Archiv leicht beruhigt. »Hat Emge irgendwelche Artikel kopiert?«

Carsten schüttelte den Kopf. »Nein.«

»Etwas aufgeschrieben?«

»Er hat sich ein paar Notizen gemacht. Er hatte so ein blaues Heftchen dabei.« Carsten dachte nach. »Aber ich kann dir nicht sagen, aus welchen Berichten. Auf so etwas achte ich nie. Ich konnte ja nicht ahnen, dass er umgebracht werden würde. Außerdem bin ich sowieso nur der Hiwi.«

»Schon gut.«

»Ich glaube, er hat in den Artikeln etwas Bestimmtes gesucht. Manche hat er schnell wieder weggelegt, andere aufmerksam durchgelesen.«

»Hm.« Stiller schlug die Mappe auf und sichtete die Blätter flüchtig. Es war ein gutes Dutzend. Der oberste, also der letzte Beitrag war zehn Jahre alt. Ein Rückblick auf den »Fall Schäfer«, der sich ein Jahrzehnt zuvor zugetragen hatte und noch immer ungeklärt bei den Polizeiakten lag.

»Meinst du, es gibt einen Zusammenhang zwischen der Vermissten und dem toten Ritter?« Carsten hatte genug Mut geschöpft, um den Schreibtisch zu umrunden und Stiller über die Schulter zu sehen.

»Ich hab keine Ahnung. Aber seltsam ist das schon. Eine Achtzehnjährige verschwindet vor zwanzig Jahren, seit zehn Jahren hat sich niemand mehr darum gekümmert. Dann erscheint Emge – und wird wenige Tage später ermordet. Lass mich erst mal lesen, ja? Vielleicht bin ich hinterher schlauer.«

»Kann ich sonst was für dich tun?«

»Wenn du noch einen Kaffee in deiner Thermoskanne hast … Von dem Aktenstaub hier kriege ich immer einen trockenen Hals.«

Stiller begann zu lesen, während Carsten ihm einen Becher Kaffee hinschob.

»18jährige vermißt«, war der erste Beitrag überschrieben. Er stammte von Mitte Juni. Verschwunden war Angelika Schäfer drei Tage zuvor – damals bei Volljährigen die übliche Frist, bevor die Kripo an die Öffentlichkeit ging. Angelika war am Samstagabend mit einer Freundin auf Kneipenbesuch in der Aschaffenburger Innenstadt gewesen und nicht nach Hause zurückgekehrt. Es folgte eine Personenbeschreibung: *»Angelika Schäfer war 1,66 Meter*

groß, hatte eine kräftige Figur, blaugrüne Augen und lange blonde Haare, die sie meist zu einem Pferdeschwanz band. Sie trug ein pastellblaues Kapuzen-Sweatshirt Marke Fruit of the Loom, blaue Jeans und weiße Adidas-Turnschuhe.« Der Meldung war ein Passbild beigefügt, das wohl schon älter war und die Vermisste mit kurzen Haaren zeigte. Um den Hals trug sie ein Kettchen mit einem kleinen Kreuz als Anhänger.

Der Text enthielt keine Hinweise auf mögliche Gründe für das Verschwinden des Mädchens. Es gab auch keine Vermutungen über ihr Schicksal. Stiller hielt fest, dass sie weder eine Tasche noch Gepäck bei sich trug. Das wäre in der Vermisstenmeldung sicher genannt worden.

Der zweite Beitrag erschien in der Woche darauf: *»Kripo ermittelt im Fall der vermißten Angelika Schäfer«*. Jetzt gab es schon mehr Details. Angelika Schäfer hatte an jenem Samstag mit der Freundin das »Gully« besucht – damals wie heute eine In-Kneipe für junges Publikum. Gegen einundzwanzig Uhr dreißig hatte sie das »Gully« verlassen, um »jemanden« zu treffen. Sie wollte der Freundin weder sagen, um wen es sich handelte, noch von ihr begleitet werden. Nach Aussage der Freundin war Angelika das Treffen aber »unangenehm«. Anschließend verlor sich ihre Spur. Sie wohnte in der Österreicher Kolonie; dort kam sie nie an.

Angelika hatte keinen Abschiedsbrief hinterlassen und litt nicht an Depressionen. Einen Freitod hielt die Kripo daher für unwahrscheinlich. Sie sollte in den Tagen vor ihrem Verschwinden jedoch »verstört« gewirkt haben.

Nach Aussage der Eltern, Heinrich und Marga Schäfer, war die Tochter zuverlässig. Familiäre Spannungen habe es nicht gegeben. Von einem Freund wussten die Eltern nichts. Hinweise auf die unbekannte Person, die Angelika am Abend ihres Verschwindens noch treffen wollte, gab es ebenfalls nicht. Da sie die Wohnung ohne Gepäck verlassen hatte, schloss die Kripo ein Verbrechen nicht mehr aus, wenngleich sie nach wie vor von einem »Vermißtenfall« sprach. Neben dem Artikel war ein neueres Bild abgebildet, das allerdings unscharf war, wohl ein Schnappschuss. Angelika lachte darauf fröhlich, ihre Hand spielte mit dem Anhänger des Halskettchens.

»Angelika Schäfer getötet?«, war der dritte Beitrag überschrie-

ben. Knapp drei Wochen nach ihrem Verschwinden hatte die Kripo eine groß angelegte Suchaktion gestartet. Trupps der Feuerwehr und der Bereitschaftspolizei aus Würzburg durchkämmten die Fasanerie, den Park, der im Süden an die Österreicher Kolonie anschloss. Das städtische Forstamt ließ den Fasanerie-See ab. Im Dickicht entlang der Bahnlinie Aschaffenburg-Würzburg, am nördlichen Rand des Viertels, setzte die Polizei Spürhunde ein.

Der Pressesprecher der Aschaffenburger Polizeidirektion räumte ein, dass die achtzehnköpfige Soko inzwischen von einem Verbrechen ausgehe. Er hielt aber fest: *»Es gibt nach wie vor keine Erklärung, warum die junge Frau verschwunden ist.«* Im Übrigen wiederholte der Bericht die bekannten Fakten und die Personenbeschreibung der Vermissten.

Wenige Tage später: der vierte Bericht. Die Eltern hatten eine Belohnung von zehntausend Mark für Hinweise auf den Verbleib ihrer Tochter ausgesetzt. Viel Geld für das Ehepaar: Nach dem Zeitungsartikel war der Vater Fabrikarbeiter, die Mutter verdiente durch Putzen dazu. Angelika war noch Schülerin, sie hatte die zwölfte Klasse des Kronberg-Gymnasiums in der Fasanerie besucht.

Wie Rebecca, dachte Stiller. Eine Reihe von Parallelen waren ihm aufgefallen. Auch Rebecca hatte vor ihrem Verschwinden »verstört« gewirkt.

Er erinnerte sich an einen Abend, an dem er sie in die »Winstub« ausgeführt hatte, ihr Lieblingslokal. Weil es etwas abgelegen in einer Seitengasse der Altstadt lag, war die Gaststube meist nur mäßig besucht. Der richtige Platz für lauschige Stunden. Sie waren oft da gewesen, hatten Wein getrunken, Flammkuchen gegessen, angeregt geplaudert. Sie legten ihre Hände ineinander, und wenn der Wirt, ein Elsässer, nicht hinsah, küssten sie sich.

Doch der letzte Abend in der »Winstub« war anders verlaufen. Rebecca war einsilbig gewesen, hatte kaum ein Wort gesprochen. Sie erschien Stiller abwesend, mit den Gedanken weit weg. Er wusste nicht, ob sie überhaupt hörte, was er sagte. Sie war ihm fahrig, schreckhaft vorgekommen. Hastig hatte sie den Arm zurückgezogen, als er seine Hand auf ihre legen wollte, stieß dabei ihr Weinglas um. Verstört – das war das passende Wort.

Es gab weitere Parallelen. Beide Verschwundenen waren achtzehn, beide hatten lange blonde Haare und blaugrüne Augen. Auch Rebeccas Vater war Fabrikarbeiter gewesen. Doch damit erschöpften sich die Gemeinsamkeiten. Rebecca hatte ihren Eltern in einem Abschiedsbrief angekündigt, dass sie weggehen würde, hatte sie aufgefordert, nicht nach ihr zu suchen. Später hatte sie mit ihrer Mutter Kontakt aufgenommen. Falls ihre Mutter gewusst haben sollte, wo sich Rebecca aufhielt, hatte sie es niemandem verraten.

Danach hatte Stiller den Kontakt zu Rebeccas Eltern eingestellt.

Von Angelika Schäfer dagegen gab es kein Lebenszeichen mehr. Auf den Artikel über die Belohnung folgten in wachsenden Abständen weitere Kurzberichte: *»Noch keine Spur …«*, *»Keinerlei Hinweise …«*, *»Polizei tappt weiter im Dunkeln …«*, *»Keine neuen Erkenntnisse …«*. Nach einem halben Jahr ein Hinweis auf die Suchmeldung in der Fernsehsendung »Aktenzeichen XY«. Allmählich erlahmte das öffentliche Interesse. Die beiden letzten Artikel erschienen genau ein Jahr sowie zehn Jahre nach dem Verschwinden Angelikas.

Stiller klappte die Mappe zu und lehnte sich zurück. Warum hatte sich Emge für diesen Fall interessiert? Wonach hatte er in den Berichten gesucht? Was hatte er notiert?

Er schob die Mappe über den Tisch zu Carsten. »Tu mir den Gefallen und kopier mir die Artikel. Ich muss los, das Fußgänger-Leitsystem einweihen.«

Kleinschnitz wartete schon in Stillers Zimmer. »Willst du radeln oder soll ich dich mitnehmen?«

»Ich fahre mit dir. Ich muss dir ein paar Neuigkeiten erzählen.« Auf dem Weg zum Parkplatz berichtete er ihm von Angelika Schäfer und dem Besuch Emges im Archiv.

»Und, was willst du jetzt machen?«, fragte Kleinschnitz, als der Buick aus dem Verlagshof blubberte.

»Das kannst du dir doch denken. Ich will mich in Emges Büro umsehen.«

»Im Büro?« Kleinschnitz trat so abrupt auf die Bremse, dass der Motor des Buick erstarb. Hinter ihnen hupte ein Lastwagen und zog dann vorbei. »Du spinnst wohl!«

»Sehe ich aus wie ein Spinner?«

»Willst du eine ehrliche Antwort?« Kleinschnitz schüttelte den Kopf. »Du bist völlig meschugge. Das ist illegal!«

Stiller sah ihn überrascht an. »Ich kenn dich schon ewig. Soweit ich mich erinnere, hast du in deiner Fotografenkarriere kaum etwas Illegales ausgelassen, wenn es die Sache wert war.«

»Ich tu nur, was mir Interpol geraten hat: Ich kümmere mich um meinen eigenen Arsch.«

»Ich will mich doch nur umsehen.« Stiller grinste. »Vielleicht finde ich einen Anhaltspunkt, was Emge am Fall Angelika Schäfer interessiert hat. Es muss ein blaues Notizheftchen geben. Ich lasse nichts mitgehen, ich fotografiere keine geheimen Akten, ich hab überhaupt nichts Illegales vor.«

»Nur einen kleinen Hausfriedensbruch. Ich erinnere mich noch gut, wie ich beim letzten Mord mit dir in ein Gartenhaus einbrechen musste. War ein echter Reinfall.«

»Fahr weiter«, sagte Stiller. »Der Oberbürgermeister fängt erst an, wenn die Presse vollzählig versammelt ist.«

Kleinschnitz startete den Buick erneut. »Wie stellst du dir das überhaupt vor? Willst du einfach in die Firma spazieren und sagen: ›Ich schau mich dann mal kurz im Büro Ihres ermordeten Chefs um‹? Soll ich vielleicht strippen, um die Sekretärin abzulenken? Ich kenne sie von früher. Die ist gegen so etwas immun.«

»Du musst nicht mal mit rein«, versprach Stiller. »Die Firma liegt gegenüber der Hafenverwaltung. Dort postierst du dich im Treppenhaus, behältst mit deinem Tele die Fenster im Auge und sagst mir übers Handy, wenn die Luft rein ist.«

»Und was sage ich, wenn mich einer fragt, was ich da treibe?«

»Du schießt Bilder von der Firma Emge für den nächsten Zeitungsbericht. Ist nach dem Mord ja wohl völlig normal.«

»Völlig normal – das sagt mir einer, dem sie offensichtlich mit einer Vakuumpumpe das Hirn aus der Nase gesaugt haben. Eines kann ich dir versprechen: Das ist der letzte Mordfall, bei dem ich mit dir zusammenarbeite. Wenn das nämlich schiefgeht, gibt's den nächsten Mord. Und über den kannst *du* nicht mehr schreiben.«

»Es geht nichts schief«, beruhigte ihn Stiller. »Ich brauche nur noch einen Termin.« Er klappte das Handy auf, ließ sich über die Auskunft mit der Firma Emge verbinden und verlangte Georg Hecht.

Dem Auftrieb nach war es ein Großereignis: Vertreter des Stadtrats, Spitzen der Verwaltung, Repräsentanten des Einzelhandels und des Stadtmarketings sowie von sechs Medien sahen zu, wie Oberbürgermeister Nikolaus Fürst am Scharfeck das Fußgänger-Leitsystem in Betrieb nahm. Entlang der Landingstraße stand die Blaskapelle Melomania Obernau Spalier, die Instrumente im Anschlag. In gebührendem Abstand war ein Häuflein Demonstranten aufgezogen, angeführt vom Stadtrat der Initiative »Aschaffenburg aktiv«, Hans Bogner. »Wir brauchen keine Schilder, die Fußgänger kanalisieren«, stand auf ihrem Plakat. »Wir brauchen eine autofreie Innenstadt!«

OB Fürst ließ sich die gute Laune nicht verderben. Er stand neben dem Mast mit den noch verhüllten Schildern und strahlte mit der Sonne des frühen Aprilabends um die Wette. Vereinzelt blieben sogar ein paar echte Bürger stehen, als er zu seiner Ansprache anhob.

»Aschaffenburg ist kein Armenhaus!«, rief er der Menge zu. »Wenn wir etwas machen, dann machen wir's richtig.« Einundzwanzigtausend Euro habe die Stadt in die einhundertfünfzig Schilder investiert. »So viel kostet es immerhin, das Rathaus zu putzen – jedes Jahr. Die Schilder werden dagegen dauerhaft für Orientierung sorgen, auf dass die Touristen alle Sehenswürdigkeiten auch ohne Stadtplan und Nachfragen finden. Jahr für Jahr!«

»Von nun an bis in Ewigkeit«, brummelte Stiller. Kleinschnitz stieß ihm den Ellbogen in die Rippen.

»Denn Aschaffenburg ist eine fußgängerfreundliche Stadt, das wissen die Bürger, auch wenn einige es nicht wahrhaben wollen.« Fürst warf einen strafenden Blick auf Bogner. »Und wir, der Stadtrat und die Verwaltung, wir handeln, statt Ideologien nachzuhängen.«

Die Menge applaudierte, die Demonstranten skandierten: »Bringt die Autos unter die Füße!«

Fürst blies ins Mikro und brachte die Lautsprecher zum Donnern. »Das neue Leitsystem macht unsere Stadt ähnlich attraktiv wie der Neubau des Hauptbahnhofs oder die Einhausung der Autobahn bei Hösbach. Aschaffenburg erfreut sich wachsender Beliebtheit bei den Touristen. Zu Recht, denn es gibt im Rhein-Main-Gebiet keine vergleichbar tolle Stadt. Das Tollste aber ist …« Fürst gestikulierte wild, entfernte dabei das Mikrofon von seinem Mund, sodass der Rest des Satzes unterging.

Eine Frau schimpfte laut. Sie wollte ihren Kinderwagen an Fürst vorbei in die Herschelgass schieben. Aber an dessen Seite standen mehrere Stadträte und wollten nicht weichen – das Lokalfernsehen und drei Zeitungsfotografen hatten ihre Kameras auf den Oberbürgermeister gerichtet; sie hofften, mit aufs Bild zu kommen.

»Die Schilder holen die Touristen an den Parkhäusern, am Hauptbahnhof und im Floßhafen ab und führen sie direkt zu den Sehenswürdigkeiten.«

Stiller versuchte, sich die Szene bildlich vorzustellen: Schilder, die Touristen abholen, sich höflich vor ihnen verbeugen und sie durch die Stadt führen. Fast hätte er die wirkliche Neuigkeit überhört:

»Das Fußgänger-Leitsystem ist ein gelungenes Beispiel für die Bürgernähe der Stadt«, predigte Fürst. »Alle Ziele und die Standorte der Schilder sind in einem Arbeitskreis ausgeküng… geklügelt worden. Vier städtische Ämter waren am runden Tisch FLS beteiligt, außerdem die Touristikbetriebe, die Wirtschaftsförderung, das Führungsnetz der Volkshochschule, die städtischen Museen und die Gleichstellungsstelle für Frauen.«

»Ich fass es nicht«, flüsterte Kleinschnitz. »Hast du das gewusst?«

»Sagen wir: geahnt. Immerhin hat die Planung dreieinhalb Jahre gedauert.«

Plötzlich lachte die Menge. »Mist«, zischte Stiller, »jetzt hab ich den Witz nicht mitgekriegt.«

»Es war ein Versprecher«, klärte ihn Petra Wild auf, die Kollegin vom Bayerischen Rundfunk. »Er hat dem verkaufsoffenen Sonntag im April dreihundert Besucher vorhergesagt. Gemeint hat er natürlich dreihunderttausend.«

»Natürlich«, sagte Stiller. »Danke für die kollegiale Hilfe.«

Fürst suchte seine Würde zurückzugewinnen. »Der verkaufsoffene Sonntag wird somit zur Bewährungsprobe für das neue Fußgänger-Leitsystem.«

»Wieso Bewährungsprobe?« Kleinschnitz sah ratlos drein.

»Rechne doch mal nach«, witzelte Stiller, »hundertfünfzig Schilder, die dreihunderttausend Besucher führen sollen ...«

»Du, ich muss!« Kleinschnitz schlängelte sich nach vorne. Soeben trat Fürst an den Mast heran, das Stadträtegrüppchen folgte ihm wie angeklebt. Der OB vergewisserte sich, dass alle Fotografen in Stellung gegangen waren, zog an einem Bändel und enthüllte die Hinweisschilder.

Die Melomania unterlegte den feierlichen Akt mit einem Tusch, der nahtlos in einen Titel überging, mit dem die Jacob Sisters die Stadt in den sechziger Jahren berühmt gemacht hatten: »Auf dem Wege nach Aschaffenburg«. Die Honoratioren drängten in Richtung Ausschank – die Stadt spendierte Pompejaner. Die Demonstranten, die etwas näher dranstanden, hatten sich bereits mit dem städtischen Wein versorgt.

Stiller überlegte, ob er sich anschließen sollte, als er Laip erkannte. Er schwenkte seinen Hut und schwamm gegen den Strom der Menge auf Stiller zu. Im Schlepptau hatte er zwei Stadträte, Unkel und Schwarz.

»Das sind zwei Kollegen und Vereinsbrüder, mit denen ich Sie bekannt machen wollte.« Laip schnaufte. Trotz der Wärme trug er das übliche Halstuch und den Lodenmantel.

»Unkel«, sagte Unkel – überflüssigerweise, denn Stiller kannte ihn seit Jahren.

Ebenso überflüssig ließ Schwarz ein »Ich bin Schwarz« folgen. »Ich bin aber von den Roten«, scherzte er. Es war sein Lieblingswitz.

»Tolle Veranstaltung, was?« Unkel wies auf die Menschenmenge, die gerade die Hinweisschilder näher betrachtete. »Natürlich schreibt sich der Fürst den Erfolg jetzt auf seine Fahne. Aber das hat die Stadt alles meiner Fraktion zu verdanken. Vor fünf Jahren haben wir das Fußgänger-Leitsystem beantragt.«

»Nun mal halblang, Herr Kollege«, fiel Schwarz ihm ins Wort. »Meine Fraktion war es, die schon vor dreizehn Jahren eine touristische Beschilderung für Aschaffenburg gefordert hat!«

»Da ging es aber um eine für Autofahrer, wie Sie offenbar vergessen haben. Immer schön bei der Wahrheit bleiben.«

»Freunde«, vermittelte Laip, »der offizielle Teil ist vorüber. Ihr dürft euch wieder duzen. Außerdem könntet ihr Herrn Stiller etwas über Richard Emge erzählen, er berichtet nämlich über den Mordfall.«

»Toller Mann, wirklich!« Unkel senkte die Stimme. »Ein unbegreiflicher Vorfall. Wenn Sie mich fragen: Von den Ascaphen hat ihn keiner umgebracht. Er war ein echter Freund.«

»Politisch sind Unkel und ich ja nicht oft einer Meinung«, ergänzte Schwarz, »aber in diesem Punkt – hundertprozentige Zustimmung von meiner Seite.«

»Wie war er denn so?«, fragte Stiller.

Unkel dachte nach. »Geradlinig, aufrichtig, klarsichtig. Noch dazu weithin bekannt. Ich und meine Partei wollten ihn bei der letzten Stadtratswahl sogar überreden, auf unserer Liste zu kandidieren.«

»Was, ihr auch?«, rief Schwarz empört.

Unkel sah ihn irritiert an.

Laip ging dazwischen. »Ich kann euch beruhigen: Mit Politik hatte Emge nichts am Hut.«

»Hatte Emge Neider in der Ascaphia?«

Diesmal antwortete Schwarz. »Na ja. Er wollte Vereinskarriere machen. Das haben andere vielleicht nicht so gerne gesehen.«

»Wer zum Beispiel?«

Unkel hüstelte. »Herr Stiller, ich finde, jetzt reicht's. Sie haben die Gerüchteküche mit dem Bericht über den angeblichen Streit schon genug angeheizt. Außerdem: Der, den Schwarz meint, war am Freitag nicht da. Er kann sich daher nicht mit Emge gestritten haben.«

»Dann können Sie mir den Namen ja getrost nennen«, lächelte Stiller.

Unkel gab nach. »Er heißt Möller. Hatte wohl Ambitionen auf den Thron.«

»Worauf?«

»Auf den Posten als Ober-Ascaphe. Er war angeblich echt sauer auf Emge, weil der auch kandidierte. Aber das ist erstens kein Grund für einen Mord, zweitens war Möller am Freitag nicht da, wie gesagt.«

»Haben Sie sonst einmal eine Auseinandersetzung zwischen Möller und Emge beobachtet?«

»Nie«, sagte Unkel.

»Hundert Prozent: nie«, stimmte Schwarz erneut zu.

»Wie kommen Sie dann darauf, dass Möller auf Emge sauer war?«

»Ich?« Unkel wirkte überrascht. »Gar nicht! Ich hab das aus den Fragen der Kripo geschlossen.«

»Das gilt auch für mich.« Schwarz nickte. »Wobei ich dem Kollegen Unkel so viel Scharfsinn gar nicht zugetraut hätte.«

Stiller fluchte innerlich. Er kringelte den Namen Möller ein und beschloss, Strobel nach ihm zu fragen.

»War es das?« Unkel zog den Ärmel seines altmodischen dicken Schalkragenpullovers zurück und sah auf die Armbanduhr. »Der Pompejaner ruft. Wir sind hier schließlich zum Feiern.«

»Lieber Herr Stiller«, sprang Schwarz ein, »wir Ascaphen trauern anders um unsere Freunde, als Sie das kennen. Wir freuen uns, dass wir sie gehabt haben. Wir erinnern uns lachend an die guten, die fröhlichen Momente mit ihnen. Sie müssen einmal bei uns vorbeischauen.«

»Aber seien Sie gewarnt!« Unkel hob den Zeigefinger. »Die meisten kommen von der Ascaphia nicht mehr los, wenn sie erst einmal Blut geleckt haben.« Er erschrak. »Verzeihung, ist mir so rausgerutscht.«

Unkel und Schwarz verbeugten sich höflich und zogen Richtung Ausschank davon.

»Melden Sie sich, wenn Sie mich wieder brauchen«, verabschiedete sich Laip und folgte ihnen.

Stiller sah ihm wortlos nach.

4

»Ich muss total bescheuert sein, dass ich bei dieser Geschichte mitmache.« Kleinschnitz lenkte den Buick am Dienstagmorgen von der Darmstädter Straße ins Hafengelände und fuhr durch die Keltenstraße, um die Lage zu peilen. Links lag die Hafenverwaltung, rechts das Gelände der Firma Emge. Der kurze, zweistöckige Bürotrakt war zur Straße hin an eine große Halle angehängt. Daneben führte ein breites Tor, von einer Schranke gesichert, in den Betriebshof. Kleinschnitz wendete an der weiten Kreuzung vor dem ersten Hafenbecken und hielt am Straßenrand an. »Total bescheuert.« Er schüttelte den Kopf.

»Na ja, ›total‹ ist übertrieben.« Stiller kniff ein Auge zu. »Schließlich bin ich derjenige, der reingeht und sich auf dich verlassen muss.«

»Niemand zwingt dich dazu.« Kleinschnitz stützte sich am Lenkrad ab und atmete tief aus. »In den USA wird man bei solchen Gelegenheiten kurzerhand erschossen.«

»Du machst dir Sorgen um mich – nach all den Jahren? Jetzt ist es zu spät, ich bin bereits vergeben.« Stiller spürte, dass er den Freund nicht überzeugt hatte. »Hör mal, was ich vorhabe, ist kein Hausfriedensbruch. Ich bin offiziell bei Georg Hecht angemeldet, um mich mit ihm über seinen Schwiegervater zu unterhalten. Irgendwann muss ich aufs Klo, verwechsle die Tür und lande aus Versehen in Emges Büro.« Er deutete auf das Treppenhaus der Hafenverwaltung. »Du schaust wie besprochen von da drüben mit deinem Tele durch die Fenster und warnst mich, wenn jemand kommt. Ich war beruflich schon mal da, kenne mich halbwegs aus und weiß genau, wonach ich suche. Ich brauche fünf Minuten.«

»Das ist der dümmste Plan, von dem ich je gehört habe.«

»Ich weiß. Du hast mir ja auch keinen klügeren empfohlen.«

»Ich kenn mich zufällig auch aus. Die Büros liegen zwar zur Straße, aber der Flur nach hinten. Den kann ich nicht sehen. Was ist, wenn sich jemand im Flur aufhält?«

»Dann gehe ich wirklich aufs Klo und warte, bis die Luft rein ist.«

»Schon mal überlegt, dass die Flurtür zu Emges Büro abgeschlossen sein könnte und du durchs Vorzimmer musst?« Kleinschnitz tippte sich an die Stirn.

»In diesem Fall gebe ich dir über Handy Bescheid, du rufst die Sekretärin an und schickst sie aus dem Zimmer.«

»Wie denn?«

»Lass dir was einfallen. Du bist doch nicht total bescheuert.«

»Aber du, ehrlich. Vielleicht kriegst du dadurch mildernde Umstände, falls sie dich schnappen.« Kleinschnitz seufzte. »Also los, bevor ich es mir anders überlege.« Er schlüpfte aus dem Buick, nahm die Fototasche, warf die Tür zu und trollte sich in Richtung Hafenverwaltung.

»Ruf mich an, sobald du in Position bist.« Stiller stöpselte das Headset-Kabel ins Handy, das er in der Brusttasche seiner Jacke stecken hatte.

»Schließ bloß ab«, rief Kleinschnitz über die Schulter zurück. »Ich hab meine Ersatzausrüstung im Wagen.«

Stiller sah ihm nach, bis ihn das Gebäude der Hafenverwaltung verschluckt hatte. Dann drückte er sich den Hörer ins Ohr.

Keine Minute später meldete sich Kleinschnitz. »Ich bin auf dem obersten Treppenabsatz. Vielleicht funktioniert dein Plan tatsächlich. Hier oben gibt es keine Büros, mit etwas Glück bleibe ich ungestört.«

»Es ist gleich neun, ich will pünktlich sein.« Stiller stieg aus und schloss den Buick ab. »Kannst du was sehen? Der erste Stock ist die Chefetage.«

»Ich weiß, ich bin hier früher ein und aus gegangen. Die Zimmer liegen schräg unter mir. Das Treppenhaus ganz links. Daneben die Toiletten. Kann man nicht reinsehen, denk daran, da bist du nachher für mich unsichtbar. Dann ein Büro, die Schreibtische stehen sich gegenüber, nur einer besetzt. Eine Frau. Jung. Tippt am Computer.«

»Mach zu! Ich bin schon fast am Eingang.«

»Huhu, ich seh dich.«

»Depp.«

»Nächster Raum: Georg Hecht. Liest die Zeitung. Wahrscheinlich hat er sie bloß hingelegt, um Eindruck auf dich zu machen.«

»Weiter.«

»Emges Vorzimmer. Die gute alte Frau Landes faltet Briefe und steckt sie in Umschläge. Du liebe Zeit, die war schon da, als ich bei Emge in den Semesterferien gejobbt habe.«

»Bitte erzähl mir jetzt nicht deine Lebensgeschichte. Emges Büro?«

»Niemand drin. Es gibt Gardinen, aber dünne. Ich kann halbwegs gut hineinsehen. Das nächste Zimmer ist das letzte. Auch niemand drin.«

»Buchhaltung. Da müsste Hechts Frau sitzen, Emges Tochter. Trauert vermutlich um den Vater.« Stiller drückte die Klingel. »Funkstille.« Er zog den Knopf aus dem Ohr und wurstelte ihn mitsamt dem Kabel zum Handy in die Jackentasche. Der Türöffner summte. Bevor er eintrat, wandte sich Stiller kurz um und zeigte Kleinschnitz den Daumen.

Hecht erhob sich, als Stiller die Zimmertür öffnete, ging ihm entgegen und reichte ihm die Hand. Der höflichen Geste zum Trotz wirkte Hecht oberflächlich, verlebt, als habe er eine durchzechte Nacht hinter sich. Er trug einen schwarzen Anzug über einem weißen Hemd, aber keine Krawatte. Sein volles braunes Haar, angegraut an den Schläfen, hatte Hecht zu einem kleinen Pferdeschwanz zusammengebunden.

Er zog sich wieder hinter den Schreibtisch zurück und wies Stiller den Stuhl davor an. »Ehrlich gesagt habe ich nicht genau verstanden, was Sie eigentlich von mir wollen.«

»Nun ja«, Stiller räusperte sich, »mir geht es um einen Nachruf auf Ihren Schwiegervater. Unabhängig von der Berichterstattung über den Mord. Ich habe das Gefühl, in der Öffentlichkeit ist wenig über ihn bekannt.«

»Das scheint mir nicht so, wenn ich mir die Berichte anschaue, die Ihr Blatt gestern und heute veröffentlicht hat.« Hecht lehnte sich zurück. »Da stand doch eine Menge über ihn – wobei Sie sich einiges zusammenphantasiert haben.«

»Ich verstehe nicht ...«

»Wie kommen Sie darauf, zu behaupten, mein Schwiegervater habe die Firma verkaufen wollen?«

»Stimmt es etwa nicht?«

Hecht beugte sich abrupt nach vorn. »Das waren Gedankenspiele. Ein Versuchsballon. So etwas zu veröffentlichen, bringt nur Unruhe, schreckt die Belegschaft völlig unnötig auf.«

»Verstehe«, sagte Stiller.

»Die Firma Emge ist ein florierender Betrieb. Ein solides Familienunternehmen.« Hecht hob die Stimme. »Und das wird sie auch bleiben. Ich ... wir denken nicht an einen Verkauf. Schon gar nicht so kurz nach dem Tod meines Schwiegervaters. Besonders ich werde es nicht zulassen, dass Fremde sein Erbe zugrunde richten. Ist das klar?«

»Völlig klar.« Stiller nickte.

»Dann erwarte ich, dass Sie das in Ihrem Bericht über meinen Schwiegervater unverzüglich klarstellen.« Hecht bekam sich wieder in den Griff. »Also, was wollen Sie wissen?«

»Möglichst viele Details aus dem Leben Ihres Schwiegervaters.« Stiller zückte Füller und Stenoblock. »Viel haben wir wirklich nicht im Archiv. Er scheint ein bescheidener Mann gewesen zu sein, der die Öffentlichkeit gemieden hat.«

»Ich weiß nicht, ob ich Ihnen da helfen sollte. Wie kommen Sie gerade auf mich? Ich bin doch nur angeheiratet.« Hecht versuchte ein Lachen.

»Emges Witwe und seine Kinder haben es abgelehnt, mit mir zu sprechen.«

»Auch meine Frau?«

»Auch sie, ja.«

»Bescheidenheit ist erblich, wie Sie sehen.« Hecht verschränkte lässig die Hände hinter dem Kopf. »Geht's Ihnen um die reinen Lebensdaten?«

»Ich hätte schon gerne ein wenig mehr gewusst. Was war er für ein Mensch, pflegte er Hobbys, wofür hat er sich engagiert ...«

»Ich glaube, wir können dieses Gespräch abkürzen«, unterbrach Hecht.

Stiller erschrak und sah unwillkürlich aus dem Fenster hinüber zum Gebäude der Hafenverwaltung.

»Mein Schwager Berthold hat einen umfangreichen Beitrag zum sechzigsten Geburtstag seines Vaters in der IHK-Zeitung veröffentlicht. Er hat dazu eine ganze Mappe an Notizen und Gedanken gesammelt.« Ächzend erhob sich Hecht. »Wenn mich nicht alles täuscht, habe ich den Bericht und die Mappe in einem der Schränke. Sie können das Material mitnehmen und in Ruhe auswerten – wenn ich es zurückbekomme!«

Stiller nickte. »Während Sie suchen … ich müsste mal auf die Toilette.«

Hecht betrachtete ihn erstaunt. »Irgendwelche Probleme mit der Blase?«

»Ich? Äh, nein. Also morgens …«

»Mein Schwiegervater hatte welche, wissen Sie? Er hat es in letzter Zeit bei keiner Besprechung länger als fünf Minuten ausgehalten, bis er auf Klo rannte.«

»Oh«, sagte Stiller ehrlich bestürzt – über Hechts Ton.

»Die Tür raus, links den Gang runter. Bei der Treppe.« Hecht drehte sich dem Schrank zu.

Stiller ging hinaus, drückte sich den Headset-Knopf ins Ohr, während er die Tür zuzog, und flüsterte: »Wie sieht's aus?« Er wandte sich nach rechts.

»Hecht kramt im Schrank.« Kleinschnitz flüsterte.

Stiller langte in die Jackentasche und stellte den Ton lauter. »Die Sekretärin?«

»Faltet noch immer Briefe.«

»Emges Büro?«

»Leer.«

Stiller huschte am Büro der Sekretärin vorbei. Vor Emges Tür hielt er eine Sekunde inne, drückte dann die Klinke. »Offen«, flüsterte er, schlüpfte hinein und zog die Tür leise hinter sich zu.

»Eil dich.«

Stiller musterte den Raum. Die Fenster hatte er gegenüber. Er winkte.

»Lass den Quatsch!«

Die Wand beiderseits der Tür war mit Schränken zugestellt. Rechts im Raum, zum Vorzimmer hin, standen eine Couch und zwei Sessel aus schwarzem Leder, die Couch mit dem Rücken zum Fenster, wegen der Heizung jedoch einen guten Meter in den Raum gerückt. Links der Schreibtisch. Eiche, dunkel gebeizt. Von dort aus hatte Emge beide Türen im Blick gehabt.

»Hast du einen Starrkrampf oder was?«, schnarrte es aus dem Knopflautsprecher.

»Hör auf, dir Sorgen zu machen.«

»Ich mach mir keine Sorgen. Aber in Zimmer Nummer eins geht die Post ab. Die junge Frau ist seit zehn Minuten nicht mehr allein. Schon mal was von Liebe am Arbeitsplatz gehört?«

Stiller schlich zum Schreibtisch. »Du sollst nicht spannen, du sollst aufpassen.«

»Sie zieht ihn aber gerade aus – und er ist gut gebaut.«

»Ich will jetzt keinen Telefonsex.« Stiller ließ den Blick über den Schreibtisch gleiten. Zwei Papierstapel, nicht sehr hoch, ein Telefon, ein sichtlich teures Schreibset, ein zugeklappter Laptop, ein Chefkalender – keine Spur von einem blauen Notizheftchen. Er blätterte die Papierstapel durch. Alles geschäftlich. Er griff zur obersten Schublade und zog sie auf. Nur Kram. Ein digitales Aufnahmegerät, Stifte, Klebeblöckchen, eine Dose Pulmoll, ein Taschenrechner, ein Tintenfass für den schweren Parker-Füllfederhalter, der auf dem Schreibtisch lag.

»Wow«, hallte es im Ohrknopf.

Stiller zuckte zusammen. Erschrocken knallte er die Schublade zu. »Himmel«, fluchte er.

»Wenn du das sehen könntest!« Kleinschnitz kicherte. Plötzlich stockte er. »Paul«, rief er atemlos. »Pass auf. Sie kommt!«

»Jetzt reicht es wirklich, ja?« Stiller hatte gerade die zweite Schublade aufgezogen. Sie war leer.

»Ich meine die Landes. Sie geht auf die Verbindungstür zu.«

Hektisch sah sich Stiller um. Hinter dem Schreibtisch konnte er sich nicht verbergen. Sie würde ihn von der Tür gegenüber aus sofort sehen.

»Mach was, sie ist an der Tür!«

Er sah, wie sich der Türgriff senkte. Kurz entschlossen wetzte er um den Schreibtisch herum und hechtete hinter die Couch.

Keine Sekunde zu früh. Die Tür öffnete sich. Stiller sah nichts – und hörte nichts mehr. Der Knopf war ihm aus dem Ohr gerutscht und unter das Sofa gerollt. Er wagte nicht, ihn am Kabel hervorzuziehen, sondern blieb starr liegen und lauschte.

Frau Landes trat ins Zimmer, verharrte in der Mitte des Raumes. »Niemand hier«, brummelte sie. »War wohl nur Einbildung.«

Wieder Schritte. Stoffrascheln. Dann hörte Stiller, wie sie den

Schlüssel in der Bürotür zum Flur umdrehte und abzog. Sie hatte abgeschlossen.

»Paul? Bist du da? Ist was passiert?« Schnarrend drang Kleinschnitz' Stimme unter dem Sofa hervor.

Wieder verharrte Frau Landes.

Stiller tastete hektisch mit der Hand in die Jackentasche. »Paul?«, schnarrte es erneut, dann schaltete Stiller das Handy ab.

Sekundenlang blieb es still. Frau Landes schien zu lauschen. »Jetzt hör ich schon Stimmen!« Erneut sprach sie mit sich selbst. Endlich das Rascheln von Stoff, Schritte, die Emges Büro verließen.

Wie ein Kastenteufel sprang Stiller hinter dem Sofa hoch, hob die Fäuste und schüttelte sie in Richtung Hafenverwaltung. Die Sekretärin hatte die Tür nur angelehnt, er musste noch vorsichtiger sein. Stiller schlich zum Schreibtisch zurück. Auch die dritte Schublade war leer. Offensichtlich war Emge nicht der Mann, der viel aufhob.

Stiller klappte den Kalender auf. »Mit Pütz reden«, lautete der Eintrag an Emges Todestag. Auf den Seiten davor verschiedene Termine mit Firmenvertretern. Die meisten kannte Stiller zumindest flüchtig vom Namen her: fast alle aus der Abfallbranche, daneben zwei, drei Immobilienmakler und ein Notar. In der Vorwoche der Termin bei der Zeitung.

Das Abenteuer erschien ihm nutzlos. Er wollte den Kalender zuklappen, da stutzte er, schaute noch einmal hin und las den Namen: »M. Schäfer«. M – wie Mareike? Nein. Er hatte den Namen erst am Vortag gelesen: M wie Marga. Marga Schäfer. Wenn das stimmte, hatte sich Emge drei Wochen vor seinem Tod mit der Mutter der verschwundenen Angelika getroffen.

Ein Lichtreflex zuckte über die Schreibtischplatte. Stiller blickte zum Fenster. Wieder blitzte es. Es kam aus dem obersten Treppenhausfenster der Hafenverwaltung. Herrje, er hatte Kleinschnitz vergessen. Auf Zehenspitzen eilte er zum Fenster. Eine Serie von Blitzlichtern zuckte auf.

Stiller zog das Handy aus der Jackentasche und wollte Kleinschnitz anwählen, da fuhr er zusammen. Eilige Schritte hallten draußen auf dem Gang. Jemand rüttelte am Griff von Emges Bürotür.

»Herr Stiller?«, rief Hecht durch die verschlossene Tür. Seine Schritte entfernten sich. Drei Sekunden später betrat er das Vorzimmer.

Hektisch wählte Stiller Kleinschnitz an. Besetzt. Er machte sich bereit, erneut hinter die Couch zu hechten.

»Frau Landes?«, hörte er Hecht fragen. »Ich suche diesen Journalisten. Haben Sie ihn gesehen?«

»Nein, hier war er nicht.«

»Im Büro vielleicht?«

»Ich bin gerade erst drin gewesen. Da ist er bestimmt nicht.«

»Ich schaue trotzdem nach.« Schritte näherten sich der Tür. Im selben Augenblick klingelte das Telefon. Frau Landes hob ab und meldete sich.

»Wie bitte?«, sagte sie. »Ich verstehe Sie kaum ... Ihr Auto? Angefahren, aha.«

Stiller sah, wie sich die Tür öffnete, und ging hinter der Couch in Deckung. Im Hintergrund hörte er Frau Landes.

»Wie kommen Sie darauf, dass es einer von unseren war? Ist ja gut, ich rufe ihn schon ...«

Hechts Schritte näherten sich der Couch.

»Herr Hecht?« Frau Landes rief ihn zurück. »Ich glaube, das ist wichtig. Bitte kommen Sie doch mal eben.«

Hecht kehrte um.

Stiller erhob sich vorsichtig, schlich zur Tür, die nun offen stand, und stellte sich so neben den Rahmen, dass er vom Vorzimmer aus nicht gesehen werden konnte.

»Ein Herr Müller.« Frau Landes klang aufgeregt. »Er behauptet, einer unserer Containertransporter habe seinen Wagen angefahren. Direkt hier vor der Firma. Jetzt will er die Polizei rufen.«

»Soll er doch.« Hecht trat ans Fenster. »Ich sehe nichts!«

Frau Landes stellte sich neben ihn. »Herr Müller, ich weiß nicht, was das soll, aber hier ist nichts passiert ... Ach so.« Sie hielt den Hörer zu. »Fünfzig Meter weiter, Richtung Hafenbecken.«

Hecht öffnete das Fenster und beugte sich hinaus. »Ich kann immer noch nichts sehen. Sie vielleicht?« Frau Landes beugte sich ebenfalls aus dem Fenster.

Stiller nutzte die Chance. Flugs huschte er hinter dem Rücken der beiden durch das Vorzimmer zur Flurtür und öffnete sie sachte. Bevor er verschwand, wandte er sich um, hob die Hand und spreizte Zeige- und Mittelfinger zum V. Dann sauste er den Gang hinab, riss Hechts Tür auf und ließ sich auf den Stuhl fallen. Schweiß stand ihm auf der Stirn.

»Da sind Sie ja!« Hecht kam keine Minute später und blickte Stiller mit gerunzelten Brauen an. »Ich habe Sie überall gesucht.«

»Ich hab mich verlaufen.« Stiller bemühte sich um eine ernste Miene.

»Verlaufen? In unserer Firma?«

»Ist so.«

»Wie auch immer, ich muss los. Kommissar Strobel hat mich angerufen, ich, ähm, soll ihm mit einigen Auskünften dienen. Hier haben Sie den Bericht und die Unterlagen meines Schwagers. Wenn Sie später noch etwas wissen wollen – meine Telefonnummer kennen Sie ja.« Er brachte Stiller zur Tür. Dort zögerte er. »Es ist vielleicht besser, wenn ich Sie hinausbegleite.«

Sie gingen den Flur hinab. Durch die Tür des ersten Büros drang das hysterische Weinen einer Frau.

»Wenn ich es dir doch sage, jemand hat uns fotografiert«, schluchzte sie. »Ich hab es deutlich blitzen sehen.«

Stiller tat, als müsse er sich den Schuh binden.

»Jetzt beruhige dich doch!« Die Männerstimme hatte einen selbstgefälligen Ton. »Vielleicht war ich das …«

»Quatsch«, heulte sie auf. »Das war bestimmt ein Detektiv. Den hat mir mein Mann auf den Hals gehetzt.«

Stiller hielt sich die Hand vor den Mund und hustete.

»Ihnen geht es wirklich nicht gut, oder?« Hecht klang ehrlich besorgt.

»Sie haben recht«, krächzte Stiller. »Ich muss an die frische Luft.«

***

Kleinschnitz erwartete ihn im Buick. Schweigend trommelte er mit den Fingern aufs Lenkrad.

»Das war ja spannend wie ein Hitchcock-Film.« Stiller schob sich auf die Sitzbank und schlug die Wagentür zu.

Kleinschnitz schüttelte den Kopf. »Ich weiß nicht, wann ich jemals wieder mit dir rede.«

»Eben. Komm, es ist doch alles gut gegangen.«

»Könntest ruhig mal Danke sagen.«

»Danke!«, sagte Stiller.

»Ich hätte dich in Emges Büro schmoren lassen sollen. In aller Ruhe zugucken, wie dich dieser Hecht schnappt.«

»Ich meine es ehrlich«, beteuerte Stiller. »Es war genial, wie du mich da rausgehauen hast.« Er schnallte sich an. »Hör auf zu schmollen, alter Freund. Ich spendiere dir im ›Victor‹ einen Kaffee und verrate dir, was ich herausgefunden habe.«

»Im ›Victor‹?«

»Es liegt auf dem Weg. Ich erzähl dir gleich alles. Lass mich nur erst telefonieren.« Stiller klappte das Handy auf, wählte die Auskunft an und erkundigte sich nach der Telefonnummer von Heinrich und Marga Schäfer.

»Wir haben in Aschaffenburg nur eine Marga Schäfer gemeldet«, belehrte ihn die Dame von der Auskunft.

»Unter welcher Adresse?«

»Hessenstraße 4.«

Hessenstraße – also in der Österreicher Kolonie. Das musste sie sein. »Sie können mich direkt verbinden. Und schicken Sie mir die Nummer als SMS.« Das Freizeichen erklang. Stiller ließ es läuten, bis ihm die Ansage verriet, was er ohnedies schon wusste: »Der angerufene Teilnehmer meldet sich nicht. Bitte versuchen Sie es zu einem späteren Zeitpunkt noch einmal.«

Im »Victor« ließen sie sich zum Kaffee ein ordentliches Frühstück auftischen. Die Bäckerei mit kleinem Café lag am Goldbacher Viadukt, nur einen Steinwurf von der Österreicher Kolonie entfernt. Stiller berichtete Kleinschnitz, was er entdeckt hatte – sofern sich hinter »M. Schäfer« Marga Schäfer verbarg.

»Du willst mit ihr sprechen?« Kleinschnitz war wieder versöhnt.

»Die Hessenstraße liegt gleich um die Ecke.« Erneut wählte Stiller Marga Schäfer an, wieder hob niemand ab. »Wir fahren hin.«

Sie bezahlten und stiefelten zum Buick.

»Hoffentlich bringt das etwas mehr«, sagte Kleinschnitz ungeduldig, als er den Wagen startete.

Am Goldbacher Viadukt bog er rechts in die Bayernstraße ab und steuerte den Buick dann über Franken nach Hessen.

»Die Straßen sind hier geografisch korrekt geordnet«, bemerkte er, parkte am Straßenrand und prüfte sorgenvoll den schmalen Fahrstreifen, der neben seinem Wagen frei blieb.

Auf der rechten Seite der Hessenstraße standen lediglich zwei große Mehrfamilienhäuser. »Nummer 4. Da hinten ist es.« Stiller deutete auf den entfernteren Wohnblock.

Der Eingang des vierstöckigen Hauses lag an der Rückseite. Stiller und Kleinschnitz gingen durch das Hoftor und blickten in eine weite Kleingartenanlage, die ringsum von ähnlichen Mehrfamilienhäusern gefasst wurde.

»Hier wohnt man ja richtig im Grünen«, staunte Kleinschnitz und schoss ein paar Bilder.

Stiller nickte. Das galt für die gesamte Österreicher Kolonie, die zum größten Teil aus kleinen Einfamilien-, Doppel- und Reihenhäusern mit großen Gärten bestand und zudem am Rande des Fasanerie-Parks lag. Sie glich ein wenig Stillers eigenem Viertel, war aber größer, weitläufiger und ursprünglich nicht für Fabrikarbeiter, sondern für Eisenbahner gebaut worden.

Dem Schild nach wohnte Marga Schäfer im zweiten Stock links. Stiller drückte den Klingelknopf. Niemand öffnete. Er sah an der Fassade hoch: Die Rollläden waren heruntergelassen.

»Eine alte Frau schläft um diese Uhrzeit nicht mehr. Klingel noch mal«, schlug Kleinschnitz vor.

Wieder warteten sie eine Weile, schließlich entschieden sie sich, zu gehen. Sie musterten die Fassade von der Straße aus. Auch auf dieser Seite waren die Rollläden der Schäfer-Wohnung geschlossen.

»Schau mal da.« Stiller wies die Hessenstraße hinab. Ihrer Einmündung in die Frankenstraße genau gegenüber lag ein kleines Lebensmittelgeschäft. »Ein richtiger Tante-Emma-Laden. Ich wette meine Bude darauf, dass Marga Schäfer dort Stammkundin ist.«

»Was will ich mit deinem muffigen Altbau? Außerdem glaub ich, du hast recht.« Kleinschnitz zog los, Stiller folgte ihm.

Der Laden schaute nach Süden. Vor beiden Schaufenstern standen Bänke in der Sonne, vor dem einen zusätzlich ein Tischchen unter einem bunten Sonnenschirm, der für Eiscreme warb. Das andere Schaufenster diente als Kommunikationsdrehscheibe. Rasch überflog Stiller die Zettel, die von innen angeklebt waren: »Wohnung für Ingenieur gesucht«, »Katze entlaufen«, Werbung für das neue Stück des Modernen Theaters. Ein Junge aus dem Pfälzerweg bot älteren Leuten an, ihre Einkäufe zu erledigen – für einen Taschengeldzuschuss von fünf Euro.

Über der Tür der Name der Inhaberin: Hiltrud Geiger. Sie stiegen die vier Stufen hinauf und traten in einen Laden, wie ihn Stiller seit seiner Kindheit nicht mehr gesehen hatte. Rechts, dem Eingang schräg gegenüber, stand eine alte Theke, die mittlerweile als Regal diente – und als Museum. Zwischen Konservendosen, Eierschachteln, Nudelbeuteln, Zucker- und Zimttüten ragten eine Zapfanlage für Frischmilch und eine Zeigerwaage heraus. An den Wänden ringsum hingen Regale wie aus einem Spielzeugkaufladen, zu denen die heutigen Waren in den grellbunten Verpackungen nicht recht passen wollten. Trotz der geringen Größe des Raumes war alles fein säuberlich geordnet: Grundnahrungsmittel, Gemüse, Getränke, Kühltheke, Körperpflege, Haushaltsbedarf, Süßigkeiten, Zeitschriften. Ganz links, an der Stirnseite, eine neue Theke mit Back- und Tabakwaren. Dahinter Regale mit Brotlaiben und altmodischen Kaffeeschütten. Das modernste Gerät im Laden war eine Saeco-Kaffeemaschine, an der sich die Kunden selbst bedienen konnten.

Etwas wehmütig erinnerte sich Stiller, dass es in seinem Viertel auch einen solchen Tante-Emma-Laden gegeben hatte. Bevor er aufgegeben worden war, nannte er sich sinnigerweise »Vergiss mein nicht« – weil zuletzt nur noch Kunden kamen, um das einzuholen, was sie beim Großeinkauf im Supermarkt auf der grünen Wiese vergessen hatten. Morgens vielleicht noch die jungen Paare, die sich etwas zum Frühstück besorgten, nach der Schule Kinder, die ihr Taschengeld in Süßes umsetzten, oder nachmittags die alten Damen, die Heißhunger auf Kaffeestückchen verspürten. Sonst war es ruhig gewesen im Geschäft.

Wie in diesem. An der neuen Theke lehnte ein einzelner Kunde, der sich an einer Bierflasche festhielt. Er trug einen Trainingsanzug, der über dem Bauch bedenklich spannte. Neugierig musterten seine kleinen Augen in dem geröteten Gesicht die beiden Neuankömmlinge. Stiller grüßte.

»Hilde«, rief der Mann und kratzte sich an seiner Knollennase, »Kundschaft.«

Hiltrud Geiger erschien in der Tür, die neben der Theke offenbar in die Wohnräume führte. Eine große Frau, schlank, mit schwarzem Haar, das sie im Nacken zum Knoten geschlungen hatte. Ihr Alter war schwer zu schätzen, sie hätte genauso gut unter wie über sechzig sein können.

»Herr Stiller!« Sie wischte ihre Hände an einer weißen Schürze ab. »Schön, dass Sie sich mal in meinen Laden verirren.«

Stiller sah sie fragend an.

»Jetzt tun Sie nicht so überrascht. Ihr Gesicht ist doch jeden Samstag in der Zeitung.«

»Verstehe.« Stiller stellte Kleinschnitz vor, sah sich dann noch einmal im Laden um. Der Biertrinker störte ihn, er hätte sich lieber ohne Zuhörer mit Hiltrud Geiger unterhalten. »Unglaublich, dass es einen solchen Laden noch gibt!«

»Ei ja«, sagte der Mann mit der Bierflasche. »Warim dann nit? Seit fünfedreisich Johr mecht's die Hilde jetzt scho. Vorher wor ihrn Vadder do. Un nextens kimmt ihr Dochter.«

»Herr Weber!«, sagte Hiltrud Geiger streng. Und zu Stiller: »Greifen Sie nur zu. Alles, was Sie sehen, ist zu haben.«

»Die wolle nix kaafe, werst scho sehe.« Herr Weber hätte einen guten Propheten abgegeben.

»Ich wollte tatsächlich eher eine Auskunft«, räumte Stiller ein.

»E Auskunft? Do sinn Se bei de Hilde richtich. Um wos geht's dann?«, erkundigte sich Weber.

»Jetzt lassen Sie Herrn Stiller doch ausreden«, schimpfte Hiltrud Geiger. »Trinken Sie Ihr Bier aus und gehen Sie heim zu Ihrer Frau. Sie wartet sicher schon.« Erwartungsvoll blickte sie Stiller an.

»Wir wollten zu Marga Schäfer«, sagte er und beobachtete, wie sich ihr Blick verdüsterte. »Sie wohnt in der Hessenstraße. Kennen Sie sie?«

»Nein«, sagte sie leise und schaute aus dem Fenster in die Hessenstraße hinein. »Ich kannte sie. Sie ist tot.«

»Tot?« Stiller fuhr zusammen. »Aber ihr Telefon ist angemeldet, ihr Name steht auf dem Klingelbrett …«

»Ei ja!« Weber bekam feuchte Augen. »Sie is ach erst vor zwoo Woche gestorrwe. Sapradie, debei wor die noch sou guud beisamme. Ou, un friher wor die lecker, des kann ich Ihne saache. Wann ich zeh Johr älter gewese wär …«

»Es war ein Unfall«, unterbrach ihn Hiltrud Geiger. »Sie ist auf der Treppe gestürzt. Im Haus. Genickbruch. Wahrscheinlich wollte sie gerade zu mir. Furchtbar!«

»I wo, des wor kään Unfall, wie oft soll ich der des dann noch saache, Hilde. Die wor viel zu guud beisamme. Die is gesprunge wie e Mädche, hat noch jed junges Ding uff de Straße üwwerholt.«

Hiltrud Geiger nickte. »Sie war gut zu Fuß, das stimmt. Sie war ja noch keine siebzig. Aber sie hat fast nichts mehr gesehen. Grauer Star. An der Herz-Jesu-Kirche wäre sie einmal beinahe in ein Auto gelaufen.«

»Des basst halt ach nit zusamme: guud zu Fuß und nix mehr säie.« Weber schüttelte traurig den Kopf. »Besser isses fer so aali Leit, wann de nix mehr siehst und ach nimmer laafe kannst.«

»Ach, hör'n Sie doch auf! Sie sollten sich schämen.« Wieder wandte sich Hiltrud Geiger an Stiller. »Die Polizei war da und hat alles untersucht. Es war ein Unfall.«

»Unnersuucht, dass ich nit lach!« Weber lachte. »Die Bollizei mecht doch bei so aali Leit kän Uffstand mehr. Die hamm ihr De… – ihr Deo… – ihr De-erie. Un dann drehn ses hie, dasses basst, uff Deitsch g'redd.«

»Jetzt schweiche Sie doch emal«, wies Hiltrud ihn zurecht.

Die Tür öffnete sich. Ein kahler Mann mit buschigem Schnauzbart trat in den Laden, verlangte mit französischem Akzent ein Brot und legte Geld auf die Theke.

Unterdessen versuchte Stiller nachzudenken. Marga Schäfer trifft sich mit Richard Emge. Eine Woche später stirbt sie. Wieder eine Woche später taucht Emge im Zeitungsarchiv auf und durchforstet die Artikel über das Verschwinden ihrer Tochter.

»Ich …«, setzte er an, als der Schnauzbart den Laden verlassen hatte.

»Jawoll, Sie!« Weber deutete mit der Bierflasche auf Stiller. »Da driwwer sollte Se emol en Bericht schreiwe. Wie kann so e aali

Fraa die Treppe nunnerfalle, die wo sou guud beisamme is? Ääner muss da doch e Schuld hamm. Un wenn's ner die Stadtbau is, der wo des Haus gehört. Die müsst mer fei verklaache. Uffe Schmerzensgeld.«

»Wer soll des Schmerzensgeld dann krieche?« Hiltrud Geiger stemmte die Fäuste in die Hüfte. »Es is doch kääns mehr da!« Und wieder zu Stiller: »Die Marga war Witwe. Hat schon lange allein gelebt.«

Stiller nickte. »Darum geht's ja. Eigentlich wollte ich mit ihr über ihre Tochter reden.«

»Ihr Dochder? O Jesses.« Weber ignorierte den scharfen Blick, den Hiltrud Geiger ihm zuwarf. »Ihr Dochder, des wor e Thema fer sich. Da demit is die Marga nie fertich worn, wie die Angelika fort wor. Ich saach Ihne, die is mim Ami uff un devoo.«

Schweigend sah Stiller Hiltrud Geiger an.

»Sie wissen, dass ihre Tochter verschwunden ist?«, fragte sie.

Er nickte.

Sie nahm einen Lappen und wischte über die Theke. »Glauben Sie nicht, was der da vom Ami erzählt. So eine war die Angelika nicht. Sie war anständig.«

»Die is mim Ami uff un devoo«, insistierte Weber. »Wo solltse sonst soi? Hat se vielleicht de Erdbode verschluckt? Es is noch kääns fer immer verschwunne in Ascheberg. Sinn all werrer uffgedaucht. Uff Deitsch g'redd.«

»Jetzt is emal e Ruh, Sie alt Babbelorium.« Hiltrud Geiger schüttelte den Kopf. »Die Angelika war fleißig, hübsch und zuverlässig. Die wollte etwas aus sich machen, sie war sogar auf dem Gymnasium.«

Wieder öffnete sich die Tür. Zwei Tüncher in weißen Latzhosen holten sich einen Kaffee, bezahlten, stellten sich dann draußen vors Fenster und rauchten.

»Hat die Tochter einen Freund gehabt?«, knüpfte Stiller an.

»Mim Ami uff un devoo is die!«

»Es sind einige verliebte Kater um den Block gestreunert.« Hiltrud Geiger ließ die Hand mit dem Lappen auf der Theke ruhen und blickte wieder in die Hessenstraße. »Aber sie hat nie auf der Straße herumposiert. Manchmal hat sie einer abgeholt, wie das bei jungen Leuten halt so ist, zum Spazieren in der Fasanerie. Dann haben sie erst oben an der Deutschen Straße Händchen gehalten, damit es ihre Eltern nicht sehen. Aber es war nichts Festes. Die Polizei hat alle überprüft.«

»Alle?«

Sie begann wieder zu wischen. »Herr Stiller, sie war nicht so eine! Lieber Gott, sie war jung und lebensfroh. Aber anständig.«

»E aaständiches Seppelsche könnste mer noch gewwe, Hilde.«

»Sie bekommen kein Bier mehr, Herr Weber. Ihre Frau wartet, es ist fast Mittag.«

»Lebensfroh – an einen Selbstmord glauben Sie also nicht?«

»Nie und nimmer.« Hiltrud Geiger verschwand kurz in der Türöffnung und kehrte mit einem Besen zurück. »Entschuldigen Sie«, sagte sie zu Stiller, »aber gleich kommt der nächste Ansturm. Schüler und Hausfrauen, denen noch etwas zum Kochen fehlt. Da will ich meinen Laden adrett haben.« Sie warf einen strengen Blick auf Weber.

»Also ein Verbrechen?« Stiller gab die Hoffnung nicht auf, etwas Neues zu erfahren.

»Des is e Verbreche, dass de hier neuerdings verdorschte musst. Ei ja, wann jetzt nadierlich so foine Herrn von de Zeitung komme, da zähle die Stammkunde nix mehr.«

»Stammkunde!« Hiltrud Geiger lachte. »Er lässt alles anschreiben.« Sie besann sich. »Ja, ein Verbrechen. Davon bin ich überzeugt. Die Polizei übrigens auch. Nur die Marga hat die Hoffnung nie aufgegeben. Bis zuletzt.«

»Ist Ihnen an Marga Schäfer vor ihrem Tod etwas aufgefallen? Hatte sie sich verändert?« Stiller dachte an das Treffen mit Emge.

Hiltrud Geiger hielt inne und stützte sich auf den Besen. »Merkwürdig. Jetzt, wo Sie es sagen: Sie war in letzter Zeit wirklich irgendwie anders.«

»Mir wern all älder«, warf Weber ein. »Awwer friher, da wor die Marga lecker, uff Deitsch g'redd.«

Hiltrud Geiger beachtete ihn nicht. »Sie erschien mir ... irgendwie aufgeregt. Sie hat wieder häufiger von der Angelika gesprochen. Hat gesagt, es gäb vielleicht eine neue Spur.«

»Eine neue Spur?«

»Ach, wissen Sie, sie hat oft von neuen Spuren geredet in all den Jahren. Um ehrlich zu sein, zuletzt habe ich nicht mehr viel darauf gegeben. Am Anfang hatte ich noch mit ihr gehofft. Das ganze Viertel hat gehofft, dass der Verbrecher eines Tages zur Rechenschaft gezogen würde.« Sie stellte den Besen wieder zurück in den Nebenraum. »Die Angelika war eine ganz Sympathische, alle haben sie gemocht. Und dann kam die Angst dazu: Junge Frauen trauten sich nicht mehr alleine auf die Straße, Mütter wollten ihre Töchter nicht mehr zum Spielen rauslassen. Es war sonderbar damals, eine Reihe von Mädchen ist verschwunden.«

»Awwer all sinn werrer uffgedaucht«, krächzte Weber.

»Er hat recht.« Hiltrud Geiger stand wieder hinter der Theke und nickte. »Alles Ausreißer. Eine hat es sogar bis Spanien geschafft. Nur die Angelika blieb verschwunden.«

»Weil die Bollizei nit richtich gesucht hatt, sonst hättse se gefunne. Odder hat se vielleicht de Erdbode verschluckt?«

Stiller dachte an Rebecca. »Kannten Sie eines der anderen Mädchen?«

Hiltrud Geiger schüttelte den Kopf. »Nicht dass ich wüsste.«

»Vielleicht ein Mädchen, das Rebecca hieß?«

»Rebecca?« Sie dachte nach. »Wer soll das gewesen sein?«

»Sie war damals etwa so alt wie Angelika Schäfer«, sagte Stiller. »Sie sah ihr auch ähnlich.«

Wieder schüttelte sie den Kopf. »Nein, da könnte ich mich erinnern. Ich hab mein ganzes Leben hier verbracht. Ich kenne alle, die hier ein und aus gehen.«

»Hätte ja sein können.« Stiller entschied sich, auf Angelika zurückzukommen. »Hat Marga Schäfer mehr über diese neue Spur erzählt?«

»Mir nicht. Und anderen auch nicht, da bin ich sicher. Hier erfährt man alles.« Hiltrud Geiger stellte Plastikschachteln voller Gummibärchen auf die Theke. »Die Schüler kommen jeden Moment.« Sie lächelte. »Aber sie wollte jemand um Rat fragen. Das hat sie gesagt.«

»Wen, wissen Sie das?«

»Nein.« Sie seufzte. »Leider. Ich würde Ihnen gerne weiterhelfen. Das ist alles so furchtbar.«

Die Tür flog auf, und eine Horde Schüler drängelte in den Laden.

»Haben Sie noch Fragen?«, erkundigte sich Hiltrud Geiger. »Ich müsste jetzt bedienen.«

Stiller schüttelte den Kopf. »Ich lasse Ihnen meine Karte da. Würden Sie mich anrufen, wenn Ihnen noch etwas einfällt? Mich interessiert vor allem die neue Spur. Und der Unbekannte, den Marga Schäfer um Rat fragen wollte. Vielleicht weiß doch jemand unter Ihren Kunden ein wenig mehr.«

»Ich höre mich um«, versprach sie.

»Ou ihr Kinner, lasst mich naus!« Weber schob sich hinter Stiller und Kleinschnitz aus der Tür. »Bleibt emol stäin, ihr zwoo! Ich muss eich was verzähle. Ich hab mei eichene De-erie. Mim Ami.«

»Wir kommen wieder«, rief Stiller über die Schulter zurück. »Bestimmt.«

»Bestimmt?« Kleinschnitz hob die Brauen.

»Eine neue Spur.« Stiller lächelte. »Und ein toller Laden.«

***

Strobel studierte den Kantinenplan. Die Hände hielt er hinter dem Rücken verschränkt, sein sonnenbankgebräuntes Gesicht wirkte fahl.

»Ich hab nur eine halbe Stunde Pause, sonst würde ich am liebsten in die Stadt fahren.« Ohnedies hatte er vorgehabt, sich mit Sabine im »Domus« zu treffen. Das war schon der dritte gescheiterte Plan seit Samstag. Dieser Mord warf alles durcheinander. Er fragte sich, wie lange Sabine das noch mitmachen würde. Sie war so verdammt anspruchsvoll und alles andere als eine Frau, die lange allein blieb. Und er wollte sie nicht verlieren, er hatte keine Lust mehr, dreimal die Woche halbe Nächte im »Cena« an der Theke zu stehen und frustrierte Frauen anzubaggern.

»Machen Sie es doch wie ich«, schlug Mike Staab vor. »Ich wähle immer das kleinere Übel.«

»Wie?« Ach so, Staab hatte das Menü gemeint. Strobel ließ hinter dem Rücken die Finger knacken. »Was soll das heißen, ›das kleinere Übel‹? Soll ich vorher fragen, wovon mir am wenigsten schlecht wird?«

Er entschied sich für Schnitzel mit Schwarzwurzelgemüse, obwohl ihm die Schnitzel in der Kantine so suspekt waren wie einem

Nichtschwimmer die griechischen Fährschiffe. Neuerdings waren sie rund. Ausgestanzt wie Weihnachtsplätzchen. Und die Panade zusammengenommen dicker als das Fleisch. Egal, er hatte es eilig, die Portion war groß und die Menge der Kohlehydrate auch. Vielleicht schaffte er es am Abend ja noch ins Fitnessstudio.

Mit dem Tablett in der Hand sah er sich um – obwohl er in dieser Kantine lieber die Augen schließen sollte. Genau so malte er sich einen volkseigenen Speisesaal der ehemaligen DDR aus.

Bühler saß an einem der Tische und schlabberte eine Suppe. Wahrscheinlich der Erbseneintopf mit Wursteinlage. Er winkte Strobel und Staab zu sich.

»Und«, fragte er, als die beiden sich an den Tisch schoben. »Wie läuft's mit Hecht?«

»Lief«, korrigierte Strobel. »Er hat erst mal Pause.«

»Hast du etwas aus ihm rausbekommen?«

»Null. Entweder war er es wirklich nicht, oder es wird verdammt schwer, ihn zu knacken. Ich ackere jetzt schon seit zehn mit ihm herum. Zwei volle Stunden.«

»Du hast schon härtere Nüsse geknackt«, tröstete Bühler.

»Und zähere Schnitzel.« Strobel hob die Fleischscheibe mit der Gabel an und beäugte misstrauisch die Unterseite.

»Hat sich mit dem Alibi etwas ergeben?«

Er schüttelte den Kopf. »Er bleibt dabei: Er war in der Firma. Allein. Keine Anrufe, nichts.«

»Äußerst dürftig.« Bühler griff nach dem Pfefferstreuer und würzte nach. »Wie dieser Eintopf.«

»Das macht mir ja zu schaffen. Wenn ich vorhätte, meinem Schwiegervater den Todesstoß zu versetzen, würde ich dafür sorgen, dass ich der Polizei ein ordentliches Alibi auftischen kann.«

»Du hast keinen Schwiegervater«, grinste Bühler. »Vielleicht reagiert man anders, wenn man einen hat. Im Ernst: Hat er ein Motiv?«

»Abscholut.« Strobel kaute, schluckte dann. »Erstens, die Firma. Emge wollte sie ihm nicht überschreiben, wollte ihm nicht einmal die Geschäftsführung überlassen. Hecht spricht ganz offen darüber. Der Alte habe ihm nicht vertraut, habe Angst gehabt vor seinen modernen Ideen. Die er selbst natürlich super findet. Er könnte die Firma richtig voranbringen.«

»Jetzt hat er ja freie Hand«, warf Staab ein.

»Na ja, nicht ganz. Da ist die Familie. Aber so, wie es aussieht, wird die Firma erst mal nicht verkauft. Und Hecht führt kommissarisch die Geschäfte.«

Bühler krümelte eine Scheibe Schwarzbrot in den Eintopf. »Also zieht er eindeutig Nutzen aus dem Tod seines Schwiegervaters.«

Strobel nickte kauend.

»Und zweitens?«

Strobel hob die Brauen.

»Du hast gesagt: Erstens, die Firma. Und zweitens?«

»Emge und Hecht haben sich gehasst. Seit sie sich kennen. Der Schwiegersohn den Alten, weil der ihn nicht rangelassen und oft genug vorgeführt hat. Und Emge war wohl Hechts lockerer Lebenswandel ein Dorn im Auge. Er hielt ihn für unzuverlässig. So etwas mochte er nicht.«

»Irgendwie passt das nicht ins Bild.« Bühler schob den Suppenteller von sich. »Alle schildern Emge als liebenswert.«

»Aber er hatte Prinzipien. Da verstand er keinen Spaß.« Strobel deutete mit dem Messer auf Bühler. »Denk doch nur, wie weit er gegangen wäre. Er hätte die Firma lieber verkauft, als sie Hecht zu überlassen. Obwohl er wusste, dass er damit der älteren Tochter den Lebensunterhalt entziehen würde. Und der anderen vermutlich auch.«

»Mit anderen Worten: Hecht ist dein Hauptverdächtiger?«

»Er hat ein Motiv, den Nutzen und kein stichfestes Alibi.« Strobel warf beim Wort »stichfest« einen letzten Blick auf den Rest seines Schnitzels, dann deckte er ihn mit der Serviette zu. »Aber er bestreitet alles. Dass er durch die Kneipen ziehe, Streit anfange, Angestellte anschreie und Kunden verprelle – alles üble Nachrede. Ich brauche Zeugen. Und dann ist da noch etwas …«

Bühler sah ihn neugierig an.

»Ich habe mich an das Thema wirklich vorsichtig herangetastet. Ich glaube, er hat keine Ahnung von den Kellern hinter der Ascaphen-Burg.«

»Das kann auch ein Täuschungsmanöver sein.«

»Das musst du mir nicht sagen.« Strobel ließ die Finger knacken. »Ich behalte ihn heute Nachmittag hier. Ich rede erst mit Pütz, ich brauch einfach noch ein paar Hintergrundinformationen. Dann nehme ich ihn mir noch einmal vor. In der Zwischenzeit könntest du mit deinen Leuten sein Büro und seine Wohnung gründlich filzen. Schuhe, Kleider, Abfall, alles. Vergiss das Auto nicht, lass nichts aus. Wir brauchen irgendetwas, das ihn mit den Gängen in Verbindung bringt.«

»Und der Durchsuchungsbeschluss?«

»Ist schon beantragt.« Strobel erhob sich. Staab, der noch genüsslich sein Schnitzel kaute, stand ebenfalls auf und nahm sein Tablett. Beide wandten sich zum Gehen.

»Eines noch«, hielt Bühler sie auf. »Possmann hat angerufen. Er fragt, wann wir den Vorraum wieder freigeben. Der Verein will putzen und alles für das nächste Treffen am Freitag vorbereiten.«

Strobel dachte kurz nach. »Morgen«, sagte er dann. »Wir suchen vorher noch gezielt nach Spuren von Hecht. Vertröste ihn auf morgen.«

***

Kerstin Polke legte den Hörer auf und spürte, wie sich ihre Laune wieder hob. Wenige Minuten zuvor hatte sie noch zwischen Wut und Enttäuschung geschwankt. Sie hatte sich am Vortag den Arsch aufgerissen, um wie gewünscht etwas über Uwe Pütz herauszufinden. Und was war passiert? Stiller hatte sich den ganzen Morgen nicht sehen lassen. Hatte es wohl nicht nötig, während sie nun alles aufarbeiten musste, was seinetwegen liegen geblieben war.

Erst um Mittag kam der Anruf. Kleinschnitz meldete sich aus dem Auto. Die Zeitungsapostel wollten sich in einer Viertelstunde mit ihr in Stillers Büro treffen.

»Geht nicht. Ich bin gerade auf dem Weg in die Kantine«, hatte sie erklärt und in Gedanken dazugesetzt: Jetzt könnt ihr mal warten.

»Vergiss die Kantine«, entgegnete Kleinschnitz. »Ich fahre noch rasch bei McDoof vorbei. Du bist eingeladen.«

Sie hatte getan, als zögere sie, bevor sie ein Big-Mac-Menü mit einer Sprite orderte.

Dass es ihr jetzt wieder besser ging, lag bestimmt nicht an diesem Machoarsch Stiller. Vielmehr war sie froh, dass ihr die Kantine erspart blieb. Da kam sie sich erst recht wie ein Fremdkörper vor. Schon die belustigten oder abschätzigen Blicke, wenn sie hereinkam. Sie wusste, sie hatte eine Superfigur. Aber das dunkle Outfit und die Piercings waren nicht jedermanns Sache.

Zwar hatte sie sich einen Stammplatz an einem der Redaktionstische erobert, doch die Gespräche dort kreisten ewig um irgendwelche Interna, die sie null interessierten: Wer sich bei welchem Thema wieder vorgedrängelt, erfolgreich um irgendeinen Termin gedrückt hatte oder bis zum Hals im Hintern des Häuptlings hing. Am schlimmsten waren die Pseudointellektuellen, die immer meinten, schlaue Reden schwingen zu müssen, obwohl sie nichts auf der Pfanne hatten. Dieses Frankfurter Würstchen zum Beispiel. Und was sie selbst zu sagen hatte, interessierte die anderen nicht die Bohne. Außerdem stand ihr der fettige Kantinenfraß bis zum Hals – buchstäblich. Wenn er ihr nicht für den Rest des Tages bleischwer im Magen lag, wie kürzlich die angeblich hausgemachte Lasagne.

Der einzige Lichtblick war der Kollege, der neuerdings fürs Vermischte zuständig war. Endlich mal einer, der gut aussah, trotzdem Junggeselle war und keiner von den alten Säcken. Im Gegenteil, er zählte zwei Jährchen weniger als sie. Wenn er nach ihr in die Kantine kam, setzte er sich immer ihr gegenüber – der Platz, der sonst frei blieb. War das nicht auffällig? Vielleicht sollte sie sich ein wenig ranhalten, bevor ihn die neue Kulturziege auf ihre Matratze zog.

Sie lud noch rasch eine Diashow vom USB-Stick auf ihren Rechner, dann machte sie sich auf den Weg.

***

Das Zimmer roch wie ein Schnellimbiss.

Kleinschnitz packte die Beutel auf dem Besprechungstisch aus: Burgerschachteln, Pommestüten und Colabecher kamen zum Vorschein. Er hob einen Eisbecher mit Karamellsoße hoch. »Den stell ich rasch in den Kühlschrank in der Kaffeeküche«, verkündete er. »Ich hab ihn für Interpol mitgenommen.«

Stiller tippte sich an die Stirn. »Kerstin achtet auf ihre Linie. Sie isst garantiert kein Eis.« Er hatte sich hinter seinen Schreibtisch verdrückt und rief die Mails auf.

»Aber ich.«

Stiller betrachtete den Freund. Sie hatten zusammen studiert, kannten sich eine Ewigkeit. Aber seit Kleinschnitz auf dem USA-Trip war, ging er aus dem Leim. Zunehmend. »Tu, was ein Mann tun muss«, sagte er. »Aber glaub mir: Eine Diät würde dir nicht schaden!«

Kleinschnitz verschwand. Stiller überflog die Mails und atmete auf. Fenia hatte geliefert. Mit einem Doppelklick öffnete er die Nachricht und begann zu lesen.

Lieber Paul,
ich schreibe dir hier auf, was ich über Uwe Pütz herausgefunden habe. Es hat mich einiges an Zeit gekostet. Aber wie du weißt, hab ich ja sonst nichts zu tun ;-)

Es hatte Stiller einiges an Zeit gekostet, bis er herausfand, dass die merkwürdigen Zeichenfolgen aus Punkten, Strichen und Klammern in manchen Mails Gesichter darstellen sollten. Lachende, böse oder, wie in diesem Fall, zwinkernde.

Die Tür flog auf. Kleinschnitz kehrte zurück und hatte Kerstin Polke im Schlepptau. »Erst essen«, ordnete er an, »sonst werden die Spezialitäten kalt, du Gourmeckle.«

»Fangt ihr zwei schon mal an, ich lese euch vor, was Fenia über Pütz liefert.«

Meine Informanten sind seriös. Aber es sind einige Mutmaßungen dabei (Kupfer und so, du wirst es gleich sehen). Das musst du gründlich gegenchecken.

»Dieses Küken«, brummelte Stiller. »Will dem Huhn was vom Eierlegen erzählen.«

»Blas dich nicht auf. Lies weiter!« Kerstin Polke griff nach ihrer Sprite und saugte am Strohhalm.

Jetzt hast du dich geärgert, gell?

Stiller musste lächeln. Das war typisch für Fenia.

Also erstens: Dieser Pütz ist ein schillernder Vogel. Immer wie aus dem Ei gepellt. Vorliebe für sportliche, schnelle Autos und Klunker an den Fingern. Hat sich einen Siebziger-Jahre-Bungalow am Sommerberg in Obernburg günstig ersteigert. Mischt in der feinen Gesellschaft mit, Partylöwe. Schade, dass er schon vergeben ist :-(…

***

Strobel betrachtete sein Gegenüber und empfand vom ersten Moment an eine tiefe Abneigung.

Er wusste, dass er sich von solchen Gefühlen nicht leiten oder blenden lassen durfte. Aber dieser Holzhändler saß auf dem Stuhl vor dem Schreibtisch wie die leibhaftige Arroganz. Typische Skifahrerbräune, blondes, leicht lockiges Haar. Er trug einen erstklassigen Businessanzug von Cinque, anthrazitfarbene Schurwolle, dazu eine blassviolette Seidenkrawatte. Das Sakko hatte er aufgeknöpft, die Ärmel ein wenig zurückgezogen. So gaben sie den Blick frei auf goldene Manschettenknöpfe – sicher ebenso echt wie die breiten Ringe, die Strobel hatte aufblitzen sehen, bevor Pütz die Hände in die Hosentaschen steckte. Er hatte sich lässig zurückgelehnt, die Beine bequem ausgestreckt, die Füße übereinandergeschlagen.

Die Personalien spuckte er bereitwillig aus, er wartete gar nicht erst auf die Fragen: »Ich bin Uwe Pütz, neununddreißig Jahre alt, wohnhaft Obernburg, Sommerberg 47, verheiratet, kinderlos.« Er räusperte sich. »Und, wat isch nit ohne Stollz hinzufüjen möschte: Inhaber der Pütz Holzhandel Obernburg GmbH.«

Strobel ließ die Finger knacken. Er mochte schon die Art nicht, wie Pütz das »l« rollte …

***

»Was ist los?«, erkundigte sich Kleinschnitz.

Stiller hatte nach dem letzten Satz eine kurze Pause eingelegt. Er grübelte, ob Fenia das ernst gemeint haben könnte. Sie hatte eindeutig eine Vorliebe für Männer mit Klunkern und schnellen Autos. Er schüttelte den Gedanken ab und las weiter.

Zweitens: Ihm gehört die Firma Pütz Holzhandel Obernburg. Sie liegt jedoch auf der anderen Mainseite, also eigentlich in Elsenfeld in der Nähe des Bahnhofs. Einer der größten Betriebe dieser Art am bayerischen Untermain. War trotzdem Neuland für Pütz.
In Köln war er in der kommunalen Müllabfuhr tätig – und im Schrotthandel, das ist nachher noch wichtig! Witterte bei den steigenden Holzpreisen Ende der neunziger Jahre wohl in der Holzbranche das große Geschäft. Soll aus Köln hierher umgesiedelt sein, um näher an die Waldgebiete des Spessarts und des Odenwalds zu rücken …

»Da hab ich aber etwas anderes erfahren!« Kerstin Polke leckte sich das Salz der Pommes von den Fingern.

Stiller und Kleinschnitz sahen sie neugierig an.

»Was ist?«, fragte sie unschuldig.

»Erzähl schon!« Stiller zog sich den Stenoblock heran.

»Du brauchst nichts aufzuschreiben. Ich hab alles ausgedruckt«, bremste ihn Kerstin. »Nach meinen Recherchen ist Pütz nicht ganz freiwillig aus Köln abgezogen. Er war in einen ziemlichen Skandal verwickelt.« Sie legte eine Pause ein, um sich ein paar Pommes in den Mund zu schieben.

Stiller wartete geduldig.

»Es ging um Bestechung beim Bau der Kölner Müllverbrennungsanlage. Pütz war nicht selbst beteiligt, soll aber als Strohmann agiert haben. Willst du Details?«

»Später.«

»Ein paar andere mussten dran glauben. Sein Verfahren dagegen hat die Staatsanwaltschaft eingestellt – aus Mangel an Beweisen. Wahrscheinlich war er etwas schlauer als der Rest. Aber für die Behörden und die Branche war er hinterher verbrannt, verstehst du?«

»Verstehe.« Stiller nickte.

»Wundert mich eigentlich, dass Fenia nichts davon gehört hat. In Köln haben die Medien den Fall ziemlich hochgespielt. Was schreibt sie denn sonst noch?«

***

»Wissen Sie, was das ist?« Strobel wollte diesen arroganten Pütz aus der Fassung bringen. Er wies auf ein halbes Dutzend Aktenordner, die er auf seinem Schreibtisch gestapelt hatte.

Er erntete nur ein spöttisches Lächeln. »Herr Kommissar, ich bin Unternehmer. Kein Hellseher.«

»Ermittlungsakten. Wir haben sie bei der Staatsanwaltschaft Köln angefordert.«

»Soso.«

»Akten, die Sie betreffen – und Korruption.«

»Och, das sind doch olle Kamellen. Lesen Sie die Akten bis zum Ende.« Pütz zog die Hände aus den Taschen und hob sie entschuldigend. »Es gab nie eine Anklage.«

»Aus Mangel an Beweisen.«

»Richtig. Weil es nichts zu beweisen gab.«

Strobel beugte sich vor. »Weil Ihre gesamten Geschäftsunterlagen beim Brand einer Ihrer Lagerhallen vernichtet wurden.«

»Das war ein Unfall. Kabelbrand.«

»Bewahren Sie Ihre Geschäftsunterlagen immer in den Nebenräumen von Lagerhallen auf?«

Wieder hob Pütz die Hände. »Ich habe daraus gelernt. Heute nicht mehr. Sie können jederzeit Einblick nehmen, Herr Kommissar. Es ist alles ordnungsgemäß.«

Strobel entschied sich, das Thema zu wechseln.

***

Kleinschnitz quetschte ein Ketchupbeutelchen über einer Portion Pommes aus und schob sie Stiller auf den Schreibtisch. »Iss was!«

»Danke, Mama.« Stiller angelte sich zwei Pommes und verzog das Gesicht. »Lauwarm.«

»Sag ich doch.«

»Lass mich vorlesen«, schlug Kerstin vor. »Dann kannst du deinen Burger essen.«

Sie tauschten die Plätze.

Seine Geschäfte scheinen blendend zu laufen, obwohl die Holzpreise derzeit im Keller sind. Und obwohl Pütz einen Großteil seines Umsatzes im Export macht. In der Branche wird daher gemunkelt, dass er noch etwas nebenher laufen hat. Schwarz. Ein Informant bringt ihn mit den Kupferdiebstählen der letzten Monate in Verbindung. Immerhin hat er Erfahrung und Kontakte im Wertstoffhandel. Von offizieller Seite wird ihm aber nichts dergleichen vorgeworfen. Die Gerüchte können also auch daher rühren, dass er in Köln in einen Bestechungsskandal verwickelt war, bei dem es allerdings um die kommunale Müllentsorgung ging.

»Also hat sie es doch rausgekriegt«, warf Stiller ein.

»Unterbrich nicht!«, brummte Kerstin.

***

»Emge hat an dem Abend seiner Ermordung ein Gespräch mit Ihnen gehabt?« Strobel blätterte in der Mappe, die er vor sich liegen hatte, tat, als suche er in den Unterlagen nach dem entsprechenden Hinweis. Er wollte es nicht gleich herauslassen, dass er von dem Streit zwischen Pütz und Emge wusste.

Pütz ließ den Kopf zurücksinken und sah zur Decke. »Wir haben bei fast jedem Treffen der Ascaphia miteinander gesprochen. Schließlich stammen wir beide aus derselben Branche. Das verbindet.«

»Das Gespräch war ihm offenbar wichtig. Er hat es in seinem Terminkalender vermerkt. Die früheren nicht …«

»Die Menschen werden mit zunehmendem Alter vergesslich.« Pütz klang betont gelangweilt. »Was man schreibt, das bleibt.«

»Kam es zu dem Gespräch?«

Pütz hob den Kopf, sah Strobel berechnend an. »Ja«, sagte er dann.

»Und, worum ging's?«

»Das war privat und vertraulich. Das muss ich Ihnen nicht sagen.«

Strobel klappte die Mappe zu. »Ich denke doch. Schließlich war Emge keine vier Stunden später tot. Und es gibt Zeugenberichte, nach denen Ihr Gespräch mit ihm nicht sehr erfreulich verlaufen ist. Sie haben sich mit Emge gestritten.«

»Das ist nicht wahr!«

»Sie wollen behaupten, es gab keinen Streit?«

»Wir hatten eine Meinungsverschiedenheit. Das ist alles.«

»Herr Pütz, worum ging es bei Ihrem Gespräch ... bei Ihrer Meinungsverschiedenheit mit Richard Emge?«

Pütz lächelte. »Ich hätte gedacht, Sie könnten sich das selbst zusammenreimen. Aber bitte: Emge wollte seine Firma verkaufen, das sollten Sie wohl wissen. Ich war interessiert, das mag neu für Sie sein. Und er hatte sich noch immer nicht entschieden, das dürften Sie auch schon herausgefunden haben.«

»Sie waren an Emges Unternehmen interessiert?« Strobel warf einen Blick auf das digitale Aufnahmegerät. Das Lämpchen leuchtete, alles funktionierte.

»Wundert Sie das?« Pütz zog die Brauen nach oben. »Es deckt genau die Geschäftsfelder ab, die ich früher schon beackert habe. Es ist vielleicht eine Nummer kleiner, aber nicht unbedeutend. Ich warte schon lange auf ein Sprungbrett nach Aschaffenburg. Und der Holzhandel wirft kaum noch was ab.«

»Interessant, was Sie da sagen.« Strobel startete einen neuen Angriff. »In der Holzbranche herrscht ein gewisses, nennen wir es: Erstaunen, dass der Preisverfall so spurlos an Ihrer Firma vorübergeht.«

»Herr Kommissar, ich bin seit zehn Jahren Unternehmer. Das ist nicht die erste Durststrecke, die ich durchmache. Und noch nie habe ich bisher die Hand heben müssen!«

»Hauptkommissar«, verbesserte Strobel.

»Wie bitte?«

»Sie haben mich wiederholt mit ›Herr Kommissar‹ angesprochen. Wenn schon, dann bitte korrekt. Hauptkommissar.« Strobel lehnte sich nun seinerseits zurück und schob die Hände in die Hosentaschen. »Herr Pütz, kann es sein, dass Richard Emge Ihnen misstraut hat?«

»Ich verstehe nicht, worauf Sie hinauswollen.«

Strobel sah ihn fest an. »Hatte Emge über Ihre Geschäfte irgendwelche Kenntnisse, die Sie lieber nicht an die Öffentlichkeit gelangen lassen wollten? Mochte er deshalb nicht an Sie verkaufen? Hat er Sie am Ende sogar unter Druck gesetzt?«

***

»Also ich stelle mir das so vor …« Kleinschnitz hielt Kerstin zurück, die weiter aus Fenias Mail vorlesen wollte. »Pütz vertickt geklautes Kupfer. Emge kommt ihm auf die Schliche. Es gibt einen Streit, Emge bleibt hart, will ihn auffliegen lassen. Pütz ergreift die Gelegenheit und das Schwert und räumt ihn aus dem Weg.«

»In diesem Fall müsste er den Mordanschlag schon vorher geplant haben«, wandte Stiller ein. »Wir wissen aber von Roberta, dass er Emge noch gedroht hat, sollte er den Mund nicht halten.«

»Ablenkung. Kein Mensch würde sich hinstellen und sagen: ›Heute Abend mach ich dich platt‹, oder?« Kleinschnitz suchte Stillers Zustimmung.

»Ich weiß nicht …«

***

»Das ist ja eine abenteuerliche Unterstellung!« Pütz lachte spöttisch. »Das könnte sich ein Krimiautor nicht besser ausdenken.«

Strobel lachte mit. »In den vergangenen Monaten sind in der Region jede Menge Kupfer und andere Metalle entwendet worden«, sagte er dann ernst. »Sie haben doch sicherlich davon gehört.«

»Gehört, ja. Das ist aber auch alles, Herr Hauptkommissar. Seit dem Brand meiner Lagerhalle, den Sie freundlicherweise schon erwähnt haben, hab ich mit Wertstoffhandel nichts mehr am Hut. Schon gar nicht mit illegalem.«

»Das sagt sich leicht.«

Pütz zog die rechte Hand aus der Tasche und machte eine einladende Geste. »Mein Unternehmen und meine Bücher stehen Ihnen offen.« Er beugte sich vor und pochte mit dem Zeigefinger auf Strobels Schreibtisch. »Ich sag Ihnen, an der Sache ist nichts dran. Ich weiß, was in der Branche gemunkelt wird, ich bin ja nicht blöd. Das sind Neider. Krämerseelen, die nicht damit fertig werden, dass da einer aus der Großstadt in der Provinz auftaucht und den Markt aufmischt, den sie so gemütlich unter sich verteilt hatten.«

***

»... es mag ja sein, dass Pütz in der Kupfergeschichte mit drinhängt«, überlegte Stiller. »Aber wir haben keinen Anhaltspunkt, dass ihm Emge auf die Spur gekommen war und darüber mit ihm gestritten hätte.«

Kerstin stimmte ihm zu. »Wie es aussieht, ging es um das Thema Nummer eins, wenn Männer streiten: um eine Frau.«

»So was Banales«, sagte Kleinschnitz enttäuscht. »Ihr Kleingeister.«

Stiller klopfte ihm auf die Schulter. »Immerhin haben wir einen Namen ...«

***

»Wie heißt eigentlich Ihre Frau?«

Pütz reagierte mit gespielter Entgeisterung auf den Themenwechsel. »Was tut das denn nun wieder zur Sache?«

Strobel lächelte. »Ich wollte Ihnen zur Abwechslung mal eine leichte Frage stellen. Also?«

»Steht das nicht in Ihren Akten?«

»Ach, wissen Sie, Papier ...«

»Wenn es Ihnen weiterhilft: Meine Frau heißt Pia. Ein hübscher Name für ein hübsches Geschöpf.«

»Freut mich, das zu hören.« Strobel war davon überzeugt, dass Pütz eine Vorliebe für gut aussehende Frauen hatte – und entsprechenden Erfolg. »Trotzdem scheinen Sie noch ein Interesse für andere Frauen zu haben.«

»Jetzt wird's mir aber zu bunt!«

»Kennen Sie eine Frau mit Namen Mareike?«

Zum ersten Mal während der Vernehmung hatte Strobel das Gefühl, mit einer Frage ins Schwarze getroffen zu haben. Pütz zuckte zusammen. Sogleich suchte er die spontane Reaktion dadurch zu kaschieren, dass er, wie zur Entspannung, den Kopf im Genick kreisen ließ.

»Mareike?« Er zögerte. »Nein, kenne ich nicht. Sollte ich?«

»Nach unseren Erkenntnissen haben Sie sich mit Emge wegen dieser Frau gestritten.«

»Herr Kommissar. *Haupt*kommissar.« Pütz räusperte sich. »Ich dachte, ich hätte Ihnen das bereits dargelegt: Es gab keinen Streit.

Wir hatten eine Auseinandersetzung, ja, weil ich dachte, als Freund hätte ich vielleicht einen kleinen Bonus beim Verkauf seiner Firma. Und eine Mareike kenne ich nicht. Definitiv.«

Strobel schwieg.

»Ich wüsste das. Der Name ist nicht allzu häufig.«

***

Kerstin hatte sich wieder dem Bildschirm zugewandt.

Eine Mareike taucht in Pütz' Umfeld nicht auf. Keiner meiner Informanten kennt eine Frau, die so heißt. Könnte aus seiner Kölner Vergangenheit stammen. Wenn du sie ganz lieb darum bittest, kann dir da vielleicht die Interpol helfen :-)

»Miststück!«, motzte Kerstin.

Stiller wusste, dass sie den Spitznamen nicht mochte. »Kerstin, ich wollte dir das schon lange sagen: ›Interpol‹, das ist doch nicht böse gemeint.«

»Laber nicht rum«, fuhr ihn Kerstin an. »Das ist Mobbing, wenn man Kollegen solche Namen gibt. Und du behauptest immer, Mobbing zu hassen.«

Stiller spürte, wie er rot wurde. Sie hatte recht. »Okay, kommt nicht mehr vor.« Er räusperte sich. »Peter hat einen Eisbecher für dich mitgebracht. Magst du …«

»Schieb ihn dir sonst wohin«, fauchte sie Kleinschnitz an.

Kleinschnitz bedankte sich höflich.

»Natürlich habe ich nach Mareike geforscht.« Kerstin war noch immer sauer. »Allerdings nicht in Köln, das geb ich zu. Ich hol's nach. In Aschaffenburg und Umgebung gibt es ganze zwei Interneteinträge auf den Vornamen Mareike. Eine Privatperson und ein Friseursalon.« Sie stand auf. »Ich muss ans Werk. Den Müll bringt ihr sicher allein weg, ihr seid ja jetzt Spezialisten auf diesem Gebiet.«

Stiller hielt sie auf, bevor sie die Tür erreicht hatte. »Krieg ich die Mareike-Adressen?«

»Hab sie dir ausgedruckt, damit du Kontakt aufnehmen kannst. Es hat kaum einen Sinn, dir einen Link zu schicken, wenn man nicht gerade Fenia heißt – Doppelpunkt Bindestrich Klammer.«

»Klammer auf oder Klammer zu?«, fragte Stiller.

»Klammer auf«, blaffte Kerstin und verschwand.

»Muss ich das verstehen?«, erkundigte sich Kleinschnitz.

»Klammer zu wäre besser gewesen.«

***

»Mareike – denken Sie bitte noch einmal nach.«

»Herr Hauptkommissar, ich versichere Ihnen: Ich kenne keine Dame dieses Namens.« Pütz sah auf die Uhr. »Hören Sie, das hier führt doch zu nichts. Ich habe dringende Geschäfte. Wenn Sie keine wichtigen Fragen mehr haben, würde ich gerne gehen.«

»Gut.« Strobel nickte. »Aber halten Sie sich zu unserer Verfügung. Das war noch nicht unsere letzte Unterhaltung.«

»Wenn Sie sich da nur mal nicht irren!« Pütz griff in die Innentasche seines Sakkos und zog eine Visitenkarte heraus. »Das ist die Karte meines Anwalts. Für weitere Termine wenden Sie sich bitte vertrauensvoll an ihn.«

Strobel sah ihm nach, während er das Büro verließ, und drückte die Sprechtaste an seinem Telefon. »Haltet ihn in der Schleuse noch ein wenig auf«, bat er die Kollegen, die das Gespräch über Video verfolgt hatten. »Zwei Kollegen in Zivil sollen ihm unauffällig folgen.« Dann wählte er Sabines Nummer. Er wollte eine menschliche Stimme hören.

***

Kleinschnitz stopfte den Müll in den Abfalleimer. »Du hast fast nichts gegessen«, moserte er.

»Die Sache schlägt mir auf den Magen«, entschuldigte sich Stiller. »Wir kommen nicht vorwärts. Davon kriege ich Depressionen. Du etwa nicht?«

»Depressionen, ich?« Kleinschnitz schnappte seine Fototasche und stiefelte zur Tür. »Ich weiß gar nicht, was das ist.«

»Schaust du morgens nie in den Spiegel?«, feixte Stiller.

Kleinschnitz zeigte ihm die Zähne und zog die Tür zu.

Stiller las Fenias Mail zu Ende.

Das war's fürs Erste. Wenn ich noch etwas erfahre, gebe ich dir Bescheid. Hat Spaß gemacht. Ich bin froh, wenn das halbe Jahr rum ist und ich wieder nach Aschaffenburg komme. Ich weiß, man soll sich ja nichts Schönes wünschen, aber wenn wieder ein Mord passiert, wäre ich gerne mit im Boot :-)

»Mädchen«, Stiller sprach den Bildschirm an, als säße Fenia hinter der Scheibe, »der Alltag hier ist nicht mal halb so spannend, wie du meinst.« Er seufzte, klappte den Stenoblock auf und rückte die Tastatur zurecht. »Nicht der Emge-Mord, das Fußgänger-Leitsystem ist das Glanzlicht des jungen Jahres!«

***

»Sag deinen Töpferdamen: Der Tipp mit Angelika Schäfer war gut.« Stiller setzte sich neben Ruth aufs Sofa. Sie hatten zusammen in der Küche zu Abend gegessen. Er hatte das Abräumen übernommen, während die Kinder Hausaufgaben vorgeschoben hatten und verschwunden waren.

Ruth hatte sich mit einem Roman von Fred Vargas ins Wohnzimmer zurückgezogen. Sie ließ das Buch sinken.

»Emge hat sich mit Angelikas Mutter getroffen.« Er berichtete ihr, was er im Hafen und in der Österreicher Kolonie herausgefunden hatte.

»Eh ich es vergesse«, sagte Ruth, »Laip hat angerufen.«

»Laip?« Stiller legte einen Arm um sie. »Was wollte er denn?«

»Er hat mit mir über Kunst geplaudert. Will meine Ausstellung auf dem Ostermarkt in Seligenstadt besuchen.«

Stiller runzelte die Stirn. »Laip lässt sich nie auf Terminen außerhalb seines Wahlkreises blicken. Ich hoffe, es geht ihm wirklich um die Kunst!« Er sah Ruth prüfend an. »Laip schmückt sich gerne mit schönen Frauen.«

»Spinner.« Sie lächelte. »Er wollte wissen, ob du mit deinen Recherchen vorankommst. Du sollst dich melden, wenn du etwas brauchst.«

»Ist das nicht toll?« Stiller betrachtete Ruth mit gespieltem Stolz. »Ich lasse einen Landtagsabgeordneten für mich arbeiten. Im Ernst: Ich rufe ihn an, sobald ich dazu komme. Vielleicht weiß er, was Emge an der Verschwundenen interessiert hat.«

5

Stiller wusste, es gab die merkwürdigsten Zufälle. Keine Idee war skurril genug, um nicht von der Wirklichkeit eingeholt zu werden, das hatten ihn einundzwanzig Berufsjahre im Journalismus gelehrt. Aber als er an diesem Mittwoch aufgestanden war, um sich unter der Dusche den Schlaf aus den Poren zu reiben, hätte er sich das nicht träumen lassen: So etwas Banales wie eine Currywurst sollte ihn einen entscheidenden Schritt weiterbringen.

Er hatte sich mittags mit Ruth in der »Bar del Corso« treffen wollen, aber sie musste an der Schule zwei Stunden anhängen, um für eine erkrankte Kollegin einzuspringen. Stattdessen verabredete er sich mit Kleinschnitz auf dem Mittwochsmarkt.

Sie holten sich am Stand vom Würst'l Maier eine Rindswurst mit hausgemachter Currysoße, einer zähen, aber würzigen Masse, Motto: Nicht anschauen, genießen! Das war die einzige Schnellimbisskonkurrenz, die Kleinschnitz neben amerikanischem Fast Food duldete. Sie bahnten sich einen Weg durch die Menschenmenge in den sonnigen Gassen zwischen den Marktbuden und stellten sich an die Balustrade der Schlossmauer.

Die Sonne schien, die Luft summte, man konnte die Knospen der Bäume fast aufplatzen hören. Die Trauerweiden am Main trugen ein fröhliches Grün, dahinter strömte der Fluss bleifarben und schwer. Entenfamilien stachen zum ersten Ausflug ins ruhige Wasser des Floßhafens. Ein fast idyllisches Bild – wären da nicht der Parkplatz am Fuß der Schlossmauer und der kahle Volksfestplatz auf der anderen Mainseite gewesen.

»Ich glaube, ich sollte mich mehr um die verschwundene Angelika Schäfer kümmern«, brach Stiller das Schweigen.

»Und ich glaube, dass du dich da in etwas verrennst«, erwiderte Kleinschnitz. »Das bringt dich nicht weiter.«

Stiller zuckte die Achseln. »Emge hat sich für sie interessiert. Und jetzt ist er tot. Ich werde den Gedanken nicht los, dass er beim Treffen mit ihrer Mutter irgendetwas herausgefunden hat. Aber die Mutter kann es uns nicht mehr erzählen.« Energisch spießte er mit der Plastikgabel ein Stück Wurst auf und zog es durch die rote

Soße. »Ich bin gestern Abend noch einmal alle Archivberichte durchgegangen.«

»Und?«

»Nichts. Es will einfach nicht klick machen.«

»Hm.« Kleinschnitz schluckte. »Und was ist mit Pütz? Du hast jede Menge Informationen über ihn. Sprich endlich mit ihm.«

»Ich versuche seit Montag früh, mich mit ihm zu verabreden, aber ich komme nicht an ihn heran. Seine Sekretärin wimmelt mich immer ab.«

»Probier's weiter. Ich wette, es ging um das Kupfer. Illegale Geschäfte. Eine Affäre mit einer anderen Frau – das ist doch heute kein Mordmotiv mehr.«

Stiller schwieg.

Kleinschnitz wechselte das Thema. »Ich hol mir gleich noch eine Wurst. Ich hab richtig Hunger.«

Stiller kaute und sah schweigend den Main hinab. Von der Ebertbrücke her näherte sich ein Frachtschiff, keines der modernen, eher ein älterer Kahn. Er lag hoch im Wasser und machte rasche Fahrt. Leer lag der Frachtraum zwischen dem Containerdeck am Bug und dem Steuerhaus.

Für Stiller hatte die Binnenschifffahrt immer etwas Nostalgisches. Sie erinnerte ihn an seine Jugend. Mit sechzehn hatte er mit einem Freund eine Fahrt ums Mainviereck unternommen. Per Anhalter: Sie hatten sich an die Schleusen gestellt und sich von Frachtschiffern mitnehmen lassen.

Plötzlich stutzte er. »Siehst du, was ich sehe?« Er wedelte mit der Gabel in Richtung Main.

Diesmal zuckte Kleinschnitz die Achseln. »Ein Kahn. Hör mal, meine Eltern stammen aus Hamburg. Ich verstehe nicht ganz, warum dich dieses Schiffchen so aus der Fassung bringt.«

»Schau dir den Namen an.«

Kleinschnitz sah nochmals hin – und erstarrte. Dann hob er die Kamera vors Auge und zoomte. »Leck mich am Buckel«, sagte er. »›Marijke‹.«

»Genau. Ein Schiff namens ›Marijke‹. Mensch, sind wir blöd! Ich sag dir was, Pütz und Emge hatten es gar nicht von einer Frau. Deshalb konnten wir sie auch nicht finden. Es ging um ein Schiff!«

»Los, hinterher.« Kleinschnitz kippte die Pappschale mitsamt der halb gegessenen Currywurst in den Abfalleimer. »Der Buick steht in der Tiefgarage Stadthalle.«

»Gemach«, bremste Stiller. »Wenn das die Mareike ist, über die Emge mit Pütz gestritten hat, dann wissen wir, wohin sie fährt.«

»Du hast recht.« Kleinschnitz blickte sehnsüchtig seiner Currywurst hinterher. »Pütz hat seinen Holzhandel in Elsenfeld.«

Drei Stunden später brausten sie auf der vierspurigen Bundesstraße, die der Volksmund »Langes Handtuch« getauft hatte, nach Obernburg. Parallel zu einer längst verschwundenen Heerstraße der Römer zog sie sich schnurgerade durch das Maintal.

Stiller spitzte die Ohren. »Deine Flunder gibt kranke Geräusche von sich.«

»Ich hör nichts.«

»Ein komisches Brummen. Da! Eben wieder. Das ist doch eindeutig ein Geräusch.«

»Du meinst den Motor«, sagte Kleinschnitz ironisch. »Motoren müssen brummen, sonst fahren die Autos nicht. Nur Fahrräder muss man antreten.«

»Du hättest die Abwrackprämie nutzen und diese Mühle günstig verschrotten lassen sollen.«

»Ich pflege meinen Wagen. Er macht keine kranken Geräusche. Und ich werde mich nie von ihm trennen.«

»Bis dass der Tod euch scheidet.« Stiller gab nach. »Du musst es ja wissen, du bist schließlich mit diesem Wagen verheiratet.«

»Gottlob nicht.« Kleinschnitz bleckte seine großen Zähne. »Dieser Wagen fährt mich, ohne zu motzen, wohin ich will. Zu jeder Tages- und Nachtzeit. Die Frau möchte ich mal erleben ...«

Stiller deutete auf die Hinweistafel für Obernburg-Nord. »Die haben ja ein richtig modernes Autofahrer-Leitsystem«, grinste er. »Fahr am besten hier raus. Wir könnten an der Kochsmühle parken und über den Steg nach Elsenfeld laufen.«

»Wie der Herr wünschen.« Kleinschnitz fädelte den Buick in die Ausfahrt ein. »Vom Steg haben wir wenigstens einen guten Blick auf die Firma Pütz.«

Sie sahen die »Marijke« gegenüber am Ufer liegen, als sie den Buick am Main in Obernburg abstellten. Das Beladen hatte bereits begonnen. Vier Container standen hinter dem Bug auf dem Deck; ein Kran, der einem Bagger ähnelte, war dabei, Baumstämme in den Laderaum zwischen dem Containerdeck und dem Steuerhaus zu hieven.

Auf dem Steg schoss Kleinschnitz eine Serie von Bildern. Dann klopfte er Stiller auf den Rücken.

»Lass uns mal vorbeischauen.«

»Hast du das Firmengelände mit im Bild?«

Kleinschnitz schnaufte. »Bitte, Paul!«

»Schon gut.«

Sie stiegen die Treppe des Stegs hinab und schlugen die Uferstraße ein, die zwischen Pütz' Firma und dem Ladekai entlangführte. Stiller schirmte die Augen mit der Hand ab und sah hinauf zum Kranführer in der Kabine. Er ließ den Blick hinabwandern. Am Kai stand ein untersetzter Mann im blauen Overall, der das Beladen überwachte.

Sie gesellten sich zu ihm und betrachteten das Schiff. Der Schiffsführer werkelte im Steuerhaus. Zwei Matrosen, Typ Seebär, lösten am Bug die Trageketten von den Containern.

»Siehst du die?« Kleinschnitz wies mit dem Kinn in ihre Richtung. »Denen möchte ich nicht im Dunkeln begegnen!«

Der Mann an ihrer Seite fasste sie kritisch ins Auge. »Achtung.« Er tippte an seinen Schutzhelm. »Gefährlich.«

Unablässig drehte sich neben ihm der Kran, schnappte sich mit seinen zangenartigen Greifern einen oder zwei Baumstämme vom Ufer und schwenkte sie aufs Schiff, als wären es Mikadostäbchen. Der Laderaum füllte sich überraschend schnell.

»Das sind ordentliche Stämme«, sagte Stiller. »Ist das Buche?«

Der Mann nickte.

»Wohin gehen die denn?«

Er zuckte die Schultern.

»Ich frag nur, weil das ja wohl ein holländisches Schiff ist.« Stiller deutete auf das Auto, das auf dem Deck hinter dem Steuerhaus stand. Es war ein weißer Peugeot 307 mit gelbem Nummernschild. »Und die Besatzung scheint mir auch aus den Niederlanden zu sein.«

»So isses.«

»Also ist das Holz für Holland bestimmt?«

»Die haben da schließlich wenig Bäume«, assistierte Kleinschnitz.

Der Mann warf ihnen einen abschätzigen Blick zu. »Rotterdam.«

»Rotterdam«, wiederholte Stiller. »Also Export.«

»So isses.«

»Und die Container?« Sie interessierten Stiller mehr als die Buchenstämme.

»Auch.«

»Ich meine: Ist da auch Holz geladen?«

Der Mann gab dem Kranführer einen Wink. Dann schaute er über die Schulter auf Stiller. »Nein.«

»Ich dachte, das ist ein Holzhandel hier.«

»So isses.«

Stiller hatte das Gefühl, nicht von der Stelle zu kommen. »Was wird denn in solchen Containern transportiert?«

Der Mann schwieg und beobachtete den Kran.

»Das könnten Schrottcontainer sein«, sprang Kleinschnitz Stiller erneut zur Seite. »Vielleicht ist die Firma Pütz auch im Wertstoffhandel aktiv. Liegt doch nahe ...«

»Getreide.«

»Wie kann man das eigentlich erkennen?« Stiller deutete auf die Container. »Gibt es da Unterschiede? Für mich sehen die alle gleich aus.«

»Zollpapiere.«

Eine Weile schauten sie weiter schweigend zu. Die Arbeiter hatten die Ketten gelöst und verstaut. Jetzt lehnten sie an den Containern, rauchten und sahen herüber.

Stiller räusperte sich. »Ich habe solche Container noch nie aus der Nähe gesehen. Meinen Sie, die beiden Matrosen würden mich mal hineinschauen lassen?« Ein schwacher Versuch, das war ihm klar. Selbst wenn sie es könnten, würden die beiden niemals einem Fremden die Container öffnen. Je länger er sie betrachtete, desto weniger hielt er sie für Schiffsbesatzung. Wäre er ihnen anderswo begegnet, hätte er sie eher in die Schublade Zuhälter oder Türsteher gesteckt.

»Versiegelt.«

»Schade«, sagte Stiller. »Aber auf dem Firmengelände stehen ja noch welche.« Er wies mit dem Daumen über die Schulter. »Das würde mich echt interessieren.«

Der Mann drehte sich vollends zu ihnen um. »Hört mal zu, ihr zwei Klugscheißer. Euer Gequatsche geht mir auf die Nerven, mit Verlaub gesagt. Ich hab hier zu tun, auch wenn's vielleicht nicht so aussieht. Ich hab mir diesen beschissenen Job nicht ausgesucht, ich war früher Buchhalter in einer Kleiderfabrik. In Leidersbach, Sakko-Valley, falls euch das was sagt. Aber selbst das hier ist besser als Hartz IV. Und wenn ich euch zwo so sehe …«, seine Augen verengten sich zu Schlitzen, »… freut's mich richtig, dass ich kein dämlicher Sesselfurzer mehr bin. Was soll das, mir Löcher in den Bauch zu fragen? Ich bin kein Auskunftsbüro. Kommt einfach daher und wollt mal eben einen Container besichtigen. So was Bescheuertes. Dafür hab ich keine Zeit. Der Frachter hier muss heute Abend im Aschaffenburger Hafen liegen, und zwar vor der Nachtruhe an den Schleusen. Und jetzt wäre ich euch dankbar, wenn ihr Leine zieht. Da oben ist der Weg«, er deutete auf die Uferstraße, »hier unten ist Zutritt verboten. Wenn was passiert, bin ich dran. Servus.« Er wandte ihnen den Rücken zu, gab dem Kranführer erneut einen Wink und entfernte sich ein paar Schritte.

»Vielen Dank«, rief Stiller ihm hinterher. »War nett, mit Ihnen zu plaudern.«

»Ich hatte schon befürchtet, er könnte gar nicht sprechen«, murmelte Kleinschnitz. »Und jetzt?«

»Wir probieren es bei Pütz, wenn wir schon mal da sind.«

»Willst du dir noch eine Abfuhr holen?«

Stiller hatte gute Laune. »Was heißt Abfuhr? Immerhin haben wir erfahren, wo wir die ›Marijke‹ heute Abend wiedersehen können, wenn wir wollen.«

»*Wir* wollen ganz bestimmt nicht«, stellte Kleinschnitz klar.

Das Firmengelände lag völlig verlassen in der Aprilsonne. Sie schritten über den Hof, der als Ladefläche und Parkplatz diente, vorbei an zwei großen Lagerhallen aus unverputzten grauen Betonsteinen. Die Rolltore waren geschlossen. Gegenüber stapelten sich Baumstämme im Freien, daneben reihte sich ein halbes Dutzend Container aneinander, hinter denen drei Silos aufragten.

»Komisch.« Stiller betrachtete die Silos im Vorbeigehen. »Weder Fenia noch Kerstin haben erwähnt, dass Pütz auch mit Getreide handelt.«

»Vielleicht hat er das Geschäft nur nebenher laufen«, mutmaßte Kleinschnitz.

»Ich möchte wissen, was der noch alles nebenher laufen hat.«

Das Bürogebäude stand an der Stirnseite des Hofs. Direkt neben dem Eingang parkte ein Jaguar, dunkelgrün mit braunem Kunststoffschiebedach.

Stiller las das Nummernschild: MIL - UP 29. »UP«, sagte er. »Uwe Pütz. Das ist aber mal originell!« Er belustigte sich stets über Autofahrer, die unbedingt ihre Initialen spazieren fahren wollten, statt einfach die Nummern zu nehmen, die an der Reihe waren. Brachten sie es nicht fertig, sich andere Kombinationen zu merken?

Hinter der Eingangstür hing eine Tafel mit dem Wort »Anmeldung« von der Decke herab. Der Pfeil wies nach rechts.

»Ein höchst innovatives Besucher-Leitsystem.« Stiller grinste. »Ich sollte das fürs Aschaffenburger Rathaus anregen.«

Kleinschnitz winkte ab. »Ich kann dir sagen, was Fürst darauf antworten wird: ›Unser Rathaus hatte schon ein Bürger-Leitsystem, da konnten andere Stadtverwaltungen das Wort noch nicht mal buchstabieren.‹«

»Unsere ja auch nicht. Unsere Verwaltung hat ein Bürger-Lei*d*system.« Stiller wandte sich der Tür zu, klopfte, trat ein – und schrak zurück.

Ihm gegenüber, hinter einem Schreibtisch verschanzt, saß eine große, magere Frau. Ihr hohlwangiges Gesicht war solariumverbrannt, ebenso die faltige Haut zwischen Hals und Brustansatz, die eine weit aufgeknöpfte Bluse enthüllte. Unter dem wasserstoffblonden Deckhaar war sie schwarz gefärbt. Eine dicke schwarze Linie umrandete die riesigen Augen und die Lippen.

Sie starrte Stiller entgegen wie ein mumifizierter Pharao. »Sie wünschen?«

Er erkannte die Stimme sofort. »Mein Name ist Stiller«, stellte er sich vor. »Von der Zeitung. Ich habe schon ein paarmal angerufen. Jetzt sind mein Kollege Kleinschnitz und ich zufällig in der Gegend, deshalb dachte ich …«

Sie schnitt ihm das Wort ab. »Der Chef is nit da, und isch weiß nit Bescheid.«

Ihr Lieblingssatz – und Stiller wusste auch genau, woher sie ihn hatte: aus einer alten Fernsehserie. »Sein Wagen steht doch vor der Tür.«

»Mööchlisch. Aber mit dem Wagen wollten Sie ja nit schpreschen.« Sie gab ein Geräusch von sich, das wohl ein Lachen sein sollte.

Gruselig! Stiller lachte vorsichtshalber herzlich mit. »Wann kommt Herr Pütz denn wieder?«

»Isch weiß nit Bescheid.«

»Ich würde Ihnen gerne meine Karte dalassen. Er kann mich dann zurückrufen.«

»Dat is en Mööchlischkeit.«

Stiller trat an den Schreibtisch und legte die Karte neben das Telefon. »Ja, dann …«

»Auf Wiedersehen, meine Herren.«

Stiller zögerte. Dann beugte er sich über das Telefon und sagte: »Schönen Tag noch, Herr Pütz.«

Das rote Lämpchen und das Wort »Gegensprechen« auf dem Display erloschen abrupt.

Er richtete sich auf und lächelte. »Wir haben auch so eine Telefonanlage in der Redaktion.«

Ihr Gesicht sah aus, als würde es zu Staub zerfallen.

Während sie zurückfuhren, zogen von Westen her graue Wolken auf. Vor der tief stehenden Sonne wirkten sie beinahe schwarz. Wetterleuchten zuckte über den Horizont.

»Da kommt noch was«, unkte Kleinschnitz. »Kann denn nicht mal einen ganzen Tag lang die Sonne scheinen?«

Wie zur Bestätigung zerplatzten die ersten dicken Regentropfen auf der Windschutzscheibe.

Stiller klappte das Handy auf. »Ich rufe Achim an. Ich brauche dringend ein paar Infos aus dem Müllmilieu.«

Achim Osthus war ein Spross der größten Aschaffenburger Entsorgerdynastie. Die Niederlassungen der Familie verteilten sich über den gesamten Hafen und das Nilkheimer Industriegebiet am Main. Stiller hatte Achim vor ein paar Jahren kennengelernt, war von ihm seitdem wiederholt zum Kartenspielen eingeladen worden.

»Wenn sich da jemand auskennt, dann er«, sagte Stiller, während sich der Ruf aufbaute.

»Grüß dich, Paul«, meldete sich Achim.

»Hi.« Stiller beschloss, mit der Tür ins Haus zu fallen – aber noch nicht mit der ganzen Wahrheit. »Sag mal, kannst du mir mit Informationen übers Wertstoffgeschäft helfen?«

»Geht's um den Mord an Emge?«

»Exakt.«

»Okay.« Achim überlegte kurz. »Wertstoffgeschäft ist allerdings ein weiter Begriff. Was interessiert dich denn genau?«

»Metalle«, präzisierte Stiller. »Rohstoffhandel.«

»Wenn das alles ist ... Wann denn?«

»Am liebsten heute noch.« Stiller blickte aus dem Fenster. Es schüttete wie aus Kübeln, der Regen lag wie ein Schleier über dem langen Handtuch.

»Ich treffe mich um sieben mit Freunden zum Schafkopf im ›Hofgarten‹. Passt es dir vorher?«

»Warte mal ...«, Stiller sah auf die Armbanduhr, »... es ist jetzt fünf. Sagen wir, um halb sechs?«

»Besser um sechs.«

»Gut«, sagte Stiller. »Dann um sechs bei Joe.«

Joe unterhielt mehrere Kneipen in der Stadt, aber der »Hofgarten« war das Paradelokal. Eines der wenigen, in das Menschen jeden Alters und Standes passten. So bunt wie die Gesellschaft war das Interieur: ringsum eine Täfelung, die noch vom Anfang des 20. Jahrhunderts stammen musste, darüber ein Wandputz im toskanischen Stil. Bänke, Stühle und Hocker umstellten ovale, quadratische und lang gestreckte Tische. Die Speisekarte glich einer Schrotflinte: Dem breit gestreuten Angebot entging kaum eine Geschmacksrichtung und Geldbeutelgröße. Schiefertafeln an den Wänden boten außerdem in schwer lesbarer Kreideschrift verschiedene Tagesgerichte an.

Gegen sechs begann sich das Lokal zu füllen. Stiller traf vor Achim ein. Er wählte einen kleineren Tisch in einer ruhigen Ecke und schälte sich aus der Regenjacke.

Sofort steuerte Joe auf ihn zu. »Hast dich lange nicht mehr sehen lassen!«, rügte er Stiller.

»Im Sommer, wenn dein Biergarten geöffnet hat, komme ich wieder öfter.«

Während Stiller einen Flammkuchen und einen Rotwein bestellte, stieß Achim dazu. Er zog sich das klatschnasse Schneehemd über den Kopf, warf es auf die Bank und ließ sich auf den Stuhl fallen.

»Sauwetter!«, sagte er. »Ein Bier, bitte.« Als Joe gegangen war, wandte er sich an Stiller. »Du willst also Emges Mörder fangen? Das bringt dir Pluspunkte in der Branche. Er war sehr beliebt.«

»Ich werd mir Mühe geben. Ich muss dazu aber mehr übers Wertstoffgeschäft erfahren. Es könnte eine Rolle spielen.«

Achim nickte. »Verstehe. Wie kann ich dir helfen?«

»Ich fasse mich kurz.« Stiller klappte den Stenoblock auf. »Wie macht man geklautes Kupfer zu Geld?«

Achim erstarrte. »Um Gottes willen, was stellst du mir denn für eine Frage? Damit will ich nichts zu tun haben!«

Joe kehrte zurück. Sie schwiegen, während er die Gläser auf den Tisch stellte.

»Keine Sorge«, nahm Stiller den Faden wieder auf. »Es geht nicht um deinen Betrieb. Noch nicht mal um ein Aschaffenburger Unternehmen.«

»Lass aber meinen Namen draußen, ja? Ich bringe die gesamte Branche in Verruf. Du weißt, dass in den vergangenen Monaten jede Menge Kupfer im Mainviereck verschwunden ist.«

»Genau darum dreht es sich.«

»Von uns hat niemand etwas damit zu tun, das kann ich dir versichern. Ein Schrotthändler, der mit dem Gesetz in Konflikt gerät, ist weg vom Fenster. Die öffentlichen Aufträge platzen, du kannst deinen Betrieb nicht mehr zertifizieren lassen.«

»Um welches Gesetz geht es?« Stiller prostete Achim zu.

»Das Gesetz gegen Hehlerei. Es wird absolut streng gehandhabt. Du machst dich schon strafbar, wenn du geklaute Ware unwissentlich kaufst.«

»Wie lässt sich das verhindern?«

»Kein Kauf ohne Vorlage des Personalausweises. Und Finger weg von verdächtiger Ware.«

»Aber irgendwer muss das geklaute Kupfer doch kaufen.«

»Ich sag ja nur: Von den Aschaffenburger Betrieben war das keiner.«

Wieder schwiegen sie. Joe hatte diesmal die Bedienung mit dem Flammkuchen an ihren Tisch geschickt.

»Nimm dir«, sagte Stiller und wies auf das Brett. »Aber du weißt, wie das Geschäft abläuft?«

»Sicher.« Achim griff begeistert zu.

»Nämlich?«

»Die Tonne Kupfer bringt bei den derzeitigen Preisen fünftausend Euro. Der Dieb kriegt die Hälfte, der Hehler verdient die andere beim Verkauf an die Hütte. Seine Spanne wäre wesentlich kleiner, wenn er regulär einkauft.«

»Die Hütten prüfen die Herkunft nicht mehr?« Stiller beugte sich zum Nachbartisch, nahm die Pfeffermühle und würzte den Flammkuchen nach.

»Nicht, wenn die Ware sozusagen offiziell von einem Händler kommt. Du musst wissen, Kupfer lässt sich beliebig oft einschmelzen. Die großen Hütten stehen in Fernost. China und Indien. Da greifen deutsche Gesetze bekanntlich nicht.«

»Wie lässt sich das Kupfer außer Landes schaffen? Es wird ja wohl kaum offen spazieren gefahren.«

»Schwierig«, stimmte Achim zu. »Es wäre natürlich möglich, ein Schiff mit Rohstoffen zu beladen und das Kupfer drunterzumogeln. Aber dann muss der Zoll schon blind sein – oder mit im Boot, um im Bild zu bleiben. Wahrscheinlich verschleiert der Händler die Herkunft und schafft die Hehlerware ganz offiziell hinaus.«

»Mhm.« Stiller kaute rasch. »Funktioniert das auch mit Containern?«

»Container? Das halte ich für unwahrscheinlich. Dafür sind die Mengen im Einzelfall zu gering. Meistens geht es um zweihundert bis fünfhundert Kilogramm. Eine Tonne auf einmal ist schon selten.«

»Ich rede von größeren Mengen.«

»Von welchen Mengen redest du denn?«

»Zwei bis drei Container.« Stiller unterstellte, dass Pütz mindestens einen der vier Container ordnungsgemäß mit Getreide gefüllt hatte.

»Zwei bis drei?« Achim fuhr zurück. »Bist du übergeschnappt?«

»Sagen wir drei.« Stiller ließ die Hand wählerisch über den letzten Flammkuchenstücken kreisen.

Achim atmete tief ein. »Dieses Gespräch hat niemals stattgefunden, Paul. Dafür hebe ich notfalls alle zehn Finger.«

»Wie viel Kupfer ist das denn?«

»Ein normaler Zwanzig-Fuß-Container fasst so um die fünfunddreißig Kubikmeter. Bei der Dichte von Kupfer macht das bei drei Containern gut sechzig Tonnen.«

Stiller stieß einen leisen Pfiff aus.

»Ja, pfeif du nur.« Achim beugte sich vor und senkte die Stimme. »Eines kann ich dir sagen: Wenn ein Händler so viel Kupfer auf einmal verschiebt, funktioniert das nur komplett illegal, und es ist viel Geld im Spiel. Ich weiß nicht, wen du da im Visier hast, aber sei vorsichtig. Lass das lieber die Polizei machen.«

»Was heißt ›komplett illegal‹?«

»Du brauchst schon mal gefälschte Papiere für die Container.«

»Ausgestellt auf ...?«

»Irgendein billiges Material.«

»Getreide?«

»Zum Beispiel. Auch wenn das respektlos klingt.« Achim trank das Glas aus und hob es in Richtung Theke. »Anschließend schaffst du die Container in einen Seehafen ...«

»Rotterdam?«

Achim nickte. »... und von da nach Hongkong.«

»Angenommen, jemand handelt mit Holz und Getreide. Lohnt sich für ihn überhaupt so ein illegales Nebengeschäft?«

»Ob sich das lohnt?« Achim riss die Augen auf. »Weißt du eigentlich, von welcher Größenordnung du sprichst? Sechzig Tonnen Kupfer bringen dreihunderttausend Euro. Für dieselbe Menge Getreide oder Bauholz kannst du nur die Hälfte rechnen. Allerhöchstens.«

Stiller schob das leere Brett zur Seite, um mehr Platz zum Schreiben zu haben. »Ich hab gehört, im Augenblick fallen die Kupferpreise wieder. Der Hehler muss die Diebe bezahlen, die falschen Papiere und den Zoll – zumindest für die billige Tarnware. Geht die Rechnung dann noch auf?«

»Es bleibt genug übrig, keine Sorge. Der Hehler profitiert

schließlich doppelt.« Achim unterbrach, weil das Bier und seine Schafkopfkumpel eintrudelten. Sie bezogen einen der letzten freien Tische in der Mitte des Schankraums. Er begrüßte sie kurz und versprach, gleich zu ihnen umzuziehen.

»Wo war ich?«, fragte er, als er zu Stiller zurückkehrte.

»Doppelter Profit«, gab ihm Stiller das Stichwort.

»Ach so, ja.« Achim kratzte sich am Kopf. »Das ist ein Zollhafen in Hongkong. Du bezahlst den Einfuhrzoll und verkaufst deine Ware aus dem Hafen heraus. Du verstehst?«

»Ehrlich gesagt: Nein.«

»In China liegt der Einfuhrzoll auf Kupfer bei vierzig Prozent«, erklärte Achim. »Wenn du deine sechzig Tonnen also ordnungsgemäß deklarierst, gehen hundertzwanzigtausend Euro weg. Bei Holz oder Getreide sieht das anders aus, da sind es nur wenige Prozent, und die auf einen viel geringeren Wert. Schlimmstenfalls steckst du dem Zöllner ein paar Dollar zu.«

»Verstehe.«

Achim lehnte sich zurück. »Einen Schönheitsfehler hat die Rechnung allerdings.«

Stiller sah ihn fragend an.

»Hier in der Gegend ist zwar einiges an Kupfer verschwunden, ganze Kabelrollen und Kapellendächer. Aber es sind nie und nimmer sechzig Tonnen. Prost!« Er hob das Glas.

»Prost«, sagte Stiller und trank ebenfalls. »Es muss immerhin so viel sein, dass jemand dafür morden lässt.«

»Ich frag dich mal ganz konkret …« Achim sah sich vorsichtig um und senkte erneut die Stimme. »Du meinst, es laufen solche Geschäfte, Emge hat Wind davon bekommen und ist ausgeschaltet worden, damit er die Hehler nicht auffliegen lässt?«

»Wär doch möglich.«

»Pass auf, Paul! Wer solche Mengen Kupfer verschiebt, ist kein Einzeltäter aus der Provinz. Dahinter steht eine kriminelle Organisation, die auch in andern Gegenden tätig ist. Vielleicht europaweit. Auf jeden Fall eine Organisation, die um keinen Preis auffliegen will.«

»Du gibst mir also recht?«

»Die Theorie ist gut«, bestätigte Achim. »Und das war nur Punkt eins. Punkt zwei: Wenn schon eine kriminelle Organisation dahintersteht, warum soll sie sich dann auf Kupfer beschränken? Es sind in letzter Zeit auch andere Metalle verschwunden.«

Stiller schüttelte den Kopf. »Ich hab nichts mitbekommen.«

»Was mich allerdings wundert«, lächelte Achim. »Allein bei deiner Zeitung hat ein Rollkommando in einer einzigen Nacht fünfzehn Tonnen Alu abgeräumt. Druckplatten. Sind bisher nicht wieder aufgetaucht. Hat sich das bei euch im Verlag nicht herumgesprochen? Dazu kommen noch ein paar Tonnen Messing aus verschiedenen Industriebetrieben. Das stand sogar hin und wieder in eurem Blatt. War halt nicht so spektakulär wie ein verschwundenes Kirchendach aus Kupfer.«

Stiller blätterte in seinem Block. »Kann eigentlich ein Laie so einen Container öffnen?«, fragte er beiläufig.

»Paul, lass gut sein. Das ist in mehrerer Hinsicht strafbar. Erst recht, wenn das Zollsiegel dranhängt.«

»Achim«, Stiller versuchte so etwas wie Fenias Augenaufschlag unter Männern, »die Frage ist rein theoretisch. Ich will mir das einfach nur vorstellen können.«

»Rein theoretisch brauchst du einen passenden Schlüssel.«

»Ach? Schade.«

»So einen Kreuzschlüssel, wie man ihn zum Reifenwechsel nimmt. Aber das hab ich nie gesagt.«

Stiller kniff ein Auge zu. »Zum Glück willst du mich nur verschaukeln, stimmt's?«

»Stimmt.«

Sie lachten, bis Achim seufzte: »Ich muss, die Schafkopfrunde wartet. Du kannst gerne mitkloppen, wenn du willst. Du bist uns willkommen.«

»Lass mal«, wehrte Stiller ab. »Ich hab heute noch zu tun. Jedenfalls danke. Es war wirklich nett, mit dir zu plaudern. Und aufschlussreich.«

»Gerne«, erwiderte Achim. »Vielleicht eines noch, Paul: Wenn du recht hast und Emge ist wegen dieser Sache ermordet worden … Ich weiß nicht, was im Kopf von Journalisten herumspukt, aber denk daran: Ein Toter ist genug.«

Während sich Achim an den Kartentisch setzte, winkte Stiller nach Joe und bezahlte für beide. Im Türrahmen blickte er missmutig ins Dunkel. Der Regen klatschte vor ihm auf die Straße, die

Autos schickten im Vorbeifahren einen Schwall Wasser auf den Gehsteig. Bei diesem Wetter würde es ihm noch schwererfallen, Kleinschnitz von seinem Plan zu überzeugen. Er trat zur Seite, drückte sich unter dem Dachvorsprung an die Hauswand, nestelte das Handy aus der Tasche und wählte.

»Nein!«, schnarrte es aus dem Lautsprecher.

»Was ist das denn für eine Begrüßung?«, lachte Stiller.

»Egal, was du fragst: Die Antwort heißt Nein.«

»Du weißt doch noch gar nicht, was ich will.«

Kleinschnitz zögerte. »Also gut: Spuck's aus.«

»Hast du zufällig einen Kreuzschlüssel?«

6

Bei Nacht glich der Aschaffenburger Hafen der Filmkulisse für einen Science-Fiction-Streifen, der auf einem lebensfeindlichen Planeten spielte. Die Kais, die schon bei Tag kaum davon zeugten, dass zwei- bis dreitausend Menschen in den zahlreichen Verwertungs- und Logistikfirmen rings um die beiden Hafenbecken arbeiteten, lagen bei Nacht völlig einsam und dunkel da. Die alten Ladekräne ragten wie Skelette fremdartiger Lebewesen oder längst ausgestorbener Saurier in den Nachthimmel, der vom Licht der Stadt in einem fahlen, unwirklichen Orange leuchtete.

Stiller und Kleinschnitz hatten vom Waldfriedhof, dem westlichen Rand des Hafengeländes, aus begonnen, nach der »Marijke« zu suchen. Die Scheinwerfer des Buicks glitten über Baumstammstapel, Steinhaufen, Kieshügel und Schrottberge. Wolfsähnliche Hunde stürmten über die Ladehöfe auf den Wagen zu, wenn er an den verlassenen Betrieben vorbeifuhr. Mit gefletschten Zähnen sprangen sie an Zäunen hoch, die Dornenkronen trugen. Stiller fragte sich, ob der Stacheldraht die Firmen vor Eindringlingen oder Passanten vor den scharfen Wachhunden schützen sollte.

Nur am Hafenbahnhof, am Kopfende des großen Beckens, herrschte Betrieb. Rumpelnd hob ein Kran Container auf einen Güterzug. Grelles Flutlicht erhellte die menschenleere Szene. Doch sofort umgab wieder Schwärze den Buick, als er in die Kohlenkaistraße zwischen den beiden Hafenbecken einbog.

Kleinschnitz hatte überraschend schnell in Stillers nächtliche Mission eingewilligt, wohl auch weil er überzeugt war, dass sie ohnedies im Ansatz scheitern würde: »Wir werden keinen Fuß auf dieses Schiff setzen, du wirst schon sehen.« Das war sein einziger Kommentar gewesen, als er Stiller um kurz nach zwei am Legatplatz abgeholt hatte.

Das Gewitter war in den Spessart abgezogen und hatte über Aschaffenburg einen feinen Nieselregen zurückgelassen. Auf dem Weg in den Hafen hatte Stiller knapp zusammengefasst, was er von Achim über illegale Kupfergeschäfte erfahren hatte.

»Warum überlässt du es nicht der Kripo, die Container auf der ›Marijke‹ zu filzen?«, bohrte Kleinschnitz nach.

»Ohne jeden konkreten Verdacht? Strobel wird mich nach Lohr in die Klapsmühle einweisen lassen.«

»Du hast den Namen des Schiffs, du hast Pütz' Vorgeschichte. Emge hat sich mit Pütz über die ›Marijke‹ gestritten, wahrscheinlich wollte er ihn auffliegen lassen. Du hast gehört, dass hinter solchen Geschäften eine kriminelle Vereinigung steht – Pütz hat von der ›Familie‹ gesprochen –, und du hast die beiden Typen auf dem Schiff gesehen. Was willst du eigentlich noch?«

»Einen Beweis«, sagte Stiller hartnäckig.

Die Kohlenkaistraße endete in einem Wendehammer, der von drei Seiten vom Wasser eingeschlossen war: Rechts und links lagen die beiden Hafenbecken, geradeaus die weite Hafeneinfahrt. Kleinschnitz stellte den Wagen ab; sie stiegen aus und sahen sich um. Die Schiffsliegeplätze unmittelbar am Wendehammer waren verwaist.

»Da!« Kleinschnitz wies auf die gegenüberliegende Landzunge rechts der Hafeneinfahrt. Dort, am entferntesten Punkt vom Kopfende der beiden Hafenbecken aus betrachtet, an der entlegensten Stelle des Hafengeländes, lag die »Marijke«.

Stiller kniff die Augen zusammen, um besser zu sehen. Als graue Silhouette hob sich das Schiff vom Wasser ab, das schwach das fahle Leuchten des Himmels zurückwarf. Kein Zweifel: Stiller erkannte die Container auf dem Vorderdeck, die Baumstämme, die sich dahinter bis zum Steuerhaus stapelten. Das Auto auf dem hinteren Deck war verschwunden.

»Vielleicht ist wirklich niemand an Bord …«, murmelte er.

»Wir müssen um das andere Hafenbecken herum«, erwiderte Kleinschnitz und stiefelte zum Wagen zurück.

Plötzlich knallte es. Es war ein trockener Knall, scharf und knapp, ohne Widerhall. Er kam eindeutig von der Hafeneinfahrt.

»Was war das?« Kleinschnitz wandte sich um.

»Ein Schuss«, sagte Stiller. »Auf der ›Marijke‹ hat jemand geschossen. Los, komm!«

»Komm?«, fragte Kleinschnitz. »Du willst noch immer dahin? Lass uns lieber verduften!«

»Wir schauen nur nach, was los ist. Versprochen.«

»Du spinnst wirklich!« Kleinschnitz stieg in den Buick.

»Das hatten wir schon.« Stiller ließ sich auf die Sitzbank sinken und zog sachte die Beifahrertür zu.

Kleinschnitz wendete, ohne das Licht einzuschalten, und fuhr die Kohlenkaistraße zurück. Am Bahnhof lenkte er den Wagen nach links, um das Kopfende des kleineren Hafenbeckens herum und in die Hafenrandstraße hinein. Sie folgte dem Beckenrand, schwenkte dann nach links und führte zur Landzunge an der Hafeneinfahrt, an der die »Marijke« lag. Vor der Kurve steuerte Kleinschnitz den Wagen auf den Parkplatz eines Betonsteinhandels.

»Versprich mir eines: Mach keinen Quatsch, ja?«, sagte er, während er die Fototasche schnappte und ausstieg.

»Schließ nicht ab!« Stiller drückte die Tür möglichst geräuschlos zu, obwohl sie noch gut fünfhundert Meter vom Liegeplatz der »Marijke« entfernt waren. »Man kann nie wissen …«

»Man kann nie wissen? Du machst mir Spaß! Und meine Zweitausrüstung?«

»Hier ist kein Mensch«, beruhigte ihn Stiller.

»Nein, nur irgendjemand, der mit einer Knarre auf einem Schiff rumballert.« Widerwillig ließ Kleinschnitz den Buick zurück.

Zwischen dem Betonsteinhandel und dem Liegeplatz der »Marijke« erstreckte sich ein ebenes, schmales Feld, links vom Becken, rechts von der Hafenrandstraße begrenzt. Das Gelände war erst kürzlich gerodet worden, wohl um Platz für eine Neuansiedlung zu schaffen. Das ließ ein großer Reisighaufen erkennen, der am anderen Ende des Feldes aufgeschichtet worden war. Stiller und Kleinschnitz nutzten ihn als Sichtschutz. Gebückt huschten sie auf die »Marijke« zu, achteten aber darauf, dass der Reisighaufen zwischen ihnen und dem Schiff blieb. Je weiter sie sich von der Straße entfernten, desto schwerer kamen sie voran. Der Regen hatte den Boden aufgeweicht, immer wieder sanken sie bis zu den Knöcheln in den Morast ein.

Endlich hatten sie den Reisighaufen erreicht. Sie richteten sich auf, um darüber hinwegzusehen.

Keine hundertfünfzig Meter von ihnen entfernt lag das Schiff. Es wirkte verlassen, kein Licht schimmerte in den Luken. Am Ufer parkten zwei Autos: Der weiße Peugeot, den Stiller an Bord der »Marijke« gesehen hatte, zeichnete sich hell vor dem dunklen Hintergrund ab. Das zweite war ein dunkler, flacherer Wagen, dessen Beifahrertür offen stand.

»Pütz' Jaguar«, flüsterte Stiller.

Kleinschnitz stieß ihn mit dem Ellbogen an und wies mit dem Kinn auf das Schiff. An der Reling waren schemenhaft zwei bullige Gestalten zu erkennen. Sie schleppten etwas über den Steg ans Ufer.

»Denkst du auch, was ich denke?«, zischte Kleinschnitz fassungslos.

»Wahrscheinlich«, gab Stiller schockiert zurück. »Verrückt genug ist es jedenfalls ...«

Als die beiden Gestalten die Mitte des Stegs erreicht hatten, gab es keinen Zweifel mehr: Was sie zwischen sich trugen, war der Form und Länge nach ein Mensch.

»Kannst du das knipsen?«, erkundigte sich Stiller aufgeregt.

»Kein Problem.« Kleinschnitz' Stimme zitterte. »Wenn du mir rasch ein Nachtsichtobjektiv besorgst ...«

Die beiden Gestalten schleppten ihre Last zum Jaguar, schoben sie auf den Beifahrersitz und schlugen die Tür zu. Dann zogen sie sich zum Peugeot zurück, lehnten sich gegen den Wagen und zündeten sich Zigaretten an. Ihre Gesichter leuchteten kurz auf. Das genügte.

»Das sind die Typen vom Schiff«, wisperte Stiller.

Kleinschnitz nickte. In diesem Augenblick piepte sein Handy.

Die beiden Männer fuhren hoch. Einer warf die Zigarette zu Boden und griff in den Peugeot.

»Was ...?«, fragte Stiller, als er auch schon die Antwort bekam.

Der Mann hatte eine Taschenlampe aus dem Peugeot geholt. Er ließ ihren kräftigen Lichtstrahl das Feld abtasten, während er sich vom Wagen löste und langsam auf Stiller und Kleinschnitz zuschritt. Als das Licht auf den Reisighaufen fiel, zogen sie rasch die Köpfe ein.

»Ob er uns entdeckt hat?«

»Rückzug!«, ordnete Kleinschnitz an und lief gebückt davon.

Stiller folgte ihm ohne Zögern.

»Ich bleib dauernd stecken«, ächzte Kleinschnitz. »Wir sind nicht schnell genug.«

»Er kommt auch nicht schneller vorwärts«, tröstete Stiller. Da erfasste ihn der Lichtstrahl. Er hörte, wie der Mann etwas rief, und blickte über die Schulter zurück. Nun löste sich die zweite Gestalt vom Peugeot und rannte die Hafenrandstraße entlang. »Aber der andere! Gib Gummi!«

Sie richteten sich auf und hasteten in großen Sätzen durch den Morast. Obwohl er besser vorankam, war der zweite Mann noch weiter von ihnen entfernt als der andere, der ihnen über das Feld folgte. Stiller sah seinen Schatten vor sich, offenbar haftete der Lichtstrahl an seinem Rücken. Endlich wurde der Boden fester; sie hatten den Straßenrand erreicht. Sie steigerten das Tempo, flüchteten um die Kurve, rissen die Türen des Buicks auf und warfen sich hinein.

Kleinschnitz hatte schon während des Laufens den Zündschlüssel herausgekramt, schob ihn ins Schloss und drehte ihn. Doch der Motor keuchte nur heiser.

»Mach schon!«, rief Stiller.

»Was? Was soll ich machen?« Wieder drehte Kleinschnitz den Schlüssel. Der Motor röchelte und erstarb. »Verdammte Kiste!«

Stiller wandte sich um. Die zweite Gestalt hatte kehrtgemacht und lief zum Peugeot zurück. Der andere hatte den Buick fast erreicht. »Versuch's mal mit Gas!«

Kleinschnitz drehte den Schlüssel und trat das Gaspedal durch. Der Motor hustete ihm was.

Der Mann tauchte an der Beifahrerseite auf.

»Verriegeln!« Kleinschnitz klang hysterisch.

Hektisch suchte Stiller nach einem Knopf, fand aber nichts. Der Mann hatte es ohnedies nicht auf den Türgriff abgesehen. Er leuchtete mit der Lampe in das Innere des Wagens. Dann erschien seine rechte Hand vor dem Beifahrerfenster. Sie hielt eine Pistole.

Kleinschnitz drehte den Schlüssel noch einmal. Der Motor japste wie ein Hund, der quer durch die Stadt gehetzt war.

»Scheiße«, sagte Stiller und hob die Hände. Sein rechtes Auge blickte direkt in den Revolverlauf.

***

Das Flurlicht sickerte durch den Türspalt, tauchte das Schlafzimmer in einen matten Schein. Strobel wandte den Kopf zur Seite. Sabine schlief. Sanft und gleichmäßig hob und senkte sich ihre Brust unter der dünnen Decke. Sie lächelte friedlich, ihr Haar schimmerte wie Gold auf dem Kopfkissen. Er schwang die Beine aus dem Bett, setzte sich auf, tastete nach seinen Boxershorts und streifte sie über.

Der Fall ließ ihn nicht schlafen. Seine Gedanken kreisten um den toten Ritter. Sie erreichten kein Ende, führten zu keinem Ziel – ein Gefühl, das ihm fremd war. Nie zuvor hatte er sich einer Lösung so nahe und zugleich so fern geglaubt.

Er glitt aus dem Schlafzimmer, trottete in die Küche, öffnete, ohne Licht zu machen, den Kühlschrank. Eine Weile sah er hinein, überlegte, was er gesucht hatte. Dann griff er nach der Wasserflasche, schraubte sie auf, setzte sie an und trank in tiefen Zügen.

Im Wohnzimmer schaltete Strobel das Licht an und sammelte Sabines Kleider ein, die vor dem offenen Kamin verstreut lagen: das kurze Jeansröckchen, Bluse, BH und Slip. Er hob die leeren Weingläser vom Boden auf und stellte sie auf den Couchtisch. Dann ließ er sich in seinen Sessel sinken und warf einen Blick auf die Uhr auf dem Kaminsims. Halb drei.

Er war am Vorabend um sieben nach Hause gekommen, früher als sonst in den vergangenen Tagen. Er hatte sogar schon gegen sechs Schluss machen wollen, aber Bühler war ihm noch einmal dazwischengekommen. Er hatte Neuigkeiten, die nicht bis zum nächsten Tag warten durften. Neuigkeiten, die ihn verwirrten – und Strobel auch. Sie passten nicht zu den Theorien, die er entworfen hatte, obwohl er wusste, dass Theorien vor allem den Zweck erfüllten, überprüft und notfalls ausgeschlossen zu werden.

Erstens war die Soko den Einträgen in Emges Kalender noch einmal genauer nachgegangen und dabei auf einen Termin gestoßen, der sich von den üblichen Treffen mit Geschäftspartnern unterschied: Emge war in der Woche vor seiner Ermordung im Zeitungsverlag gewesen. Er hatte sich im Archiv die Artikel über eine Achtzehnjährige vorlegen lassen, die vor zwanzig Jahren verschwunden war. Außerdem hatte er eine Annonce aufgegeben.

In der Anzeigenabteilung war niemand mehr zu erreichen gewesen. Sie würden morgen Genaues über die Annonce erfahren, hatte das Sekretariat versprochen.

Die Vermisste hieß Angelika Schäfer. Bühler hatte die Unterlagen bei der Aktenhaltung der Kripo bereits angefordert. Die Akte war nicht geschlossen, der Fall nie gelöst worden.

Zweitens war Pütz seinen Beschattern entwischt. Nachdem Strobel ihn auf der Dienststelle vernommen hatte, war er zunächst nach Elsenfeld gefahren, in seine Firma. Gegen Abend war er nach Aschaffenburg zurückgekehrt. In der Innenstadt hatte er seinen Jaguar ins Luitpoldparkhaus gelenkt, und zwar über die nördliche Einfahrt. Wahrscheinlich war er aber gleich auf dem ersten Parkdeck rechts zur B-Ebene abgebogen, die abwärts zur südlichen Ausfahrt führte. Die kurze Zeit, während der silbergraue Polizei-BMW an der Schranke stand, hatte genügt.

Den beiden Zivilfahndern war kein Vorwurf zu machen, sie hatten sich vorschriftsmäßig verhalten: Einer war an der Schranke ausgestiegen, um den Ausgang des Treppenhauses im Auge zu behalten, der andere war dem Jaguar mit dem Dienstwagen gefolgt, sobald sich die Schranke geöffnet hatte. Allerdings merkte der Fahrer erst auf dem Oberdeck, dass Pütz das Parkhaus offenbar schon wieder verlassen hatte.

Diese beiden Nachrichten genügten, um Strobel zu verwirren. Sie passten nicht zusammen.

Emges Schwiegersohn und Pütz standen oben auf seiner Liste der Verdächtigen. Beide gehörten zum sehr kleinen Kreis derjenigen, die in Unfrieden mit dem Mordopfer gelebt hatten. Georg Hecht hatte ein klares Motiv. Ob Pütz eines hatte, sollten weitere Ermittlungen und Befragungen zeigen, auch wenn er den Mord nicht selbst hatte begehen können. Schließlich gab es da noch den Vereinsbruder Möller, der auf den Vorsitz der Ascaphia scharf war. Eine mögliche Wahlniederlage als Mordmotiv? Auszuschließen war so etwas nie.

Wie passte aber Emges Archivsuche ins Bild? Welche mögliche Verbindung gab es zwischen der vermissten Angelika Schäfer und Emges Tod? Gab es überhaupt eine solche Verbindung, oder war es nur Zufall? Und wenn es eine Verbindung gab: Führte sie dann zu Strobels Verdächtigen – oder eröffnete sie eine neue Spur?

Andererseits hatte sich Pütz der Überwachung entzogen. Bewusst. Anders war sein Verhalten im Parkhaus nicht zu erklären. Das hieß: Er hatte damit gerechnet, dass er beschattet werden würde, und er hatte einen Grund, die Beamten abzuschütteln.

Strobel hatte Pütz und den Jaguar sofort zur Fahndung ausschreiben lassen. Außerdem hatte er zwei Teams angewiesen, vor der Firma und dem Privathaus von Pütz aufzuziehen für den Fall, dass er dort auftauchen sollte.

Noch eine dritte Nachricht hatte Bühler mitgebracht. Die Liste der Anrufe, die über Emges Firmentelefon ab- und eingegangen waren, lag vor. Die Soko saß daran, die Nummern einzeln zu überprüfen. Nach der ersten Durchsicht hatten sich Emges Telefonate im Büro auf Geschäftspartner, Makler und seine Frau beschränkt. Lediglich eine Nummer fiel aus dem Rahmen.

Bühler hatte auf die Liste getippt. »Es ist der letzte Anruf, den Emge von seinem Schreibtisch aus geführt hat. Am Abend seiner Ermordung.«

Strobel hatte die Nummer betrachtet. »Ein Mobiltelefon.«

Bühler nickte. »Die Nummer gehört einer Frau mit Wohnsitz in den USA.« Er legte einen Notizzettel auf Strobels Schreibtisch. »Rebecca Lang.«

Die Uhr auf dem Kaminsims zeigte Viertel vor drei. Strobel gähnte, lehnte den Kopf zurück, massierte seine Schläfen, fuhr sich mit den Händen durchs Haar.

Rebecca Lang. Wer war diese Frau?

Die Soko hatte sich laut Bühler noch einmal alle Unterlagen vorgeknöpft, die sie bei Emge abgeholt hatte. Es fand sich kein Hinweis. Weder der Name noch die Telefonnummer tauchten darin auf. War auch das nur ein Zufall? Hatte Emge doch eine Affäre gehabt, die er geheim zu halten versuchte?

Strobel hatte Bühler gebeten, eine Liste aller Telefonate über den Privatanschluss des Ehepaares Emge erstellen zu lassen. Außerdem wollte er gleich am Morgen mit Emges Sekretärin sprechen. Die Frau war seit fast drei Jahrzehnten in der Firma, sie wusste vielleicht mehr, als sie bisher ausgesagt hatte.

Er musste schlafen. Der neue Tag brachte jede Menge Arbeit. Nicht nur das Gespräch mit der Sekretärin, die Suche nach Pütz oder die Nachfrage in der Anzeigenabteilung der Zeitung, es warteten auch die Akten über die vermisste Angelika Schäfer. Außerdem musste er die US-Behörden einschalten. Er brauchte Informationen über Rebecca Lang.

Strobel gähnte erneut und erhob sich, als sein Handy zu läuten begann. Er hatte es auf dem Nachttisch liegen lassen, eingeschaltet wie immer. Rasch eilte er ins Schlafzimmer. Sabine war aufgewacht, hob schlaftrunken den Kopf.

»Entschuldige«, murmelte Strobel. Dann nahm er den Anruf an.

Es war die Dienststelle. Mehrere Zeugen hatten über Notruf eine Verfolgungsjagd durch die Stadt gemeldet. Es war geschossen worden, deshalb der Anruf bei ihm. Außerdem hatte es bereits einen Verkehrsunfall zwischen Unbeteiligten gegeben. Vom Verfolgerfahrzeug sei nur bekannt, dass es sich um ein weißes Auto handele. Der verfolgte Wagen sei ungewöhnlich flach und breit, ein amerikanisches Modell. Rot.

Strobel fluchte, während er das Handy ablegte und sich nach seiner Hose umsah. Er kannte das Auto. Es war stadtbekannt. Er wusste auch, wer es fuhr.

»Die Zeitungsapostel«, stöhnte er. »Ich muss los.«

***

Der Buick machte einen Satz und schoss davon.

Es knallte. Stiller wusste nicht, ob es der Schuss war, der ihm gelten sollte, oder der Auspuff. Schweiß lief ihm über die Stirn, er zitterte am ganzen Körper.

»Gu-ut«, atmete er schlotternd auf. »Gut gemacht.«

Kleinschnitz beugte sich vor, presste sich fast ans Lenkrad. »Bin so weit zufrieden«, sagte er ernst. »Bis auf den Peugeot hinter uns.«

Stiller blickte zurück. Der Peugeot hielt am Straßenrand, die Beifahrertür öffnete sich, der Mann mit der Pistole hechtete hinein, der Wagen nahm wieder Fahrt auf.

Sie erreichten das Kopfende des Hafenbeckens. »Nach rechts!«, rief Stiller. »Zum Bahnhof. Vor Zeugen werden sie uns wohl kaum abknallen.«

Kleinschnitz riss das Steuer nach rechts. Doch der Hafenbahnhof lag in völliger Dunkelheit, der Güterzug war verschwunden, das Gelände verlassen, der Kran stand still und starr.

Der Buick raste geradewegs auf den Waldfriedhof zu, der im Westen an das Hafengelände anschloss. »Am besten fahr ich direkt ins Leichenhaus«, knurrte Kleinschnitz. »Festhalten jetzt.«

Unmittelbar vor dem Haupteingang des Friedhofs warf er das Steuer links herum, hielt auf die Hafenausfahrt in die Darmstädter Straße zu.

»Rot!«, rief Stiller. »Die Ampel ist rot!«

»Ich bin nicht blind«, erwiderte Kleinschnitz. »Nachts ist die Darmstädter frei.« Wieder leierte er nach links.

Die Räder schrien auf. Der Wagen schoss in die Darmstädter Straße, die schnurgerade aufs Aschaffenburger Schloss zuführte.

Stiller wandte sich um. Der Peugeot jagte noch immer hinter ihnen her, näherte sich rasch. »Kannst du nicht ein bisschen mehr aus deiner Mühle rausholen?«

»Ich geb Vollgas. Er zieht nicht. Weiß auch nicht, was los ist.« Wie zur Bestätigung begann der Buick zu ruckeln. Der Auspuff spie knallend Gas aus. Als hätte er sich von einer Blähung befreit, fing sich der Wagen wieder.

»Du weißt nicht, was los ist? Ich hab's dir doch gesagt: Da war ein Geräusch.«

»Mit dir könnt ich keine zwei Stunden verheiratet sein!« Kleinschnitz schüttelte den Kopf.

»Beruht auf Gegenseitigkeit. Ich binde mich nur an Frauen, die Auto fahren können.« Stiller sah rechts in den Auweg hinein, der nach Nilkheim führte. »Da hättest du abbiegen müssen. Da geht's zur Polizei.«

»Zu spät.«

Stiller blickte über die Schulter. Der Peugeot holte auf, während der Buick auf die Kreuzung der Darmstädter Straße mit der Ringstraße zuraste. »Ist wahrscheinlich sinnlos, es dir zu sagen, aber die Ampel ist rot.«

»Du hättest Fahrlehrer werden sollen.« Unbeirrt steuerte Kleinschnitz auf die Ringstraße zu. Unmittelbar vor der Kreuzung presste er die Hand auf die Hupe. In voller Fahrt sauste der Buick über die vier Fahrspuren. Bremsen kreischten. Scheppernd krachten links von ihnen zwei Autos ineinander. Auf der gegenüberliegenden Seite der Ringstraße flappte ein rotes Licht auf.

»Ein Starenkasten«, zischte Stiller. »Das gibt Punkte!«

»Hoffentlich knipst er die anderen auch. Wenn wir hopsgehen, weiß Strobel wenigstens, wen er suchen muss.«

»Vergiss es.« Durch die Windschutzscheibe sah Stiller, wie der Peugeot abrupt bremste und langsam an der Radarfalle vorbeizog. Immerhin gewann der Buick wieder Abstand. »Wohin fährst du eigentlich?«

Kleinschnitz schnaufte. »Ich konzentrier mich aufs Lenken. Denk du nach.«

Vor der Mainbrücke nahm der Buick die dritte rote Ampel mit. Hinter ihnen schloss der Peugeot auf.

»Fahr den Löhergraben hoch, oben um den Verkehrskreisel herum, wieder zurück und zur Polizei.«

»Hört sich gut an.«

Kleinschnitz preschte bereits den Löhergraben hinauf. »Festhalten!«, rief er erneut und ließ den Wagen mit achtzig Sachen um den Kreisel schleudern. Das Heck brach aus, der Hinterreifen schrammte am Bordstein entlang.

Die Fliehkraft presste Stiller an die Beifahrertür. »Gib Gas!«, rief er, als der Wagen durch den Löhergraben zurückraste. »Sie holen auf!«

Es knallte. Im selben Augenblick platzte die Heckscheibe. Die Splitter spritzten auf die Rückbank. Diesmal gab es keinen Zweifel: Es war ein Schuss.

»Sie haben in meinen Buick geschossen, die Schweine!« Kleinschnitz zitterte.

»Das schaffen wir nie bis zur Polizei«, resignierte Stiller. Er zitterte ebenfalls. »Fahr rechts ab.«

Im letzten Augenblick unmittelbar vor der Mainbrücke lenkte Kleinschnitz den Wagen nach rechts. Der Buick röhrte die schmale Dalbergstraße zwischen den Fachwerkhäusern zum Theaterplatz hinauf. Kleinschnitz bog links ab.

»Was machst du?« Stiller schrie fast. »Die Schlossgasse ist gesperrt.«

Es war zu spät. Der Buick donnerte in das Metallgitter, wirbelte es über sich hinweg. Scheppernd landete es hinter dem Wagen auf der Straße. Wieder musste der Peugeot bremsen. Der Beifahrer sprang heraus, stieß hastig das Gitter zur Seite und hechtete wieder hinein. Dann verlor Stiller die Verfolger aus den Augen: Kleinschnitz zog den Buick nach rechts über den Schlossplatz. Erst in der Luitpoldstraße sah Stiller, dass der Peugeot noch an ihnen klebte.

»Wir sind nicht angeschnallt«, bemerkte Kleinschnitz.

»Du hast vielleicht Sorgen.«

»Ich will überleben.« Kleinschnitz fluchte: Die Ampel an der Friedrichstraße war ebenfalls rot.

»Nicht über die Kreuzung. Bieg rechts ab!«

Kleinschnitz folgte. »Anschnallen«, befahl er dann.

»Meinetwegen. Dieser Wagen hat eine Straßenlage wie ein Dreirad.« Stiller ließ den Gurt einrasten.

»Nicht dich. Mich!«

»Schon gut.« Stiller schnallte sich wieder ab und versuchte, den Gurt auf der Fahrerseite zu erreichen. Doch er wurde erneut gegen die Beifahrertür gepresst, als der Buick nach links den Herstallturm umrundete. »Lass die Faxen«, motzte er.

»Mensch, mach!« Gleich darauf warf Kleinschnitz das Steuer rechts herum, ließ den Wagen in die Platanenallee schießen.

Stiller flog nach links, landete zwischen Kleinschnitz und dem Steuer. Hektisch grabschte er nach dem Fahrergurt.

»Eil dich.« Kleinschnitz' Augen quollen aus den Höhlen. »Du verdeckst mir die Sicht. Und lenken kann ich auch nicht, wenn du auf mir liegst, Schätzchen.«

Der Buick rumpelte über die Verkehrsinsel an der City-Galerie.

Stiller fühlte, wie er nach oben geworfen wurde. Sein Kopf schlug gegen das Dach des Wagens. »Pass doch auf«, stöhnte er. »Ich hab's gleich. Halt den Wagen gerade.« Er zerrte den Gurt über Kleinschnitz' Bauch und ließ ihn einrasten.

Als er sich zurückziehen wollte, hatte der Buick das Ende der Platanenallee erreicht, raste krachend über den Kreisel. Wieder schrammte Stillers Kopf gegen das Dach.

»Mann!«, brüllte er.

»Meine Reifen!«, jammerte Kleinschnitz.

Der Buick schleuderte, als wollte er einen Haken schlagen. Hinter ihnen knallten zwei Schüsse, die den schlingernden Wagen aber verfehlten.

»Links ab«, kommandierte Stiller. »Aus der Schusslinie.«

Kleinschnitz reagierte sofort. Der Wagen bog vor der Großmutterwiese links ab, ratterte über das Kopfsteinpflaster der Deschstraße.

»Hör mal«, rief Stiller. »Martinshörner.« Er schlug Kleinschnitz auf die Schulter. »Die Bullen kommen. Unsere Freunde und Helfer.«

Der Peugeot hatte es umso eiliger. Er hing jetzt fast an ihrer Stoßstange. Stiller wandte sich um, sah im Licht der Straßenlaternen, wie sich der Beifahrer aus dem Fenster lehnte und auf den Hinterreifen des Buicks zielte.

»Fahr auf die Gegenfahrbahn!« Stiller presste sich gegen die Lehne, tastete nach seinem Gurt.

Kleinschnitz lenkte den Wagen nach links. Der Peugeot folgte ihnen wie von einem Magneten gezogen.

»Wieder zurück!« Stiller spürte, wie der Wagen nach rechts schwenkte, hörte seinen Gurt klicken – und einen Schuss knallen.

Ein Reifen platzte. Der Buick schleuderte. Kleinschnitz schrie: »Ich kann ihn nicht halten!«

Mit einem Mal dehnten sich die Sekunden. Wie in Zeitlupe sah Stiller die Hecke auf sich zukommen, die sich am rechten Straßenrand entlangzog. Er wusste, dahinter lag der Spielplatz der Großmutterwiese. Nachts sind da keine Kinder, tröstete er sich und wunderte sich zugleich über den Gedanken.

Der Buick brach durch die Hecke. Zweige schrappten über den Lack. Überrascht sah Stiller, dass nicht der Spielplatz hinter der Hecke auf sie zukam, sondern ein Teich. Der Hannewackeldudel-See. Die letzten Meter fuhr der Wagen nicht mehr. Er flog. Dann tauchte die Front in den See ein. Die Wucht des Aufpralls schleuderte Stiller nach vorn, stechend schnitt sich der Gurt in seine Brust.

Der Motor erstarb gurgelnd. Langsam sank der Buick nach unten. Gluckernd sprudelte Wasser an der Fußleiste des Türrahmens ins Innere. Instinktiv hob Stiller die Füße, stemmte sie gegen das Armaturenbrett.

Jetzt erst sah er besorgt nach Kleinschnitz. Der Aufprall des Wagens hatte ihn gegen das Steuer geworfen, der Gurt hatte Schlimmeres verhindert. Kleinschnitz zog die Füße an, legte sie seitlich auf die Sitzbank.

»Geht's?«, fragte Stiller.

»Versenkt.« Kleinschnitz blickte ihn an wie der Wolf Rotkäppchens Großmutter. »Mein Wagen, versenkt!«

Stiller sah an ihm vorbei zur Straße. Der Peugeot war stehen geblieben, der Beifahrer ausgestiegen. Sein Kopf ragte über die Hecke, mit der Lampe leuchtete er den sinkenden Buick an.

Die Martinshörner wurden lauter. Unschlüssig sah der Mann zu ihnen herüber. Dann machte er kehrt. Der Peugeot fuhr ab.

»Aussteigen!« Kleinschnitz hatte sich gefangen.

»Wie stellst du dir das vor? Wir parken im Hannewackeldudelsee.«

Kleinschnitz kurbelte das Fenster herunter, packte die Fototasche und schob sie auf das Autodach. Dann lehnte er sich zur Seite, steckte den Kopf aus dem Fenster und begann, sich aufs Dach zu ziehen. Stiller folgte seinem Beispiel. Das Wasser hatte fast die Höhe der Sitzbank erreicht.

Endlich saßen sie beide auf dem Dach. Stillers Knie zitterten, sein Kopf dröhnte, seine Rippen schmerzten. Der Buick sank langsam weiter, bis der Wasserspiegel unmittelbar unter den Fenstern stand.

Kleinschnitz schwieg.

»Das war's«, sagte Stiller. »Ich ruf Strobel an.« Er zog das Handy aus der Tasche, suchte die Nummer des Kommissars im Speicher und tippte auf »Anrufen«.

Der erste Streifenwagen hielt am Straßenrand. Hinter ihm kam mit kreischenden Bremsen ein dunkelblauer BMW zum Stehen. Der Beifahrer stieg aus. Sein Kopf und seine breiten Schultern ragten über die Hecke.

»Wie gerufen.« Stiller klappte das Handy zu.

»Schon wieder.« Kleinschnitz schüttelte ungläubig den Kopf. »Du musst mir mal sagen, wie du das immer machst.«

Strobel bahnte sich einen Weg durch die Hecke, Mike Staab folgte ihm. Er schritt ans Ufer, betrachtete Stiller und Kleinschnitz auf dem Autodach und schüttelte den Kopf.

»Jemand soll sie da rausholen«, rief er nach hinten. »Ich will sie in einer halben Stunde in meinem Büro sehen!«

»Ich geh hier nicht weg ohne meinen Wagen.« Kleinschnitz verschränkte die Arme wie ein trotziges Kind.

»Meinetwegen können Sie da oben sitzen bleiben«, rief Strobel zurück. »Viel Schlaf werden die Herren heute Nacht sowieso nicht mehr bekommen.«

7

Rex Bausback gab den Verzweifelten. Er rang die Hände, wies dann mit gespreizten Fingern auf Stiller und Kleinschnitz. »Ist Ihnen eigentlich klar, welche Verantwortung Sie für unser Haus tragen? Als Journalisten prägen Sie das Bild des Blatts in der Öffentlichkeit. Ihr Verhalten ist rufrelevant.«

Stiller folgte dem Vortrag nur oberflächlich. Zwar hatte er seinen Gedanken in dieser Morgenkonferenz keinen Freigang erlaubt, doch er war völlig übermüdet. Strobel hatte recht behalten: In der vergangenen Nacht hatten er und Kleinschnitz keinen Schlaf gefunden. Fünf Stunden lang saßen sie in der Dienststelle fest. Stiller sehnte sich nach einer Dusche und seinem Bett.

»Ich frage mich, wie Sie den Imageschaden je wiedergutmachen wollen!« Der Chefredakteur ballte die Hände zu Fäusten und ließ sie krachend auf den Tisch fallen. Stiller und Kleinschnitz schreckten hoch, die anderen zogen die Köpfe ein. »Strobel hat mir am Telefon alles erzählt. Was Sie sich letzte Nacht haben zuschulden kommen lassen, reicht aus, um Sie für Monate aus dem Verkehr zu ziehen. Buchstäblich.«

»Wir hätten den Heldentod wählen sollen, um den Ruf des Hauses zu retten«, murmelte Stiller.

»Sicher können Sie einen ›rechtfertigenden Notstand‹ geltend machen, das hat mir Strobel auch gesagt. Das ändert aber nichts daran, dass Ihre Verstöße angezeigt werden müssen.« Bausback zog ein Blatt aus dem Papierstapel, den er vor sich liegen hatte. »Ich darf zitieren: wiederholte Missachtung des Rotlichts von Lichtzeichenanlagen, Überschreitung der zulässigen Höchstgeschwindigkeit außerhalb und innerhalb geschlossener Ortschaften, Nichtbeachten der Vorfahrt mit Unfallfolge, Verstoß gegen das Rechtsfahrgebot, Behinderung eines Bevorrechtigten am Überqueren der Fahrbahn, obwohl dieser den Fußgängerüberweg erkennbar benutzen wollte.«

Stiller erinnerte sich dunkel an den Nachtschwärmer, der auf den Zebrastreifen in der Platanenallee getorkelt war, als der Buick herandonnerte. Im letzten Moment war er zurückgesprungen.

»Alles in allem fünf Monate Fahrverbot, einundzwanzig Punkte sowie neunhundertvierzig Euro. Was sagen Sie dazu?«

»Sie haben Tatbestand Nummer 14-31-00 vergessen«, erwiderte Stiller müde. »Befahren einer durch Absperrgerät gesperrten Straßenfläche. Fünf Euro. Macht neunhundertfünfundvierzig.«

»Das ist nicht punkterelevant.«

Stiller vermied es, das Wort zu notieren. Die Nase in Bausbacks gerötetem Gesicht erbleichte. Ein Alarmsignal.

»Das Spotten wird Ihnen beiden noch vergehen.« Bausback wedelte mit dem Blatt. »Sie haben nämlich auch drei Straftatbestände auf sich geladen: unerlaubtes Entfernen vom Unfallort, Sachbeschädigung an öffentlichem Eigentum und umweltgefährdende Abfallbeseitigung. Wenn ich einmal davon ausgehe, dass der Amischlitten nur noch Schrottwert hat.«

»Danke, dass Sie mich daran erinnern«, klagte Kleinschnitz.

»Eines will ich Ihnen zugutehalten. Wie mir Strobel sagt, haben Sie erheblich zur Klärung der Morde an Emge und Pütz beigetragen.«

Stiller hatte erwartet, dass Bausback es bereits wusste: Pütz war in der Nacht auf der »Marijke« erschossen worden. Die beiden Typen vom Schiff hatten sich nach der Verfolgung nicht mehr die Zeit genommen, die Leiche mitsamt dem Wagen verschwinden zu lassen, was sie offensichtlich gerade vorgehabt hatten, als Stiller und Kleinschnitz dazwischengekommen waren. Nach der Landung des Buicks im Hannewackeldudelsee waren sie ihrerseits untergetaucht.

»Meine Dame«, Bausback nickte der Kulturchefin zu, »meine Herren: Ich möchte Ihnen die Schlüsse schildern, die Hauptkommissar Strobel aus den Ereignissen gezogen hat.«

Stiller stützte die Ellbogen auf den Tisch und legte die Stirn in seine Hände. Er kannte Strobels Theorie. Er hatte sie in der Nacht fast so oft gehört wie die Aufzählung der Verkehrsverstöße.

»Demnach haben wir es hier mit einem international aufgestellten Ring von Rohstoffschiebern zu tun. Pütz war Teil dieser kriminellen Vereinigung. Richard Emge hat das herausgefunden. Nach Zeugenaussagen wusste er von dem Schiff, das gestern sechzig Tonnen Edelmetalle in Pütz' Holzhandel aufgenommen hat und illegal ins Ausland bringen sollte.«

Hinter den aufgestützten Armen schmunzelte Stiller. Er hatte richtig vermutet. Nur einer der vier Container war mit Getreide beladen gewesen. Zwei enthielten Kupfer, einer Messing – und die Aluplatten, die im Druckhaus verschwunden waren. Die Staatsanwaltschaft hatte alles sichergestellt. Die Kripo fand die »Marijke« an ihrem Platz an der Hafeneinfahrt, vom Schiffsführer fehlte jede Spur.

»Emge drohte, die Sache publik zu machen. Pütz hat ihn, so Strobels Vermutung, daraufhin von einem Killer des Schieberrings beseitigen lassen. Er selbst saß zum Zeitpunkt des Mordes mit den anderen Ascaphen im Saal und hatte wohl gehofft, dass er mit diesem Alibi nicht ins Fadenkreuz der Kripo geraten würde. Aber es kam anders – und damit war Pütz für die Organisation zu heiß geworden.«

Bausback beugte sich über den Tisch und senkte die Stimme, um die Dramatik zu erhöhen: »Laut Strobel ist Pütz regelrecht hingerichtet worden. Aufgesetzter Kopfschuss.«

Er lehnte sich wieder zurück. »Die Kripo hat die mutmaßlichen Mörder zur Fahndung ausgeschrieben. Die beiden Helden hier …«, er sah zu Stiller und Kleinschnitz, »… haben erfreulicherweise ganz passable Personenbeschreibungen geliefert.«

Ganz passabel, dachte Stiller, schönen Dank! Es hatte zwei Stunden gekostet, bis die Phantombilder standen.

»Aus taktischen Gründen können wir nicht alle Fakten veröffentlichen. Die Staatsanwaltschaft schickt am frühen Nachmittag eine Pressemitteilung raus.« Bausback sah sich in der Runde um. »Unser Gerichtsreporter Krauß wird sich darum kümmern.«

Stiller hob den Kopf und ließ die Arme sinken. »Hab ich das richtig verstanden?«

»Ich bin ja schon froh, wenn Sie richtig zugehört haben.« Spott spielte um Bausbacks Mundwinkel. »Sie sind raus, Stiller. Sie sind mir zu sehr involviert, das ist ausschlussrelevant. Ich gebe Ihnen und Kleinschnitz für heute frei. Gehen Sie nach Hause, schlafen Sie sich aus oder suchen Sie sich schon mal einen guten Anwalt.«

»Da hast du uns ja was Feines eingebrockt«, beschwerte sich Kleinschnitz, während sie Stillers Büro ansteuerten.

»Wieso ich? Es war dein Handy, das uns die Typen auf den Hals gehetzt hat. Wer war das eigentlich?«

»Laip. Eine SMS. Der Dussel wollte mir mitteilen, dass die Kripo das Vereinsheim der Ascaphia freigegeben hat. Wir können den Tatort und die Gewölbe im Güterberg besichtigen.«

»Der Dussel bist du«, gab Stiller zurück. »Wenn du den Leuten unbedingt erzählen musst, dass Sie dich Tag und Nacht auf dem Handy erreichen können, dann stell es wenigstens leise, bevor du auf Gangsterjagd gehst.«

»Ich war von Anfang an gegen diesen Schwachsinn«, motzte Kleinschnitz. »Und jetzt muss ich alles alleine ausbaden. Meinen Wagen bin ich los und den Führerschein auch, wenn ich Pech habe.«

»Keine Sorge, den Führerschein behältst du«, beruhigte ihn Stiller. »Rechtfertigender Notstand. Und deinen Wagen kriegen sie auch wieder hin. Er musste sowieso in die Werkstatt. Da war eindeutig ein Geräusch.«

Kleinschnitz schnaufte.

Stiller stieß die Bürotür auf. »Ruf Laip an. Es wäre schön, wenn er uns heute Abend in die Burg führen könnte.«

»Wen interessiert denn jetzt noch der Tatort? Der Fall ist gelöst.«

Stiller sah Kleinschnitz groß an. »Glaubst du das? Ich nicht. Und ich wette, Strobel auch nicht. Was Pütz angeht, meinetwegen. Aber der Mord an Emge …« Er ließ sich auf seinen Sessel fallen. »Was ist mit Emges Schwiegersohn, nur so zum Beispiel? Georg Hecht hat ein Motiv, kein Alibi und profitiert vom Tod des Alten. So einen schließt Strobel nicht aus, bloß weil er noch zwei mögliche andere Mörder jagt.«

Kleinschnitz zuckte die Schultern und lehnte sich an die Tür.

»Außerdem: Als ich Strobel von Emges Besuch im Archiv erzählt habe, hat er Bühler einen Blick zugeworfen, mit dem alles gesagt war. Die Kripo weiß längst, dass Emge nach der verschwundenen Angelika Schäfer geforscht hat. Wie passt das denn zur Mafiatheorie?«

»Hast du nicht gehört? Du bist raus aus der Sache.«

»Trotzdem kann ich mir das Vereinsheim der Ascaphen anschauen. Und die Gewölbe interessieren mich schon als Lokalpatriot. Ich bin von Natur aus neugierig. Du übrigens auch, denke ich.«

Kleinschnitz nickte. »Also gut, ich ruf ihn an. Sagen wir, heute Abend um sechs.«

***

Stiller platzte mitten in Ruths Donnerstag-Töpferkurs. Verlegen stand er in der Tür, während ihn die Damen neugierig beäugten.

»Hat Rebecca angerufen?«, fragte er.

»Eine nette Begrüßung«, erwiderte Ruth. »Für jemand, der die ganze Nacht aushäusig gewesen ist …«

»Entschuldige!« Stiller nahm sie in den Arm. »Es war ein bisschen viel.« Er hatte es vor der Morgenkonferenz zwar nicht mehr nach Hause geschafft, hatte Ruth aber immerhin angerufen und ihr von seinem nächtlichen Abenteuer berichtet. Sie war schockiert gewesen.

»Ich muss später noch ein ernstes Wort mit dir reden«, sagte sie jetzt. »Ich gebe dir aber gerne vorab die allgemeine Meinung hier im Raume wieder: Für Verfolgungsjagden und Schießereien bist du eindeutig nicht der Richtige!«

Die Damen nickten zustimmend.

»Beim nächsten Mal stehen deine Koffer gepackt vor der Tür, wenn du überhaupt noch lebend hier ankommst.«

»Ruth, ich bin da aus Versehen reingeraten …«, setzte er an.

»Sag bloß, du bist aus Versehen im Hafen unterwegs gewesen«, unterbrach sie ihn.

»Gut, ich erklär's dir später.« Er seufzte. »Ich gehe duschen und hau mich aufs Ohr.«

Um drei weckte ihn Charlotte.

»Papa!«

Stiller hob den Kopf. »Was?«, brummte er.

»Das heißt ›wie bitte?‹«, belehrte sie ihn. »Mir verbietest du es, dass ich mir Ohrlöcher stechen lasse, und du lässt dich beinahe von Kugeln durchsieben.«

»Wer erzählt denn so was?« Er rieb sich die Augen.

»Mama. Und die halbe Klasse. Du kommst in den Nachrichten vor. Du bist richtig berühmt.«

»Schade.« Stiller gähnte. »Bisher hatte ich meine Zukunft noch vor mir.«

»Du kannst jetzt wählen. Entweder darf ich mir Ohrlöcher stechen lassen oder ein Tattoo.«

»Lass mich schlafen.«

»Du sollst wählen!«

»Ich wähle einen Kaffee. Du kannst ihn schon mal aufsetzen. Ich komme gleich, dann reden wir drüber.«

»Gut.« Charlotte hörte sich zufrieden an. »Aber beeil dich. Mama ist in Seligenstadt, den Ostermarkt vorbereiten.«

»Vergiss es«, erklärte Stiller. »Ich treffe keine Entscheidung ohne deine Mutter.«

»Feigling!«, fauchte Charlotte. »Und im Radio tun sie so, als wärst du ein Held.«

Eine halbe Stunde später saß Stiller am Küchentisch, vor sich eine dampfende Tasse Kaffee, das Telefon und die Liste der Alzenauer Pensionen. Er rief eine nach der anderen an und fragte nach Rebecca. Es war ihm etwas peinlich, weil er nicht wusste, ob sie noch ihren Mädchennamen trug. Aber er war es gewohnt, peinliche Fragen zu stellen. Außerdem hatte er bereits in der vierten Pension Erfolg.

»Sie meinen Frau Lang?«, fragte ihn die Wirtin.

Rebecca Lang. Ihr Mädchenname. »Genau. Kann ich sie sprechen?«

»Leider nein. Frau Lang hat das Haus vor wenigen Minuten mit ihrem Sohn verlassen.«

Stiller zuckte zusammen. Fast hätte er »Was?« gerufen. Er versuchte, sich nichts anmerken zu lassen. »Frau Lang hat ihren Sohn dabei?«

»Nicht direkt. Er hat sie abgeholt, er wohnt nicht hier.« Die Frau zögerte. »Mit wem spreche ich?«

»Mein Name ist Stiller«, sagte er. »Ich bin ein Jugendfreund von Frau Lang.«

»Das kann nicht sein.« Der Ton der Frau kühlte so stark ab, dass seine Finger fröstelten. »Frau Lang ist Amerikanerin. Sie können es ja später noch einmal versuchen. Auf Wiederhören.«

»Sekunde«, rief Stiller. »Sagen Sie ihr bitte, dass ich angerufen habe.«

Zu spät. Sie hatte bereits aufgelegt.

Verwirrt ließ er das Telefon sinken. Rebecca trug ihren Mädchennamen, besaß einen amerikanischen Pass und hatte einen Sohn.

Der Pass leuchtete ihm noch am ehesten ein. Sie hatte zu Beginn der Oberstufe an einem Austauschprojekt teilgenommen, sechs Monate eine Schule in Kalifornien besucht und hinterher für die USA geschwärmt. Stiller hatte sie kennengelernt, nachdem sie gerade zurückgekehrt war – einer seiner ersten Zeitungsbeiträge sollte eine Reportage über den Austausch sein. Nach ihrem Verschwinden hatte er oft daran gedacht, dass sie nach Amerika gegangen sein könnte.

Er erinnerte sich daran, was der Bierdimpfel in Hiltrud Geigers Tante-Emma-Laden über Angelika Schäfer gesagt hatte: »Mim Ami uff un devoo.« Wobei Stiller weder damals noch heute glaubte, dass Rebecca mit einem anderen durchgebrannt war. Das hätte sie ihm sicher gesagt. Sagen können. Zudem trug sie noch immer ihren Mädchennamen.

Andererseits war da ein Sohn. Gut, sie konnte mit jemandem zusammenleben, warum nicht? Vielleicht hatte sie sogar geheiratet und ihren Namen behalten. Er nahm sich vor, sie beim nächsten Anruf zu fragen.

Er strich die Pension auf der Liste an und sah auf die Armbanduhr. Er wollte um sechs an der Ascaphen-Burg sein. Jetzt war es fast vier. Zu spät, um nach Alzenau zu fahren.

***

Strobel beschloss, Feierabend zu machen. Der Mord an Pütz und die Befragung der beiden Journalisten hatten ihn um die Nacht gebracht. Auch am Vormittag war ihm keine Zeit geblieben, ein wenig Schlaf nachzuholen. Er hatte mit Pütz' Witwe reden müssen – wieder einer dieser Besuche, die ihm so unangenehm waren.

Sie hatte von den illegalen Geschäften und den dubiosen Partnern ihres Mannes angeblich nichts geahnt. Strobel glaubte ihr. Weder war Pütz der Typ, seiner Frau von seinen Machenschaften zu erzählen, noch passte es zu ihr, sich für die Geschäfte ihres Mannes zu interessieren. Es fehlte ihr an nichts. Vor der Tür stand ein BMW-Cabrio. Die Wohnung war erstklassig eingerichtet und vollgestopft mit Luxusaccessoires. Für sie war vermutlich entscheidend, dass die Kreditkarte ihres Mannes gedeckt war.

Kurz nach Mittag war Strobel aus Obernburg zurückgekommen und hatte sich kurz mit Bühler besprochen. Die Fahndung nach Pütz' mutmaßlichen Mördern lief bundesweit, auch der Grenzschutz und die niederländischen Behörden waren informiert. Bislang gab es keine Spur von den beiden Männern. Auch die Suche nach dem Peugeot war ergebnislos geblieben. Strobel nahm an, dass die Flüchtigen den Wagen noch im Raum Aschaffenburg gewechselt hatten. Wenn er recht behielt, war es nur eine Frage der Zeit, bis jemand ein Auto als gestohlen melden würde.

Strobel ermahnte sich, die Morde an Emge und Pütz vorerst noch getrennt zu betrachten. Es sprach zwar vieles für die Theorie, dass der Schieberring beide auf dem Gewissen hatte, aber es gab kein einziges Indiz, das diese Theorie stützte. Und solange Pütz' Mörder nicht gefasst waren, durfte er die Tatverdächtigen im Fall Emge nicht von der Liste streichen. Vor allem nicht Emges Schwiegersohn.

Zudem hatte Bühler eine Nachricht mitgebracht, die wiederum nicht ins Bild passen wollte – in keines der Bilder, die er sich im Fall Emge bislang gemacht hatte. Die Nachricht betraf das Inserat, das Emge in der Woche vor seiner Ermordung in der Zeitung aufgegeben hatte. Nach Auskunft der Anzeigenabteilung war es eine Chiffre-Annonce gewesen, die aus drei Zeilen bestand:

Laipgeschädigt?
Absolute Diskretion!
Chiffre ZX 10524227

Ging es um den Landtagsabgeordneten? »Laipgeschädigt« – war Emge unzufrieden mit der Politik des Vereinsbruders? Hatte er irgendwelche Nachteile durch eine politische Aktion Laips gehabt und Unterstützung bei anderen Kritikern gesucht? Genauso gut konnte es eine zufällige Übereinstimmung sein. Der Name Laip war nicht gerade selten.

Bei seiner Befragung hatte Laip zu Protokoll gegeben, er sei stets gut mit Emge ausgekommen. Mehrere Vereinsmitglieder hatten das bestätigt. Außerdem hatte er für die Tatzeit ein Alibi, er war bei der VIP-Vorpremiere des Modernen Theaters gewesen. Da

Laip einen Schlüssel zum Vereinsheim der Ascaphia besaß, hatte die Soko das Alibi überprüft und vom Regisseur der Theatergruppe bestätigt bekommen: Er habe den Landtagsabgeordneten persönlich begrüßt und verabschiedet. Auch bei der Diskussion in der Pause sei Laip anwesend gewesen, er habe ein oder zwei Fragen gestellt. Die Aufführung endete erst nach elf, zu einem Zeitpunkt also, als der Mord bereits passiert war.

Trotzdem: Strobel musste mit Laip über das Inserat reden. Aber das konnte bis morgen warten.

Wenn es Antworten auf das Inserat gegeben hatte, musste Emge sie vor seiner Ermordung bei der Zeitung abgeholt haben. In der Anzeigenabteilung lag nichts vor. In Emges Büro oder Wohnung hatte die Soko ebenfalls keine Antwortpost auf die Anzeige gefunden – das wäre aufgefallen.

Strobel griff zum Telefon und rief Bühler an. »Du könnest mir einen Gefallen tun«, sagte er. »Wir haben doch den Abfallsack aus Emges Aktenschredder sichergestellt. Lass das bitte zusammensetzen … Ich weiß, wie viel das ist und wie lange das dauert. Aber ich möchte wissen, ob und wer auf dieses Inserat geantwortet hat.«

Er bedankte sich müde, legte auf und ließ die Finger knacken. Feierabend.

***

Laip traf unmittelbar nach Stiller und Kleinschnitz an der »Burg« der Ascaphia ein. Er parkte seinen schwarzen Mercedes im Durchgang zwischen dem Vereinsheim und der Kapelle. Auch er hatte seine Initialen auf dem Nummernschild verewigt, wie Stiller amüsiert registrierte: FL.

Er stieg aus, trug wieder den Lodenmantel, diesmal aber keinen Hut auf seinem dünnen, halb über seinen kahlen Schädel gekämmten Haar. Der Abend war ungewöhnlich warm und, wegen des Regens in der vorausgegangenen Nacht, sehr schwül. Laip lachte fröhlich, als er ihnen die fleischige Rechte entgegenstreckte.

»So wie es aussieht, ist der Fall gelöst, meine Herren. Mir fällt ein Stein vom Herzen! Nach dem, was der Rundfunk meldet, haben Sie sogar einen entscheidenden Beitrag dazu geleistet.«

»Sie waren auch nicht ganz unbeteiligt«, brummte Kleinschnitz düster.

Laip sah ihn fragend an.

»Ohne Ihre SMS wäre die Sache vermutlich etwas weniger turbulent verlaufen«, erläuterte Stiller diplomatisch.

»Tut mir leid! Ich hatte es gut gemeint.« Laip klopfte Kleinschnitz aufmunternd auf die Schulter. »Hab gehört, dass einiges auf Sie zukommt. Ich habe in juristischen Kreisen allerhand Verbindungen. Wenn Sie meine Hilfe brauchen …«

»Wir kommen darauf zurück«, versprach Stiller.

»Hören Sie!« Laip schob den Ärmel seines Mantels zurück und sah auf die Armbanduhr. »Um ehrlich zu sein: Ich habe heute Abend wenig Zeit. Ich dachte, wir könnten die Besichtigung vielleicht abblasen, zumal sie kaum noch etwas bringen dürfte.«

Kleinschnitz ließ ein unentschlossenes »Hm« hören. Stiller sah ebenfalls auf die Armbanduhr. »Wie wär's mit einer halben Stunde? Ich bin für die Nachberichterstattung wirklich darauf angewiesen.«

»Wie Sie wünschen.« Laip wirkte reserviert. Er ließ Stiller und Kleinschnitz stehen, lief zum Auto und kehrte mit zwei Taschenlampen mit Griff zurück. Kommentarlos schloss er das Vereinsheim auf.

Der Vorraum des Saals war fensterlos und dunkel. Laip schaltete das Licht ein. Stillers Blick fiel auf die Täfelung gegenüber. Die Tür zu den Kellergewölben im Güterberg war tatsächlich kaum sichtbar. Die Wand links war mit Schränken verkleidet, dazwischen lag der Treppenaufgang nach oben. Rechts hing die Halterung für das Bundesschwert der Ascaphen. Sie war leer – die Staatsanwaltschaft rückte die Mordwaffe offenbar noch nicht heraus. Am Ende der rechten Wand führte die Flügeltür in den Saal.

Kleinschnitz begann halbherzig, Fotos zu schießen. Die Putzkolonne hatte im Laufe des Tags das Vereinsheim gründlich gereinigt. Die Blutspuren waren verschwunden – und mit ihnen der faulige Geruch. Der Raum wirkte so steril wie ein OP-Saal.

»Das bringt nichts mehr«, sagte Kleinschnitz verärgert. »Und dafür habe ich meinen Wagen versenkt!«

»Mit Verlaub: Ich habe Sie nicht gedrängt.« Laip klang beleidigt. »Meinetwegen sind wir nicht hier.«

»Mich würden ja auch mehr die Gewölbe interessieren«, sagte Stiller rasch. »Der Weg, auf dem der Täter kam und ging.«

Er wusste, dass die Hügel der Altstadt tief unterkellert waren. Die Stadt hatte begonnen, ein Keller-Kataster für den Stifts- und Badberg zu erstellen. Beim Schlossberg würde das schwieriger werden. Über den herrschte die bayerische Schlösserverwaltung. Ihr Aschaffenburger Amtsleiter war ein unzugänglicher Mann – damit würden auch die Gewölbe rings um das Schloss vorerst unzugänglich bleiben.

Dass es ähnliche Keller im Güterberg gab, hatte Stiller bis zu dem Mord an Emge allerdings nicht gewusst. Der Hügel lag einst außerhalb der Stadtmauern, der tief eingeschnittene Löhergraben trennte ihn vom Stiftsberg und damit vom historischen Stadtkern.

Laip reichte Stiller eine Lampe, die andere behielt er selbst. »Sie wollen sicher Bilder schießen«, sagte er zu Kleinschnitz. Der zuckte die Achseln.

Durch die Tür in der Täfelung und die Stahltür dahinter gelangten sie in das Gewölbe, das Stiller bereits kannte. Sie bogen nicht nach rechts zur Schänke der Ascaphia ab, sondern durchquerten den Raum der Länge nach. Am anderen Ende öffnete sich ein gewölbter, schmaler Gang.

»Ab hier gibt es kein Licht mehr, Sie müssen die Lampe einschalten.« Laip leuchtete einige rostige Haken an der Decke an. »Als die Eiskeller im Krieg als Luftschutzbunker dienten, verlief da oben eine Stromleitung. Die Feuchtigkeit hat sie aber vollständig zerfressen.«

Das Licht huschte über eine Reihe winziger Stalaktiten. »Die finden Sie hier überall. Das liegt am Wasser, das durch den Berg sickert. In ein paar zehntausend Jahren ist das eine einzige Tropfsteinhöhle«, erläuterte Laip.

»Mit einem Kollegen wie dir werde ich das jedenfalls nicht mehr erleben«, brummte Kleinschnitz Stiller an, während er eine Bilderserie aufnahm.

Laip wies in einen Gang, der nach rechts abzweigte. »Der führt angeblich zum Parkplatz am ›Wilden Mann‹. Ich hab's nie ausprobiert.« Wenige Meter weiter mündete eine Treppe in den Gang. »Wir sind hier noch auf dem unteren Niveau. Geradeaus sind die Eiskeller. Ich schlage vor, wir nehmen die Treppe hier und sehen uns erst einmal oben um. Am anderen Ende gibt es eine Wendeltreppe, da kommen wir wieder herunter.«

In der oberen Etage gab es keine schmalen Verbindungsgänge. Stattdessen reihten sich große Gewölbekeller aneinander. Die Trennwände waren zum Teil aus Ziegeln gemauert, zum Teil aus dem gleichen Gestein aufgeschichtet, das für die Gewölbe benutzt worden war. Stiller legte die freie Hand auf einen der rauen Steinbrocken.

»Das ist Gneis«, sagte Laip. »Früher ein typischer Baustoff in der Region.«

Sie erreichten ein gewaltiges Gewölbe. Stiller ließ das Licht über die Decke gleiten. Er schätzte die Höhe auf zwanzig Meter.

»Dieser Raum wird Kathedrale genannt.« Laip richtete sein Licht auf mehrere dicke Säulen aus roten Ziegelsteinen. »Das Gewölbe liegt unter dem bebauten Teil des Güterbergs. Die Häuser oben sind nach dem Krieg entstanden. Die Säulen sind Teil ihres Fundaments. Kommen Sie.«

Er bog links ab und führte sie zu einer Wendeltreppe aus Sandstein. »Was Sie hier sehen, ist über dreihundert Jahre alt. Der älteste und wertvollste Teil der Keller. Die Treppe diente früher wohl als Haupteingang von oben. Sie erschließt von der Kuppe des Bergs aus beide Stockwerke.«

Sie stiegen hinab. Wäre Laip nicht abgebogen, hätte Stiller den schmalen Durchlass in der Wand fast übersehen – die Öffnung zur unteren Etage.

»Die Stufen laufen weiter«, wunderte er sich. »Gibt es noch ein tieferes Stockwerk?«

»Nein. Am Fuß der Treppe liegt ein alter Brunnen. Es gab früher eine Reihe von Brunnen hier unten, heute sind sie alle mit Bauschutt verfüllt. Nur dieser eine ist noch intakt. Aber das Wasser ist nicht mehr trinkbar.«

Kleinschnitz wandte sich nach unten.

»Lassen Sie das!«, rief Laip besorgt. »Die unteren Stufen sind nicht mehr trittfest. Wir müssen hier weiter.«

Er führte sie durch den Durchlass, der so schmal war, dass er ihn nur mit Mühe passieren konnte. Gleich dahinter zweigte ein Gang ab. »Hier geht es zur Fischergasse. Die Decke ist stellenweise so niedrig, dass Sie nur gebückt laufen können.«

Sie setzten den Weg geradeaus fort, vorbei an mehreren weiteren Abzweigungen, laut Laip Seitengänge zu früheren Privatkellern, heute alle zugemauert. Schließlich tauchte links des Gangs eine Stahltür auf.

»Das ist einer der ehemaligen Eiskeller der Brauerei. Früher stand er offen, wie die anderen auch. Die Tür stammt aus der Kriegszeit.«

»Ich würde gerne mal hineinsehen«, sagte Kleinschnitz.

»Sieht auch nicht anders aus als die übrigen Keller.« Laip leuchtete auf seine Armbanduhr. »Außerdem lässt sich die Tür kaum noch öffnen.«

Trotzig drückte Kleinschnitz gegen die Tür. Sie quietschte, gab aber langsam nach. »Na also, geht doch.«

Er verschwand im Gewölbe, Stiller und Laip folgten ihm. Stiller ließ den Lichtstrahl über die Wände gleiten.

»Gespenstisch, oder?« Laip übernahm wieder die Rolle des Fremdenführers. »Heute erinnert kaum noch etwas daran, dass das ein Bunker war. Sie müssen sich entlang der Wände Bänke vorstellen. Aber oft waren so viele Menschen hier unten, dass sie auf dem Boden sitzen mussten. Es gab sogar ein Plumpsklo.« Er leuchtete einen gemauerten Sockel in einer Ecke an, während Kleinschnitz fotografierte. »Ein Vorhang diente damals als Sichtschutz.«

Wieder schoss Kleinschnitz eine Serie von Bildern.

Plötzlich meinte Stiller, im Blitzlicht etwas glänzen gesehen zu haben. »Moment«, sagte er. »Kannst du noch mal dort hinüber fotografieren?«

»Dort hinüber«, schnaubte Kleinschnitz. »Bin ich Gedankenleser, oder was?«

»Nach rechts.«

Kleinschnitz tat ihm den Gefallen.

»Da schimmert etwas.« Stiller richtete seine Lampe auf den Stein, an dem er es hatte blinken sehen. Im Licht der Lampe war nichts zu erkennen.

»Das ist wahrscheinlich das Katzensilber im Gneis«, winkte Laip ab.

»Weiß nicht.« Stiller hielt den Lichtkegel auf den Stein gerichtet, schritt hinüber und begann, mit den Fingerspitzen die Fugen abzutasten. Er fühlte etwas Metallenes und zog es heraus.

Laip und Kleinschnitz traten näher. Stiller leuchtete mit der Lampe auf den Gegenstand in seiner Hand.

»Ein silbernes Kreuzchen«, sagte Kleinschnitz.

Stiller bekam eine Gänsehaut. »Ein Kettenanhänger.« Seine Stimme klang rau. »Wo hab ich den schon mal gesehen?«

***

Finsternis

Sie hatte etwas von sich zurückgelassen, mehr konnte sie nicht tun. Sie war tot.

Ihre Lunge atmete. Ihr Körper fror. Sie spürte Hunger und Durst. Schmerzen, wenn sie ihre Glieder, ihre Finger bewegte. Sie fühlte die Runzeln und Falten ihrer Haut. Dennoch war sie nicht mehr auf der Welt. Lebendig tot in der Finsternis. Für die Welt gestorben.

Sie konnte sich nicht aus eigener Kraft befreien. Selbst als sie noch stark gewesen war, hatte die Tür ihr standgehalten. Aus der Mauer hatte sie einen Stein lösen können. Wie lange hatte sie für den einen Stein gebraucht? Tage? Wochen? Wie viel Zeit würde ihr hier bleiben? Die Ungewissheit war ebenso schlimm wie die Angst. Die Angst vor ihm. Vor seinem Kommen und vor seinem Fernbleiben.

Sie hoffte nicht mehr auf den märchenhaften Retter. Kindisch kamen ihr diese Träume nun vor. Wer sollte sie finden in der Finsternis, in der sie sich selbst nicht mehr sah? Schlimmer noch: Wer sollte sie hier suchen? Sie hatte den Ort nicht gekannt. Würden ihre Eltern ihn kennen? Ihre Freundinnen? Und wenn schon ... Wenn sie ihn kannten, gab es nichts, was ihn mit ihr in Verbindung brachte.

Alles Schreien, alles Schlagen war nutzlos gewesen. So hatte sie es mit der Kraft ihrer Gedanken versucht. Oft und lange hatte sie ihre Eltern und Freundinnen beschworen, sie zu suchen, hier zu suchen. Hier bin ich! Hier sucht mich! Endlich hatte sie eingesehen, dass es vergeblich war. Wie die Suche nach einem Geheimgang. Wie der Wahn, die Wand würde weichen und ihr einen Weg weisen. Wie der Traum vom Retter.

Es war ihr nur der Stein geblieben, der ihr Fels war, ihre Hoffnung. Sie hatte ihn nicht gleich benutzt, sondern an seinen Platz zu-

rückgeschoben. Da sie nicht wusste, ob sie auf ihrer Flucht Licht haben würde, wollte sie in der Finsternis üben. Sie ließ abwechselnd die rechte und die linke Hand über die rauen Mauern gleiten, die andere vorsichtig ausgestreckt. Neue Schmerzen. Beim Laufen hob sie die Füße hoch, um nicht zu stolpern. Immer schneller und schneller umrundete sie den Kerker.

So lief sie. Dann schlief sie. Seit sie wieder wachte, wartete sie. Wartete, dass er noch ein Mal kommen würde, ein letztes Mal. Was, wenn es schon zu spät war? Wenn sie zu lange gezögert hatte? Wenn er ausgerechnet dieses eine Mal nicht mehr kommen würde?

Es gab keine Wahl. Sie wusste, er würde sie nicht freiwillig gehen lassen. Er würde nie sicher sein können, dass sie seine Taten nicht doch offenbarte, wie sie es ihm angedroht hatte, bevor er sie an diesen Ort brachte. Auch wenn sie jetzt beteuerte, zu niemandem ein Wort zu sagen. Sie hatte ihm sogar das angeboten, was er früher gewollt hatte, wenn er sie nur freiließe. Aber er hatte nur gelacht. Wenn er Sicherheit suchte, musste sie hier unten sterben – durch seine Hand oder vor Hunger. Vielleicht wollte er sie auch für immer in der Finsternis einschließen. Gefangenschaft als Strafe für ihre Freiheit, Nein zu sagen.

Sie ließ etwas von sich zurück, damit es eine Verbindung geben würde zwischen ihr und diesem Ort. Sie schob es tief in eine Fuge zwischen den Steinen, weil er es nicht entdecken sollte. Später fiel ihr ein, dass es dann auch sonst niemand entdecken würde. Aber sie fand die Stelle nicht mehr, konnte es nicht mehr ändern.

Sie zog den Stein heraus, setzte sich neben die Tür auf den feuchten Boden und wartete. Sie stellte sich vor, wie sie durch den Gang fliehen würde, durch den er sie hereingeführt hatte, immer geradeaus. Sie malte sich aus, wie am Ende des Gangs ein Licht auftauchen würde. Das gab ihr Hoffnung. Das Licht und der Stein.

Endlich hörte sie seine Schritte. Er hatte schon lange aufgehört, sich anzuschleichen. Er rief auch nicht mehr, dass sie sich in ihre Ecke verkriechen sollte. Zitternd zog sie sich an der Mauer hoch, hob den Stein mit beiden Händen über den Kopf, während er die Schlösser löste und die Riegel zurückschob. Die Tür öffnete sich, die Lampe erschien, dahinter er.

Sie schwang den Stein auf ihn herab.

Er stürzte. Mit ihm fiel die Lampe zu Boden und erlosch. Sie ließ sich auf die Knie sinken, suchte. Sie berührte ihn und schauerte. Hatte sie ihn getötet? Schließlich fand sie die Lampe. Eine Schweißperle rann ihr über die Stirn, brannte im Auge. Sie schob den Schalter – kein Licht. Sie fühlte mit den Fingern, schnitt sich. Das Glas war zersplittert. Verzweifelt schüttelte sie die Lampe, klopfte mit der Hand dagegen.

Sie hatte ihn nicht getötet. Stöhnend rührte er sich. Panik packte sie. Sie ließ die Lampe fallen, kroch an ihm vorbei aus der Tür, glaubte zu spüren, wie er nach ihrem Knöchel griff. Sie richtete sich auf, ließ die rechte Hand über die Wand gleiten, streckte die linke vor, hob die Füße.

Sie kam nur langsam voran. Sie meinte ihn hinter sich zu hören, doch sie fühlte sich ihm mit einem Mal überlegen. Auch er hatte kein Licht – aber sie kannte die Finsternis.

Mehrere Gänge zweigten zu ihrer Rechten ab. Sie hielt sich geradeaus. Hatte es diese Seitengänge auf dem Weg in ihren Kerker gegeben? Sie ahnte, dass sie die falsche Richtung eingeschlagen hatte. Ihr Herz pochte wild, ihr Atem flatterte. Sie wollte schreien und konnte nicht. Durfte nicht.

Plötzlich wandelte sich der Gang. Ihre Rechte griff ins Leere, die Linke stieß gegen einen glatten, runden Stein. Eine Säule. Sie streckte den Arm nach links. Leere auch hier. Sie tastete mit den Füßen. Stufen. Sie stand auf einer Wendeltreppe.

Sie wusste nicht, ob sie nach oben oder unten laufen sollte. Sie entschied sich für unten. Sie war schwach. Nach oben würde er im Vorteil sein. Sie hastete die Treppe hinab, so schnell es ging in der Finsternis, die rechte Hand an der Wand, die linke an der Säule.

Unerwartet endeten die Stufen. Sie fand keinen Halt. Sie fiel. Ihr Herz setzte aus. Sie stürzte in eine Kälte, die ihr den Atem raubte.

Dann wich die Finsternis. Unter ihr erschien das Licht. Sie sank hinein und lächelte befreit.

***

»Wir finden hier unten öfter Schmuck«, sagte Laip. »Auch Münzen. Gegen Kriegsende haben die Amerikaner die Stadt eine Woche lang belagert. Viele Menschen haben aus Angst vor Plünderungen schnell noch in den Kellern versteckt, was ihnen wertvoll war. Oder was ihnen gefährlich werden konnte. Zum Beispiel Waffen. Die alten Brunnen lagen voll davon.«

Stiller betrachtete das Kreuzchen und grübelte. Angelika Schäfer hatte eine Kette mit Anhänger getragen. War es ein Kreuzchen gewesen? Er erinnerte sich nicht.

»Sie können den Anhänger mir geben«, schlug Laip vor. »Wir bringen die Fundstücke immer ins Stadtarchiv. Dort weiß man, wie damit zu verfahren ist.« Er streckte die Hand aus. »Sie müssen sich nicht damit belasten.«

»Das übernehme ich selbst«, erwiderte Stiller und ließ das Kreuzchen in seiner Tasche verschwinden.

Laip nickte. »Gut. Wollen wir weiter?«

Sie verließen den Lagerkeller. Im Gang wollte Laip die Stahltür zuziehen.

»Augenblick«, bremste Stiller. Er trat noch einmal hinein und beleuchtete die Tür von innen. »Auf der Innenseite gibt es keinen Riegel.«

»Logisch«, erklärte Laip. »Die Tür war für einen Luftschutzbunker gedacht. Sie musste sich nach innen öffnen lassen, falls der Gang draußen verschüttet würde.«

»Draußen hat sie Riegel. Sogar zwei«, beharrte Stiller. »Innen gibt es nicht einmal einen Griff!«

»Merkwürdig!« Laip trat näher. »Sie haben recht. Das ist mir noch nie aufgefallen.«

Stiller sah Kleinschnitz an. »Lebst du noch, oder hat dein Akku keinen Saft mehr?«

Kleinschnitz schnitt ihm eine Grimasse und fotografierte.

»Meinetwegen können wir los«, sagte Stiller dann. »Ich hab genug gesehen.«

8

Wieder eine Nacht, in der Stiller keinen Schlaf fand. Seine Gedanken kreisten um die Kellergewölbe, Rebecca, Angelika Schäfer. Wie war das Kreuzchen in den Bunker gekommen? War Angelika Schäfer dort gewesen, hatte sie es versteckt? Warum?

Am Abend hatte er versucht, das Kreuzchen mit dem Anhänger zu vergleichen, den Angelika auf dem Passbild getragen hatte. Aber auf der Kopie des vergilbten Zeitungsausschnitts erschien das Bild grau, Details waren kaum zu erkennen. Das andere Foto, der Schnappschuss, war unscharf, zudem verdeckten ihre Finger den Anhänger.

Das Kreuzchen erschien ihm nicht besonders wertvoll, eher wie Dutzendware. Vielleicht hatte Laip recht. Jemand, der einen ideellen Wert damit verband, konnte es in den letzten Kriegstagen im Bunker versteckt haben.

Er war froh, als endlich der Wecker piepte. Er duschte, trank seinen Kaffee im Stehen, gab Ruth einen flüchtigen Kuss. Punkt halb neun stürmte er ins Archiv.

Carsten hatte nicht einmal Zeit gefunden, seinen Computer hochzufahren.

»Bist du jetzt Frühaufsteher?«, erkundigte er sich.

»Ich brauche die Originalartikel über die verschwundene Angelika Schäfer«, sagte Stiller. »Die Kopien sind zu schlecht.«

Carsten schüttelte den Kopf. »Geht nicht. Die Kripo hat die Mappe abgeholt.«

»Mist!«

»Zum Lesen wird es doch wohl reichen ...«

Stiller warf Carsten einen Blick zu, der ihn verstummen ließ. »Ich hab heute keinen Sinn für Humor. Es geht nicht um den Text, es geht um das Bild.«

Carsten hob entschuldigend die Hände.

»Was soll's«, seufzte Stiller. »Ich wollte sowieso mit Strobel reden. Ich fahre hin.« Er beugte sich über den Schreibtisch und angelte sich das Telefon. In diesem Augenblick klingelte sein Handy.

»Hi, Paul.« Es war Rebecca.

»Hi.« Er atmete auf. »Schön, dass du dich meldest. Ich hatte schon befürchtet, du verschwindest wieder …«

»Du hast gestern versucht, mich anzurufen. In der Pension«, sagte sie. »Woher weißt du denn, wo ich wohne?«

Diesmal hörte er genauer hin. Der Akzent war deutlich. Rebecca *hatte* in den USA gelebt. Oder in einem anderen englischsprachigen Land. »Ein guter Journalist muss immer informiert sein«, antwortete er.

»Deshalb wundere ich mich ja. Ein guter Journalist!«

Stiller lächelte. Er hatte ihren Humor immer bewundert. Dass sie immer ernster wurde, war die erste Veränderung, die ihm an ihr aufgefallen war. Nein, die ihm hätte auffallen müssen. Denn richtig bewusst war ihm diese Veränderung erst geworden, nachdem Rebecca verschwunden war. Da ging es ihm allmählich auf, dass sie in den Wochen zuvor alle Leichtigkeit und ihren Humor verloren hatte. Sie witzelte immer seltener, stichelte kaum noch. Bei ihren letzten Treffen hatte sie kein einziges Mal gelacht.

»Paul«, sagte sie. »Das war ein Spaß.«

»Ich weiß.« Er räusperte sich. »Du hast einen Sohn?«

Diesmal schwieg sie.

»Rebecca, ich …«

»Ich will nicht, dass du mir nachspionierst«, fiel sie ihm ins Wort. »Bitte.«

»Du hast meine Anrufe nicht angenommen«, sagte er trotzig. »Was sollte ich tun?«

»Ich kann aus bestimmten Gründen nicht ans Handy. Ich rufe *dich* an, okay?«

Stiller nahm einen neuen Anlauf. »Rebecca, wann wollen wir uns treffen?«

»Ich bin nicht mehr lange da. Wie wär's mit morgen?«

So schnell! Nicht mehr lange da. Sein Magen verkrampfte sich. Samstag. Er würde Cathérines Geburtstag versäumen. Oje. »Gut«, sagte er. »Und wann?«

»Mir wäre der Nachmittag am liebsten. Vielleicht zum Kaffee.«

Nachmittag. Also musste er doch zu Cathérines Geburtstagsfeier. Oje. »Um drei?«

»Passt.«

»Soll ich nach Alzenau kommen?« Stiller zog sich einen Bürostuhl heran und setzte sich.

Sie zögerte. »Nein. Es ist vielleicht besser, ich komme zu euch. Ich will nicht, dass sich deine Frau ärgert.«

»Ruth ist nicht eifersüchtig.«

»Wer weiß. Wenn die Jugendfreundin wieder auftaucht ... Außerdem würde ich sie gerne kennenlernen.«

Stiller gab nach. »Gut, dann morgen um drei bei uns. Bring doch deinen Sohn mit. Den würde *ich* gerne mal kennenlernen.«

Wieder zögerte sie. »Er kann nicht weg«, sagte sie dann.

»Du hast die Adresse?«

»Hab ich.« Rebecca verabschiedete sich und legte auf.

Stiller steckte das Handy ein. Morgen würde er sie sehen. In dreißig Stunden würde er wissen, ob sie noch dem Bild entsprach, das er von ihr hatte. Und vielleicht erfahren, warum sie gegangen war – ohne Abschied.

»Alles in Ordnung, Paul?« Carsten sah ihn besorgt an.

Er nickte. »Ich muss Strobel anrufen.«

***

Stiller war eine gute Stunde mit Strobel zusammengesessen. Das Gespräch mit dem Hauptkommissar hatte ihn verwirrt. Er brannte darauf, Kleinschnitz davon zu erzählen.

Als er sein Büro ansteuerte, hörte er Kerstin Polke schimpfen. Ihre Stimme hallte über den Flur. Er wusste, dass ihre Laune sank, wenn das Wochenende näherrückte und die Liste ihrer Aufgaben immer länger anstatt kürzer wurde. Spontan beschloss er, bei ihr vorbeizuschauen.

»Kann ich etwas für dich tun?«, fragte er, als er hinter ihr stand.

»Du kannst schon mal den Sattelschlepper zusammenschweißen, der mich überrollt«, blaffte sie. Dann blickte sie zu ihm auf. »Vielleicht ganz gut, wenn mich jemand auf andere Gedanken bringt. Du siehst so aus, als gäb's Neuigkeiten.«

Stiller räumte einen Stapel CDs vom Stuhl neben ihrem Schreibtisch herunter und setzte sich. Er berichtete ihr von dem Kreuzchen, das er in den Katakomben des Güterbergs gefunden und zu Strobel gebracht hatte.

»Was sagt Strobel denn dazu?«, fragte Kerstin.

»Er lässt prüfen, ob es Angelika Schäfer gehört hat.«

»Meinst du, es stammt von ihr?«

»Das ist nur so ein Gefühl.« Stiller seufzte.

»Was ist los?« Kerstin zog ihre schwarz gefärbten Brauen zusammen.

»Ich glaube immer weniger, dass Pütz etwas mit dem Mord an Emge zu tun hat. Schon gar nicht direkt. Nach Strobels Worten kann es keiner der Ascaphen gewesen sein, die am Mordabend anwesend waren.«

Kerstin pfiff leise. »Das hätte er ja auch mal früher sagen können!«

»Ermittlungstaktik.«

»Deshalb geht die Kripo also davon aus, dass es ein Auftragsmord war. Jetzt wird mir einiges klar.«

Stiller schüttelte den Kopf. »Ich weiß nicht. Ich hatte nicht den Eindruck, dass Strobel allzu ernsthaft an einen Auftragsmord an Emge glaubt. Und ich glaube schon gar nicht daran.«

»Oh Mann, du bist echt verbohrt!« Kerstin biss sich auf die Lippe.

»Peter und ich haben schon einmal darüber nachgedacht«, erwiderte er. »Es gibt Ascaphen, die am Mordabend nicht im Saal waren, aber einen Schlüssel für das Vereinsheim besitzen. Wenn einer von ihnen ein Motiv hatte, Emge umzubringen …«

»Dann frag sie doch einfach.« Um Kerstins Mundwinkel zuckte ein ironisches Lächeln.

Stiller war nicht nach Späßen zumute. »Ich würde ja gerne fragen, aber ich habe keine Ahnung, wen. Strobel gibt mir die Namen nicht.«

»Kann dir dieser Laip nicht sagen, wer alles einen Schlüssel besitzt? Er hat dir doch schon ein paarmal geholfen, oder?«

Stiller nickte. »In diesem Fall ist es aber heikel. Erstens mag er es nicht, wenn ich seine Vereinsbrüder verdächtige, zweitens hat er selbst einen Schlüssel.«

»Sag bloß, du hast ihn im Visier? Den beliebtesten Aschaffenburger nach OB Fürst.« Sie lachte rau.

Endlich lachte Stiller mit. »Nein, er hat ein wasserdichtes Alibi, so viel hat Strobel mir verraten. Er war bei der Vorpremiere des

Modernen Theaters. Es gibt jede Menge Zeugen, die ihn während und nach der Aufführung gesehen haben.« Er erhob sich.

»Was hast du jetzt vor?«, fragte Kerstin.

»Abschalten.« Stiller verschränkte die Hände auf dem Rücken und drückte die Schultern nach hinten. »Ich hab noch einige Termine fürs Wochenende zu vergeben. Und dann muss ich mir etwas Heiteres für die Samstagskolumne ausdenken.«

»Etwas Heiteres? Da kann ich dir nicht helfen!« Grimmig wandte sich Kerstin dem Bildschirm zu. »Wochenende – das war das falsche Stichwort!« Das Gespräch war beendet.

Stiller hatte gerade die Telefonate mit den freien Mitarbeitern hinter sich gebracht, da streckte Bausback seinen Kopf ins Büro.

»Wo bleibt die Samstagskolumne«, erkundigte er sich. »Sie wissen, ich will sie gegenlesen.«

»Ich wollte eben loslegen«, sagte Stiller.

»Eben? Soll das heißen, dass Sie noch nicht einmal angefangen haben?«

Stiller zuckte die Schultern.

»Haben Sie wenigstens schon ein Thema?« Bausback kniff die Augen misstrauisch zusammen.

»Ich dachte an einen Rückblick auf die Inbetriebnahme des Fußgänger-Leitsystems Anfang der Woche.«

»Darüber haben Sie doch schon einen sehr informativen Beitrag abgeliefert. Was ist denn an diesem Thema noch kolumnenrelevant?«

Stiller sah ihn an. »Ich wollte einfach mal dokumentieren, wie es wirklich war. Realsatire.«

Bausback erbleichte.

»War nur ein Scherz«, beruhigte ihn Stiller. »Ich schreibe etwas über das Frühlingserwachen in Aschaffenburg und die ungewöhnliche Wärme.«

»Das hört sich sehr gut an«, lobte Bausback.

»Und zwar vor dem Hintergrund des globalen Klimawandels und seiner dramatischen lokalen Folgen.«

Bausback schnaufte und zog die Tür zu.

Stiller lehnte sich zurück. Drei Uhr. In vierundzwanzig Stunden würde er Rebecca wiedersehen.

9

Strobel machte sich nichts vor: Der Samstag war gelaufen. Er hatte ausschlafen und dann mit Sabine den versprochenen Ausflug nach Frankfurt nachholen wollen. Aber gegen acht schreckte ihn das Telefon aus den Träumen. Er ahnte, was ihn erwartete.

Es war Bühler. Er rief von der Dienststelle aus an. »Du musst reinkommen. Es gibt einen Berg von Neuigkeiten!«

»Gib mir eine halbe Stunde.«

Er schaffte es auf die Minute. Bühler folgte ihm auf den Fersen ins Büro.

»Also?«, fragte Strobel, während er sich hinter seinen Schreibtisch setzte.

Bühler lehnte sich ans Fensterbrett. Sein Lieblingsplatz. »Erstens: Wir haben die Typen vom Schiff. Pütz' mutmaßliche Mörder. Zwei Holländer. Sie waren in einer Absteige in Düsseldorf untergetaucht.«

»Gut«, sagte Strobel. »Sehr gut.«

»Die Kollegen haben schon mal vorgefühlt. Die beiden leugnen natürlich alles.«

»Ich will sie selbst vernehmen.«

»Ist schon veranlasst«, nickte Bühler. »In drei Stunden hast du sie im Büro. Ich hab auch den Haftrichter schon mal vorgewarnt. Heute ist Samstag.«

Strobel nickte. »Du hättest mich nicht aus dem Bett geklingelt, wenn das alles wäre. Lass mal dein ›zweitens‹ hören.«

»Zweitens, und das könnte deine Theorie vom Auftragsmord stützen: Georg Hecht kommt für den Mord an Emge nicht in Frage. Er hat ein Alibi.«

»Woher das denn so plötzlich?«

»Claudia Junk hat sich gestern Abend noch einmal intensiv im Hafen umgehört. Sie hat den Wachmann vom Werkschutz befragt, der dort letzten Freitag seine Runden gedreht hat. Er bestätigt, dass in Hechts Büro zur Tatzeit vor einer Woche Licht gebrannt hat. Das sei zwar nicht ungewöhnlich, er habe dennoch etwas genauer hingeschaut. Er will Hecht durch das Fenster gesehen haben.«

Strobel überlegte. »Die Büros der Firma Emge liegen im ersten Stock. Wie kann der Mann von der Straße aus sehen, ob jemand am Schreibtisch sitzt?«

»Das ist es ja. Hecht sei genau in diesem Augenblick aufgestanden und habe einen Aktenordner aus einem der oberen Regale gezogen.«

»Der Wachmann kennt Hecht?«

»Nur vom Sehen.«

»Ich will auf jeden Fall eine Gegenüberstellung. Und ich möchte mir das noch vor Ort ansehen.«

»Wird veranlasst.« Bühler räusperte sich. »Wobei du dir das Nachschauen schenken kannst. Claudia Junk hat die Angaben des Wachmanns bereits überprüft. Es ist tatsächlich möglich, von der Straße aus zu sehen, wenn jemand an den Regalen steht.«

Wieder nickte Strobel. »War es das?«

Bühler schüttelte den Kopf. »Drittens: Wir haben einen weiteren Fall an der Backe. Das Kreuzchen, das Stiller dir gestern gebracht hat, gehörte der vermissten Angelika Schäfer.«

Strobel gab dem Drang nach und ließ die Finger knacken. »Ohne jeden Zweifel?«

»Ohne jeden Zweifel. Wir haben das Zeitungsbild und eine Digitalaufnahme des Kreuzchens durch den Computer gejagt. Die wahrscheinliche Übereinstimmung liegt bei siebenundneunzig Prozent. Das Wichtigste aber ist: Es ist ein Fingerabdruck von ihr drauf.«

»Wir haben ihre Fingerabdrücke?« Strobel sah ihn überrascht an.

»Unsere Vorgänger waren gründlich«, nickte Bühler. »Nach der Vermisstenmeldung hatten sie an persönlichen Gegenständen Angelika Schäfers Fingerabdrücke sichergestellt. Einen können wir auf dem Kreuzchen nachweisen. Wahrscheinlich hätten wir mehr, wenn Stiller den Anhänger nicht befummelt hätte.«

Strobel schwieg. Stiller hatte mit seiner Vermutung richtig gelegen. Angelika Schäfer war im Gewölbe unter dem Stiftsberg gewesen. Fraglich blieb, ob vor oder nach ihrem Verschwinden, ob freiwillig oder nicht. Fest stand aber: Emge hatte sich für sie interessiert, bevor er ermordet worden war. Was hatte er herausgefunden? Lag hier das Motiv für den Mord an Emge, wie es Stiller vermutete?

»Wir müssen den Bunker filzen«, sagte Strobel schließlich. »Jeden Quadratzentimeter.«

»Ich habe schon Kollegen losgeschickt, um den Raum zu versiegeln«, gab Bühler zurück. »Die Spurensicherung ist am Nachmittag so weit, dass sie hineinkann.«

»Langsam.« Wieder ließ Strobel die Finger knacken. »Ich möchte dabei sein.«

»Wie du willst. Aber das war noch nicht alles. Viertens: Der Papiersack aus Emges Aktenschredder.«

»Sag bloß, der Computer hat schon alles zusammengepuzzelt?«

»Bei Weitem nicht.« Bühler winkte ab. »Aber wir haben zumindest schon mal ein Antwortschreiben auf Emges Anzeige identifiziert.«

Strobel sah ihn erwartungsvoll an.

»Nur ein Name und eine Handynummer. Da war jemand vorsichtig und wollte seine Adresse nicht rausrücken.«

»Mach es nicht so spannend, bitte!«

»Die Nummer kennst du schon.« Bühler trat an den Schreibtisch und reichte Strobel einen Computerausdruck.

Ja, er kannte die Nummer. Sie gehörte Rebecca Lang, der Frau mit Wohnsitz in den USA. Der Frau, die Emge am Abend seiner Ermordung angerufen hatte. Sie hatte auf seine Anzeige geantwortet. »Laipgeschädigt« – was hatte das zu bedeuten? Nur sie allein konnte es erklären. Die Soko hatte wiederholt versucht, sie auf dem Mobiltelefon zu erreichen. Erfolglos, sie nahm keinen der Anrufe an. Von den US-Behörden waren auch noch keine Informationen über sie gekommen. Gegen deren Bürokratie war die Aschaffenburger Polizeidienststelle eine Hippiekommune.

»Ich muss unbedingt mit dieser Frau sprechen«, sagte Strobel. »Wir müssen rauskriegen, wo sie in Deutschland abgestiegen ist. Immerhin haben wir einen Anhaltspunkt: Es muss im Verbreitungsgebiet der Zeitung sein.«

»Ich will dich nicht enttäuschen«, bremste Bühler. »Aber Emge hat die Anzeige auch im Internetauftritt der Zeitung verbreiten lassen. Sie ist weltweit erschienen, wenn du so willst.«

»Handyortung?«

»Ich habe eben die Genehmigung bekommen. Aber das Mobiltelefon ist im Augenblick nicht aktiv.«

»Wir probieren es weiter«, entschied Strobel. »Was hast du sonst noch?«

»Das war's.« Bühler breitete die Arme aus.

»Gute Arbeit, Bühler«, lobte Strobel. »Ausgezeichnet! Lass uns drüben beim Bäcker ordentlich frühstücken. Ich hab das Gefühl, dass wir uns auf einen langen Tag einstellen müssen, wenn wir die beiden Holländer festnageln wollen.«

***

Der Tag dehnte sich, die Zeit wollte nicht vergehen. Stiller war nervös, wanderte durch die Wohnung. Mehrfach ertappte er sich dabei, wie er auf die Uhr sah, obwohl sich die Zeiger seit dem letzten Blick kaum bewegt hatten.

Ruth beobachtete ihn ernst.

»Werd nicht albern«, sagte sie nach einer Weile. »Du hast Rebecca seit einundzwanzig Jahren nicht mehr gesehen. Du wirst doch die halbe Stunde noch warten können.«

»Versteh das bitte nicht falsch«, entschuldigte er sich. »Ärgere dich nicht.«

»Wieso sollte ich mich ärgern? Ich verstehe dich sehr gut. Um ehrlich zu sein, bin ich ebenso gespannt wie du.«

»Danke, Ruth.« Er nahm sie in den Arm – und sah auf die Uhr. Halb drei.

Sie hatten in der Früh auf dem Markt Erdbeeren gekauft und in der »Bar del Corso« einen Kaffee getrunken. Roberta hatte sie fröhlich begrüßt. Sie war stolz auf sich, weil ihr Hinweis auf den Streit mit Pütz zur Aufklärung des Mordes an Emge beigetragen hatte. Laut Zeitungsbericht zumindest; Gerichtsreporter Krauß hatte eins zu eins verbreitet, was Bausback am Vortag als Strobels Theorie ausgegeben hatte. Stiller verriet Roberta nichts von seinem Zweifel. Es grummelte in seinem Magen. Er fragte sich, ob es an seinem Unbehagen über die angebliche Lösung des Falls Emge lag oder am bevorstehenden Wiedersehen mit Rebecca.

Während Ruth den Kuchen belegte, hatte er aufgeräumt und

den Dielenboden gefegt. Gegen eins ließ er sich in einen Sessel fallen und versuchte, die Zeitung zu lesen. Es gelang ihm kaum, sich zu konzentrieren. Er legte die Zeitung weg und schaltete das Radio auf Bayern 3. Yvonne Roth verkündete den Wetterbericht, versprach Sonne und Wärme für das Wochenende. Passend dazu sangen die Beach Boys »California Girls«.

Kalifornien. Er war mit Ruth einmal dort gewesen. Vielleicht hatte Rebecca ganz in der Nähe gelebt …

Gleich war es drei. Gleich würde Rebecca klingeln. Sie war immer pünktlich gewesen, erinnerte sich Stiller. Bis auf das letzte Treffen.

Er hatte ein Zimmer im Bessenbacher Weg gehabt. Zu klein für zwei. An der Alexandrastraße zog die Stadt gerade eine moderne Wohnanlage hoch. Hinter der Sandkirche, wo früher einmal der Knast stand. Stiller plante, dort eine Wohnung zu mieten. Er wollte Rebecca vorschlagen, mit ihm zusammenzuziehen.

Er hatte sich gewundert, dass sie fast eine halbe Stunde zu spät zu ihm kam. Er wunderte sich auch über ihre Kleidung. Es war ein heißer Sommerabend, in seinem Zimmer unter dem Dach staute sich die Wärme. Doch sie trug eine dicke Jeans und einen weiten Rollkragenpulli. Langärmelig und noch dazu unförmig. Als wollte sie weniger weiblich wirken. Sich panzern. Schweißperlen standen ihr auf der Stirn. Sie war schweigsam, wie meist in den Wochen zuvor.

Er hatte sie nicht darauf angesprochen. In schillernden Farben malte er ihr die gemeinsame Zukunft aus, er zeigte ihr den Grundriss der Wohnung. Sie sollte ein eigenes Arbeitszimmer bekommen. Wenn sie sich nach dem Abitur eine Uni in der Nähe suchte, könnte sie sich das Geld für eine Bude sparen. Er wollte allein für die Miete aufkommen, das Volontärsgehalt reichte aus.

»Paul«, unterbrach sie ihn plötzlich. »Ich muss mit dir reden!«

Überrascht sah er sie an. Sie hatte ernst geklungen. Er senkte die Stimme.

»Ich weiß. Du möchtest nach dem Abi in die USA gehen. Kalifornien. Willst du es dir nicht noch einmal überlegen?«

»Ja, Paul, ich will hier weg.« Sie senkte den Kopf. »Aber das ist es nicht …«

Er unterbrach sie. »Gibt es etwa einen anderen?«

Sie sah ihn an. Ihre Augen waren feucht, sie funkelten. War es Wut? Damals hatte er es so empfunden. Später erst ging ihm auf, dass es auch Enttäuschung gewesen sein könnte.

»Einen anderen – was willst du damit sagen?«, fuhr sie ihn an. »Du verstehst nichts. Gar nichts!«

»Tut mir leid«, entschuldigte er sich. »Worüber willst du mit mir reden?«

Sie hatte den Kopf wieder gesenkt. Ihre langen dunkelblonden Haare waren ihr vors Gesicht gefallen. »Vergiss es«, sagte sie dumpf. »Ich kann's dir nicht sagen.«

Sie war noch eine halbe Stunde geblieben. Schweigsam. Bevor sie die Tür hinter sich schloss, sagte sie: »Leb wohl.«

Damals hatte er sie zum letzten Mal gesehen.

Die Sonne schien hell auf den Legatplatz. Als Stiller die Tür öffnete, sah er Rebecca nur als Silhouette. Er hatte sie kleiner in Erinnerung. Zierlicher. Ihre breiten Schultern überraschten ihn. Sie musste Schwimmerin sein. Er ging ihr entgegen, breitete die Arme aus. Sie zögerte kurz, dann umarmten sie sich.

»Rebecca!«, sagte Stiller.

»Stimmt genau.« Sie schmunzelte. »Hast du daran gezweifelt?«

»Lass dich ansehen.« Er hielt sie ein Stück von sich weg. Sie lächelte. Da war das Muttermal in ihrem Mundwinkel. Sie hatte es entfernen lassen wollen, aber er fand es interessant und hatte sie überredet, es zu behalten. Jetzt lag es eingebettet in kleine Fältchen. Das Lächeln ließ auch in den Augenwinkeln ein paar Fältchen entspringen. Sie trug kein Make-up. Ihr Haar hatte noch das dunkle Blond von damals, aber es war kinnlang geschnitten. Ein Bob.

»Deine Haare ...« Über ihre Schulter hinweg sah Stiller Cathérine, die sie von ihrem Garten aus neugierig beobachtete.

»Kurz gefallen sie mir besser«, sagte sie. »Passt eher zu meinem Alter.«

»Rebecca, du bist keine vierzig! Was soll ich da sagen?«

»Sag, dass du dich grau färben lässt.« Sie lachte.

Er wollte ihr die Hand auf die Schulter legen, um sie ins Haus zu führen, doch sie wich ihm aus.

»Willst du mich nicht deiner Frau vorstellen?«

»Genau das wollte ich eben.« Stiller ließ sie vorgehen und seinen Blick rasch an ihrem T-Shirt und ihrer Jeans hinabwandern. Sie war schlank, wirkte aber sportlich, fast athletisch.

Ruth erhob sich von ihrem Sessel und kam ihnen durchs Wohnzimmer entgegen.

»Rebecca«, sagte Stiller steif, »das ist Ruth.«

»Hallo«, grüßte Rebecca.

»Hallo.« Ruth reichte ihr die Hand. »Schön, dich mal kennenzulernen. Ich darf doch Du sagen? Ich hab schon viel von dir gehört.«

Rebecca nickte. »Ich hab auch von dir gehört. Meine Pensionswirtin hat einen Tondrachen im Vorgarten stehen, den du getöpfert hast. Sie schwärmt total von deiner Kunst.«

»Ach guck.« Ruth lachte.

»Der Drache gefällt mir auch. Hast du noch mehr in dieser Art?«

»Klar. Wenn du willst, führe ich dich nachher mal in den Keller.« Ruth wies mit dem Kinn auf Stiller. »Dahin hat Paul meine Figuren verbannt.«

»Aber nur, weil es hier überhaupt keinen Platz mehr für sie gibt«, sagte Stiller verlegen.

»Und du sammelst Bücher, wie es aussieht.« Rebecca ließ ihre Finger über die Buchrücken in einem der Regale gleiten.

»Wie es aussieht, ja.« Stiller zwinkerte. »Aber die meisten hat Ruth gelesen.«

Rebecca seufzte. »Ich liebe Bücher. Auch wenn ich sie lange Jahre nur leihen und nie behalten konnte.« Sie sah Stiller an. »Weißt du, wovon ich oft geträumt habe? Eine Nacht lang mal in einer Buchhandlung eingeschlossen zu sein. Nach Herzenslust zu stöbern. Reinlesen, wo ich möchte. Ungestört.« Wahllos zog sie ein Buch aus dem Regal. »Ist leider nur ein Traum geblieben. Wie vieles andere auch.«

»Wie wär's mit Kaffee?«, fragte Ruth. »Ich hab Erdbeerkuchen gemacht. Den ersten dieses Jahr.«

»Gern.« Rebecca folgte Ruth in die große Küche. »Gemütlich habt ihr es hier.«

»Insgesamt ein wenig klein für uns alle«, sagte Ruth. »Zumal ich hier noch Kurse gebe. Aber seit der Älteste ausgezogen ist …«

»Ich wohne in einem Apartment mit zwei Zimmern«, erwiderte Rebecca. »Wie viele Kinder habt ihr denn?«

»Drei.« Stiller bot ihr einen Platz an. »Die beiden anderen sind in der Stadt. Vielleicht lernst du sie später kennen.«

»Schade, dass du deinen Sohn nicht mitgebracht hast«, sagte Ruth, während sie sich setzten. »Wird er sich allein nicht langweilen?«

Rebecca schüttelte den Kopf. »Ich glaube kaum. Das ist ein Grund, weshalb ich hier in der Nähe bin. Er ist bei der US-Army. Seine Einheit wird kommende Woche von Frankfurt aus nach Afghanistan verlegt. Ich wollte so lange wie möglich bei ihm sein. Außerdem war's eine gute Gelegenheit, die alte Heimat wiederzusehen.«

»Er ist bei der Army?« Ruth schnitt den Kuchen an. »Wie alt ist er denn?«

Rebecca zögerte. »Alexander ist einundzwanzig«, sagte sie leise.

Ruth hielt inne, Stiller sah Rebecca betroffen an.

»Einundzwanzig?«, wiederholte er. »Dann ... also dann warst du ja ...«

»Ich war schwanger, als ich weggegangen bin, genau.« Ihre Stimme klang wieder fest, fast heiter.

Sie schwiegen kurz. »Darf ich dich fragen ...«, setzte Stiller vorsichtig an, »... wer ...?« Er beobachtete Ruth, die unbeteiligt wirkte und sich wieder dem Kuchen widmete. »Ich meine – wir waren damals zusammen ...«

»Nein, Paul, du bist nicht der Vater, wenn du das meinst.«

Stiller spürte, wie sich sein Gesicht erhitzte. Sie war schwanger – aber nicht von ihm.

»Ich weiß, wie sich das für dich anhören muss.« Rebecca senkte den Kopf. »Aber glaub mir, es ist nicht so, wie du denkst.«

»Wie denke ich denn?«

»Bitte, lass uns ein andermal darüber reden. Es wär schön, wenn du mir vertrauen könntest. Ich kann's jetzt nicht sagen.«

Da war er wieder, der Satz. Stiller schwieg.

»In der US-Army«, wechselte Ruth das Thema. »Also lebst du in den USA?«

»Lass mich raten: in Kalifornien. Los Angeles?« Stiller reichte

Ruth seinen Teller, hätte dabei fast seine Kaffeetasse umgestoßen. Er rang um Fassung.

Rebecca schüttelte den Kopf. »Das ist leider auch ein unerfüllter Traum geblieben. Aber USA ist richtig – und Angeles auch. Allerdings Port Angeles. Die ersten drei Jahre hab ich in Kanada gelebt. Bei Vancouver. Dann bin ich in die Staaten eingewandert und gleich im Nordwesten hängen geblieben. Ihr habt bestimmt noch nie von Port Angeles gehört. Ein kleines Kaff mit einem winzigen Hafen.«

Das Gespräch riss ab. Sie aßen. Stiller bemühte sich, seinen Mund zu treffen.

»Und was arbeitest du?«, fragte er schließlich.

»Mm.« Rebecca schluckte. »Nichts Spektakuläres. Um ehrlich zu sein, hab ich mich und Alex mit Billigjobs über Wasser gehalten. Port Angeles ist ein Ausgangspunkt für Touristen, die in den Olympic-Nationalpark wollen. In der Front Street liegen jede Menge Hotels, Motels, Märkte und zwei, drei Restaurants. Ich weiß nicht, ob ihr euch das vorstellen könnt.«

Ruth nickte. »Wir waren mal in den Staaten. Allerdings im Süden.«

»An diesen Durchgangsstraßen sieht's überall gleich aus. Dafür gibt's da immer Jobs. Ich hab lange in einem beliebten Diner gearbeitet, in der ›Mill Creek Bar & Grill‹. Außerdem war ich in den Hotels richtig begehrt, weil ich neben Englisch und Deutsch auch noch ein bisschen Französisch draufhabe.«

»Ich hätte dich eher in die Sportecke gesteckt.« Stiller biss sich auf die Lippe. Hatte das blöd geklungen? »Ich meine …«

»Ich versteh schon. Du hast sogar recht. Ich mache viel Fitness. Das amerikanische Essen ist gefährlich für Frauen um die vierzig.« Rebecca schob den Teller zurück. »Dein Kuchen schmeckt sagenhaft!«, lobte sie Ruth. »Aber ich kann nicht mehr.«

»Dann zeige ich dir mal meine Tonfiguren«, lächelte Ruth. »Paul räumt so lange ab.«

Sie verschwanden in den Keller. Stiller füllte die Spülmaschine, ging ins Wohnzimmer und ließ sich in seinen Lieblingssessel fallen. Während er wartete, blätterte er im Mitgliederverzeichnis der Ascaphia, das auf dem kleinen Wohnzimmertisch lag.

Beide Frauen strahlten, als sie zurückkamen. »Stell dir vor«, sagte Ruth, »Rebecca will eine meiner Rosenfeen kaufen.«

»Als Andenken«, erklärte Rebecca.

»Gut.« Ruth blickte die beiden an. »Wenn ihr euch ein wenig unterhalten wollt ... Ich hab unten noch zu tun.« Sie zog sich zurück.

Rebecca setzte sich Stiller gegenüber. »Du hast eine wunderbare Frau, Paul.«

»Ich weiß. Und du? Bist du verheiratet?«

Sie schüttelte den Kopf.

»Gewesen?«

»Nein«, sagte sie. »Ich war mit dem einen oder anderen schon mal länger zusammen. Aber es war nie der Richtige dabei. Vielleicht bin ich zu anspruchsvoll.«

»Tut mir leid.«

»Wieso?« Sie lächelte. »Freu dich doch. Du bist nicht so leicht zu ersetzen, Paul. Deine Frau hat auch Glück gehabt. Ihr passt wirklich gut zusammen.«

»Wie geht's deinen Eltern?«, lenkte Stiller ab.

Sie zuckte die Schultern.

»Du hast deine Eltern noch nicht gesehen?«

»Das gehört auch zu den Dingen, über die ich nicht reden will. Noch nicht.«

Stiller wusste nicht, wie er vorgehen sollte. Er hatte gehofft, nach all den Jahren etwas darüber zu erfahren, warum Rebecca verschwunden war. Doch er spürte immer deutlicher: Sie würde es ihm nicht erzählen. Jedenfalls nicht bei diesem Treffen. Dabei hatte sie es ihm versprochen. Vielleicht sollte er sie daran erinnern?

»Rebecca, ich ...«

Sie unterbrach ihn. »Der Mord an Emge ist gelöst, hab ich gehört.«

Er nickte. »Sieht so aus.«

»Aber du glaubst es nicht, stimmt's?«

Wieder nickte er. »Es gibt da so ein paar lose Fäden, die sich einfach nicht verknüpfen lassen wollen.«

»Willst du es nicht versuchen?«

Er zuckte die Schultern. »Ich weiß nicht, ob das was bringt.«

Rebecca beugte sich vor und sah ihn ernst an. »Paul, du warst damals begeistert von deinem Beruf. Du wolltest ein guter Journalist werden. Ich kann mir nicht vorstellen, dass du so leicht aufgibst. Dass du aufhörst zu recherchieren, solange du Zweifel hast.« Sie legte ihm eine Hand auf den Unterarm. »Mach weiter, Paul, bitte!«

Er betrachtete sie irritiert.

»Das Heftchen da«, sie nahm die Hand von seinem Arm und deutete auf das Mitgliederverzeichnis der Ascaphia. »Darf ich mal hineinsehen?« Sie nahm es vom Tisch, lehnte sich zurück und begann zu blättern. »Schau an«, sagte sie. »Der Charly ist auch dabei. Das war mal mein Kunstlehrer.«

Sie blätterte um. Plötzlich erbleichte sie. Ihr Blick blieb starr auf das Heft gerichtet. Die feinen Härchen auf ihren Armen stellten sich auf.

»Rebecca!«, rief Paul überrascht.

Sie antwortete nicht. Schien ihn nicht zu hören. Sie zitterte.

»Rebecca, was ist los mit dir?«

»Ich muss los, Paul.« Sie klappte das Heft zu und warf es auf den Tisch zurück.

»Ich versteh nicht ...«

Sie sprang auf, noch immer bleich. Zitternd. »Ich muss los, was gibt's da nicht zu verstehen?«

Die Heftigkeit ihrer Worte ließ Stiller zusammenzucken. Sie war bereits an der Tür zum Flur, bis er sich erhoben hatte.

»Ich kann nicht bleiben, das ist alles.« Sie stürmte hinaus auf den Legatplatz, sah sich kurz um und steuerte ihr Auto an.

»Rebecca!«, rief er ihr hinterher. »Bitte, geh nicht. Bleib.«

»Lass mich. Ich hab was zu tun.« Sie schlug die Wagentür zu und fuhr los.

Stiller blickte dem Wagen hinterher. Aus dem Augenwinkel sah er Cathérine im Vorgarten ihres Hauses stehen. Sie runzelte die Stirn.

»Was war das denn?« Ruth stand hinter Stiller und sah Rebecca nach. »Hattet ihr Streit?«

Er schüttelte den Kopf, während sie ins Haus gingen.

»Aber irgendwas war doch!«

»Es muss mit diesem Heft zusammenhängen.« Er nahm das Mitgliederverzeichnis der Ascaphia vom Couchtisch. Rebecca hatte es zugeklappt. Aber er würde die Seite wiederfinden. Sie hatte den Namen ihres früheren Kunstlehrers entdeckt – und dann noch einmal umgeblättert. Er schlug nach.

Achtzehn Namen standen auf der Doppelseite. Er begann, sie durchzugehen.

Ruth setzte sich auf die Armlehne des Sessel und schaute ihm über die Schulter. »Ich kenne ja nicht viele von ihnen. Aber soweit ich sie kenne, sind es alles ganz normale Leute. Niemand, bei dessen Name ich erschrecken würde.«

»Hm«, brummte Stiller. »Es könnte jeder Name sein. Ich bin nicht mal sicher, ob sie nur einmal umgeblättert hat.« Verärgert warf er das Heft auf den Tisch zurück.

Ruth legte ihren Arm um ihn. »Ich verstehe das nicht. Sie hat ruhig gewirkt, fast abgeklärt, sogar heiter. Ich hätte nicht gedacht, dass sie so leicht aus der Bahn zu werfen ist. Wie war sie denn früher?«

Stiller hob ruckartig den Kopf. »Was hast du gesagt?«

»Solche Stimmungsumschwünge. Hatte sie das früher auch?«

»Genau«, sagte er. »Ein Mal. Ich hab das schon ein Mal erlebt.«

Es war an einem jener Sommerabende gewesen, an denen sie ihm bereits anders vorgekommen war als früher. Sie hatten sich nach Redaktionsschluss in Joes Biergarten getroffen. Sie war wieder schweigsam gewesen, mit den Gedanken woanders, hatte jede Berührung vermieden. Nach und nach war es ihm gelungen, sie ein wenig aufzuheitern. Sie lachte über seine Witzeleien, dann schwärmte sie wieder von Kalifornien. Es bedrückte ihn immer ein wenig, wenn sie von ihrem Plan sprach, nach dem Abitur für ein Jahr in die USA zu gehen.

Er hatte bezahlt, und sie waren aufgebrochen. Sie schlenderten durch die Ernsthofstraße in Richtung City-Galerie und bogen in die Breslauer Straße ab, in der sie wohnte. Sie hatten den Wohnblock fast erreicht, als ihr Vater durch die Haustür auf die Straße trat. Es war jemand bei ihm. Stiller hatte ihm damals keine Beachtung geschenkt. Er hatte keine Gelegenheit dazu gehabt, denn Rebecca veränderte sich mit einem Mal. Nur darauf hatte er geachtet.

Obwohl er sie nicht berührte, spürte er, wie sie sich neben ihm versteifte. Die blonden Härchen an ihren Armen stellten sich auf, als friere sie. Sie zitterte. Ihr Blick verdunkelte sich. In ihren Augen spiegelte sich etwas wie Hass. Nein, Abscheu.

Sie blieb stehen. »Ich will umdrehen.«

»Wie bitte?« Er lachte. »Rebecca ...«

»Das ist nicht zum Lachen«, fuhr sie ihn an. »Ich meine es ernst. Ich will umdrehen.«

»Rebecca, das ist dein Vater!«

»Hörst du mich nicht?« Sie schrie fast, kehrte auf dem Absatz um und lief davon.

Er hatte Mühe, ihr zu folgen. Erst auf der Großmutterwiese holte er sie ein. Sie hatte sich an den Rand des Ludwigbrunnens gesetzt – und weinte. Er wollte ihr einen Arm um die Schulter legen, doch sie schüttelte ihn ab.

Damals hatte er ihr Verhalten auf ihren Vater bezogen. Was aber, wenn es um den anderen Mann gegangen war? Noch einmal rief er sich die Szene in Erinnerung, versuchte, sich auf den anderen zu konzentrieren. Es war nicht schwer, denn die Begegnung hatte sich, wie viele Szenen jener Zeit, tief in sein Gedächtnis gegraben. Mit einem Mal sah er den Mann bei Rebeccas Vater bewusst. Und erkannte ihn.

»Laip«, sagte Stiller so laut, dass Ruth zusammenzuckte. Er griff nach dem Heft, schlug die Seite auf, fuhr mit dem Finger die Liste der Namen ab. »Es war Laip«, wiederholte er und pochte mit dem Finger auf den Namen. »Da ist er.«

Er lehnte sich zurück. Damals hatte er sich nichts dabei gedacht. Laip war noch nicht in der Politik gewesen. Er war Kleiderfabrikant, Rebeccas Vater arbeitete in seiner Fabrik. Der Kleiderfabrikant und der Fabrikarbeiter ...

Erneut stutzte Stiller. Fabrikarbeiter. Wie der Vater von Angelika Schäfer. Die Parallele war ihm schon aufgefallen. Aber es gab vielleicht noch eine, die er übersehen hatte. Er stand auf und holte das Telefonbuch.

»Was hast du vor?«

»Ich muss Hiltrud Geiger eine Frage stellen. Ihr gehört der Tante-Emma-Laden in der Österreicher Kolonie. Halt mir die Daumen, dass sie die Antwort kennt.«

***

An diesem Samstagnachmittag war Kerstin Polke nicht auf Level »stinksauer«. Sie schwebte auf Wolke sieben. Das verdankte sie dem Kollegen, der neuerdings fürs Vermischte zuständig war. Weiß der Teufel, was er außerhalb der Dienstzeiten im Verlag zu suchen hatte. Sie hatte sich allein gewähnt, wartete auf den Typen, der ihr das Video von der Generalprobe des Modernen Theaters bringen wollte. In der kommenden Woche begannen die Aufführungen, der Mitschnitt sollte vorher im Netz zu sehen sein.

Plötzlich stand der Kollege hinter ihr. Sie hatte ihn gar nicht hereinkommen hören. Erst als sie seinen Atem auf ihren Haaren spürte, wandte sie sich um.

»Kerstin«, sagte er leise, »ich …«

Sie betrachtete ihn, ganz gegen ihre Gewohnheit spielte ein Lächeln um ihre Lippen. »Ja?« Sie war verblüfft: Der raue Ton ihrer Stimme war verschwunden.

Er legte einen Finger an die Lippen und zog sie mit der anderen Hand hoch. Sie warf einen Blick zur Tür, die einen Spalt geöffnet war. Doch er packte ihren Nacken und zog ihren Kopf zu sich. Als sie seine Lippen auf ihren spürte, gab sie nach. Seine Finger wühlten in ihrem Haar, während er sie küsste und seine Zunge um ihr Piercing spielen ließ. Dann glitten seine Hände auf ihren Rücken.

Sie schauerte, spürte die Hitze, das Prickeln. Seine Lippen lösten sich, küssten die Beuge zwischen Hals und Schulter. Sie stöhnte leise. Er streichelte ihren Rücken. Ihre Arme hoben sich, ihre Hände legten sich auf seine Schulterblätter, ihre Fingernägel gruben sich in seinen Pulli. Ihr Mund suchte seinen, ihre Nase sog seinen Atem ein.

Ein Klopfen an der Tür riss sie aus ihrer Phantasie. Sie saß auf ihrem Bürosessel. Allein. Kein Kollege vom Vermischten weit und breit.

»Ja?«, krächzte sie. Von wegen, der raue Ton wäre aus ihrer Stimme verschwunden.

Es war Alf, der Typ mit dem Video. »Darf ich reinkommen?«, fragte er zögernd. Er war groß, kräftig, durchaus attraktiv. Single. Aber er gehörte eindeutig in die Kategorie der Männer, die Angst vor ihr hatten.

»Blöde Frage«, pflaumte sie ihn an. »Deinetwegen sitz ich doch hier.«

Er reichte ihr die DVD. Sie schob sie ins Fach, überspielte die

Videodatei auf ihren Rechner und drückte sie ihm wieder in die Hand.

»Ich geh dann mal wieder …« Er zog sich zur Tür zurück.

»Tschö«, rief sie ihm hinterher und öffnete die Datei.

Der Film war okay. Die richtige Mischung aus Spielszenen und Aufnahmen vom Publikum. Das war's, was die Community liebte. Sehen und gesehen werden. Wobei es die üblichen Verdächtigen waren, die das Moderne Theater zur Vorpremiere eingeladen hatte. Spendenfreudige Honoratioren. Allen voran der beleibte Laip. Der gewiefte Politiker wusste, wie man Stimmen fing. Achtete schön darauf, dass er auch zu sehen war, wenn die Kamera ins Publikum schwenkte. War der Erste, der in der Pause eine Frage an den Regisseur richtete. Alf hatte sie aufgenommen.

Sie hörte nicht hin, sah nur die Bilder. Alf war auch in der zweiten Hälfte geblieben. Völlig untypisch für einen Freien, der nicht nach Zeit, sondern nur fürs Ergebnis bezahlt wurde. Andererseits kein Wunder. Kerstin grinste bitter. Im Modernen Theater gab es immer eine Schauspielerin, die sich ausziehen musste.

Plötzlich stutzte sie. Sie stoppte den Film, fuhr ihn langsam zurück, dann wieder vor. Bei dieser Aufnahme des Publikums war etwas anders. Sie hatte kein Bearbeitungsprogramm auf dem Rechner, konnte nicht zoomen. Daher schaltete sie das Bild auf Großformat, sah sich die Szene noch einmal an. Tatsächlich! Sie schüttelte den Kopf, ließ den Film in doppelter Geschwindigkeit weiterlaufen. Bei der nächsten Publikumsaufnahme hielt sie ihn wieder an, ihr Blick tastete das Bild ab.

»Bingo«, murmelte sie. Sie musste Stiller anrufen. Dringend. Hoffentlich würde der Idiot ihren Anruf dieses eine Mal annehmen.

Sie griff nach dem Telefon und wählte. Besetzt.

***

Stiller legte das Mobilteil auf den Tisch. Hiltrud Geiger hatte sich erinnert. Wenn jemand über die Österreicher Kolonie und ihre Menschen Bescheid wusste, dann sie.

»Der Vater von Angelika Schäfer war Fabrikarbeiter bei Laip«, sagte er zu Ruth. »Wie Rebeccas Vater.«

Ruth sah ihn fragend an. »Ich versteh nicht, was du meinst.«

»Zwei junge Frauen verschwinden. Und es gibt jede Menge Parallelen.«

»Aber Rebecca lebt. Sie ist zurückgekommen.«

Stiller nickte. »Ja.« Er sprach leise. »Warum ist sie zurückgekommen und warum Angelika Schäfer nicht? Ich muss mit Laip reden. Er weiß etwas, da bin ich mir sicher.«

Er blätterte erneut im Telefonbuch, doch Laip war nicht eingetragen. Eine typische Promi-Allüre. Den Landtagsabgeordneten geben, aber unerwartete Kontakte mit dem Wahlvolk vermeiden. Stiller fluchte.

»Du hast das Mitgliederverzeichnis der Ascaphia«, beruhigte ihn Ruth. »Da steht seine Nummer drin.«

Sie hatte recht. Stiller wählte. Während er dem Freizeichen lauschte, überschlugen sich seine Gedanken. Laips Nummer und Adresse standen nicht im Telefonbuch, aber im Mitgliederverzeichnis. Rebecca hatte es gelesen. Wenn es sein Name war, auf den sie so merkwürdig reagiert hatte, dann wusste sie jetzt, wie sie ihn erreichen konnte – und wo er wohnte.

»Er nimmt nicht ab.« Stiller drückte auf »Auflegen«.

***

Kerstins Laune näherte sich dem Tiefpunkt. Sie hatte es schon dreimal probiert. Immer besetzt. Stiller war dabei, den Rest an Sympathie zu verspielen, die sie für ihn empfand. Sie überlegte, es auf dem Handy zu versuchen. Aber da würde er sehen, woher der Anruf kam – und vermutlich nicht drangehen.

Sie wählte noch einmal. Frei. Sie atmete durch. Diesmal würde sie sich zusammenreißen.

»Stiller?«, meldete er sich.

»Na endlich!« Sie räusperte sich. »Ich sitze hier mit einer Spitzennachricht, und du führst Dauertelefonate. Oder hat deine Frau Kochrezepte ausgetauscht?«

»Kerstin«, sagte er. »Was ist los?«

Das hätte er gerne gewusst. Sie würde ihn noch einen Augenblick zappeln lassen. »Es geht um den Mord an Emge. Und um deinen sauberen Herrn Laip.«

»Was ist mit ihm?«

Kerstin war überrascht über Stillers Ton. Er klang mehr als nur neugierig! »Der angebliche Gutmensch hat für die Tatzeit kein Alibi.«

Stiller schwieg.

»Er war nach der Pause des Stücks nicht mehr im Theater.«

»Kein Zweifel?«

Sie schnaufte. »Alf ist bis zum Ende geblieben. Ich habe mir alle Publikumsszenen angeschaut. Laip fehlt.«

»Aber er ist nach dem Stück im Foyer gesehen worden!«

»Vielleicht hat er sich wieder unters Volk gemischt, keine Ahnung. In der zweiten Hälfte war er jedenfalls definitiv nicht im Zuschauerraum.«

Wieder schwieg Stiller. Danke!, dachte Kerstin.

»Kerstin …«, sagte er.

»Was?«

»Danke!« Er klang bedrückt. »Du weißt gar nicht, wie wichtig das ist.«

»Hältst du mich für blöd?«, bellte sie. Und legte auf.

***

Stiller betrachtete nachdenklich das Telefon. »Laip hat für den Mord an Emge kein Alibi«, berichtete er Ruth. »Er hatte Kleinschnitz und mir erzählt, er sei bei der Vorpremiere des Modernen Theaters gewesen. Da war er aber nach der Pause nicht mehr.«

»Denkst du, er hat Emge umgebracht?«

»Er besitzt einen Schlüssel zum Vereinsheim. Er kennt die unterirdischen Gänge. Er konnte sich ausrechnen, wann Emge den Saal verlassen und im Vorraum allein sein würde.«

Ruth wollte etwas sagen, aber das Telefon klingelte erneut. Stiller nahm an.

»Hi. Mein Name ist Alex«, meldete sich eine tiefe, gedehnte Stimme. »Alexander Lang. Sie kennen meine Mutter.«

»Sie … Sie sind Rebeccas Sohn?« Stillers Stimme zitterte, seine Finger umklammerten das Telefon.

»Das bin ich, ja.«

Ein richtiger Bass. Stiller wusste, dass Alex einundzwanzig war. Dennoch hatte er sich Rebeccas Sohn als Kind vorgestellt.

»Sie ist nicht mehr hier.«

»Ich weiß.« Alex zögerte, suchte nach Worten. »Herr Stiller, ich rufe Sie an, weil meine Mutter immer sehr gut von Ihnen spricht. Auch kenne ich hier sonst niemanden.«

»Ist etwas passiert?« Stiller spürte, wie sich sein Herzschlag verdoppelte.

»Ich bin besorgt. Nach dem Besuch bei Ihnen war meine Mutter verändert. Sehr aufgeregt.«

»Das ist mir auch aufgefallen. Ich habe noch keine Erklärung. Kann ich sie sprechen?«

»Sie ist fort. Sie war nur kurz hier. Seitdem kann ich sie nicht mehr erreichen. Ihr *mobile* ist ausgeschaltet.« Wieder zögerte Alex. »Haben Sie vielleicht eine Idee, zu wem sie gegangen sein könnte?«

Stillers Magen verkrampfte sich. »Ich denke nach«, sagte er.

»Ich glaube, Sie sind ein Freund.« Alex legte einen flehenden Ton in seine Stimme. »Sie müssen helfen. Ich bin wirklich besorgt.«

»Vielleicht gibt es dazu ja gar keinen Grund«, versuchte ihn Stiller zu beruhigen. »Vielleicht will sie nur ein wenig für sich sein.« Er glaubte es selbst nicht.

»Herr Stiller«, sagte Alex, »sie hat eine Waffe.«

»Sie hat *was*?«

»Eine Waffe.«

»Ich such sie.« Stiller warf das Mobilteil auf den Tisch und sprang auf.

»Was ist los, Paul?«, erkundigte sich Ruth.

»Ich glaube, Rebecca ist dabei, eine Riesendummheit zu begehen. Ich muss das verhindern.« Er schlüpfte in seine Schuhe und nahm den Wagenschlüssel.

»Lass das Strobel machen. Du musst ihm Bescheid sagen!«

»Übernimm du das.« Er gab Ruth einen Kuss.

Sie versuchte noch einmal, ihn aufzuhalten. »Du weißt doch gar nicht, wo du sie suchen sollst!«

»Ich suche nicht sie!« Stiller war schon an der Tür. »Ich suche Laip.«

Stiller stieg in den Kangoo, der unter den Akazien auf dem Legatplatz stand. Der Renault war über und über mit Blütenstaub bedeckt. Das Wetter war in der vergangenen Woche ungewöhnlich warm gewesen, die Natur hatte gegenüber früheren Jahren einen Vorsprung von vier Wochen. Als Stiller vom Platz fuhr, schoss sofort ein anderer Wagen in die Lücke. Eine Reihe weiterer Autos kam ihm entgegen. Cathérine feierte Geburtstag. Hundert Gäste. Acht Stellplätze auf dem Legatplatz. Das konnte heiter werden.

Stiller schob den Gedanken an Cathérines Geburtstag beiseite und überlegte, wie er vorgehen sollte. Er entschied sich, als Erstes zu Laips Villa zu fahren. Der Landtagsabgeordnete wohnte in der Yorkstraße am Fuß des Godelsbergs. Aschaffenburgs Eins-a-Lage. Er raste mit achtzig über die Ringstraße. Die Polizei blitzte hier nie – und wenn doch, kam es auf ein paar Punkte nicht mehr an. »Rechtfertigender Notstand«, murmelte er.

An der Schießhausbrücke verließ er den Ring, schoss die Ludwigsallee hinauf und bog links ab in die Yorkstraße. Er sah die Villa und ahnte, dass er Laip hier nicht treffen würde, so verlassen wirkte sie. Dennoch stieg er aus, drückte den Klingelknopf und lächelte in die Halbkugel, die Linse der Videokamera. Er wartete eine Weile und klingelte erneut. Nichts, wie erwartet.

Wohin jetzt? Laip hatte in der Schöntalpassage gegenüber der City-Galerie ein Abgeordnetenbüro. Das war die Anlaufstelle für das Wahlvolk. Stillers nächstes Ziel.

Ohne Rücksicht auf die Tempo-30-Zone ließ er den Kangoo die Ludwigsallee wieder hinabsausen. Er umrundete die Großmutterwiese und betrachtete im Vorbeifahren die Lücke in der Hecke am Hannewackeldudelsee. Er grinste – obwohl ihm nicht danach zumute war.

Die Zeit verrann. Er fuhr wie unter Strom, er durfte nicht zu spät kommen.

An der City-Galerie stellte er den Wagen kurzerhand an der Bushaltestelle ab, rannte über die Goldbacher Straße in die Schöntalpassage. Das Abgeordnetenbüro war geschlossen. Stiller drückte die Nase gegen die Scheibe der Glastür, hielt die Hand über die Augen. Im Hintergrund des Büros saß ein braver Parteisoldat und faltete Briefe.

Stiller pochte gegen die Tür. Der Helfer hob den Kopf, schüttelte ihn und senkte ihn wieder. Stiller klopfte erneut. Der Mann drinnen deutete auf seine Uhr. Das Türschild verriet, dass samstags nur bis sechzehn Uhr geöffnet war. Stiller hob den Zeigefinger, um sich die Aufmerksamkeit des Parteisoldaten zu erhalten, griff in die Tasche, zog den Presseausweis heraus und klatschte ihn an die Scheibe.

Endlich erhob sich der Mann, kam mürrisch zur Tür und musterte den Ausweis. Dann schloss er auf.

»Presse«, sagte er. »Das ist etwas anderes. Wissen Sie, ich muss so strikt sein. Sonst könnte ja jeder kommen. Eines Tages hätten wir rund um die Uhr Kundenverkehr.«

»Ich bin in Eile.« Stiller kürzte ab. »Ich suche Laip.«

»*Doktor* Laip«, korrigierte der Mann. »Er ist nicht hier. Versuchen Sie es bei ihm zu Hause.«

»Da komme ich gerade her.«

»Haben Sie ihn nicht angetroffen?«

Stiller wusste plötzlich, wie sich Chefredakteur Bausback fühlen musste, wenn sein Gesicht rot anlief und seine Nase erbleichte.

Der Mann erkannte das Alarmsignal. »Lassen Sie mich überlegen.« Er dachte nach. »Ist es wichtig?«

»Hören Sie ...«

»Schon gut. Ich muss das fragen. An sich darf ich keine Informationen über das Privatleben des Herrn Abgeordneten herausgeben.«

»Es ist wichtig.« Stiller zwang sich zur Beherrschung. »Es klingt vielleicht ein wenig abgedroschen, aber es geht sozusagen um Leben und Tod.«

»Oh.«

»Bitte!«

»Sie sagen ihm aber, dass ich Ihnen diese Information nur auf Ihren Druck hin gegeben habe.«

Stiller holte tief Luft.

Der Mann öffnete die Tür ein Stück weiter, ließ Stiller einen Schritt vortreten und senkte die Stimme. »Samstag ab vier finden Sie Dr. Laip meist bei Rot-Weiß an der Kleinen Schönbuschallee. Er spielt mit Freunden Tennis, hinterher essen sie im Vereinsheim. ›Bei Franco‹, ausgezeichnete italienische Küche.«

»Ist heute so ein Samstag?«

»Er hat es vorgehabt«, nickte der Mann. »Er wird da aber nur ungern gestört.«

»Wir werden sehen.« Stiller bedankte sich und eilte zum Auto.

Er wendete im nächsten Kreisverkehr und raste durch die Innenstadt in Richtung Frankfurt. Er scherte sich nicht um das Tempolimit, hielt sich aber an die roten Ampeln. An fast jeder musste er halten. Wieder hatte er das Gefühl, es nicht mehr rechtzeitig zu schaffen.

An der Ebertbrücke bog er ab, überquerte den Main und steuerte den Kangoo in die Darmstädter Straße. Maikäfer brummten in der Abenddämmerung zwischen den Alleebäumen herum, prallten gegen die Windschutzscheibe. Auch sie waren viel zu früh dran, es war noch nicht einmal Mitte April.

Der Tennisclub Rot-Weiß lag am Auweg, der die Darmstädter Straße mit dem Stadtteil Nilkheim verband. Die Abzweigung zum Parkplatz nahm der Kangoo in gefährlicher Schräglage. Stiller sprang heraus, schlug die Tür zu, verzichtete darauf, abzuschließen.

Die Tennisplätze lagen verwaist da. Es war gegen sieben und fast dunkel. Stiller stieß die Tür zur Vereinsgaststätte auf, stürmte hinein. Missbilligend betrachteten ihn die Gäste, die Gespräche verstummten. Er sah sich um. Keine Spur von Laip.

Franco war ein Vorzeigeitaliener. Schlank, volles schwarzes, Haar. Eine edle Nase, die in direkter Linie von einem altrömischen Adeligen abstammen musste. Stiller kannte ihn, er war einige Zeit mit Fenia Saalbach befreundet gewesen.

»Kanne isch ‘elfe?«, erkundigte er sich.

»Ich suche Laip«, erklärte Stiller atemlos. »Dr. Laip, den Landtagsabgeordneten.«

»Ah, er isse ‘ier gewese. ‘atte er sogar eine Bier bestellt. Aber dann is ein Anruf gekomme, und er isse gegange.«

»Ein Anruf auf seinem Handy?«

»*Si.*«

»Wissen Sie, wer angerufen hat?«

»No. Wo’er solle isch wisse?«

»Oder wohin er gegangen ist?«

»*No. Peccato.*«

»Hat er vielleicht etwas gesagt?« Stiller gab nicht auf.

»Nur dass er, äh, müsse ge'e. Er war sehr, wie sagt man? *Nervoso.*«

»Danke«, sagte Stiller. Er lief zum Parkplatz zurück, setzte sich hinter das Steuer und versuchte nachzudenken. Wo sollte er noch suchen? Keine Spur von Laip. Keine Spur von Rebecca. Nacheinander wählte er ihre Handynummern. Nicht erreichbar. Als hätte der Erdboden sie verschluckt.

Er runzelte die Stirn. Wo hatte er das schon einmal gehört? Richtig! Im Tante-Emma-Laden. Der bierselige Herr Weber hatte seine Ami-»De-erie« über Angelika Schäfers Verschwinden auf diesem Satz aufgebaut: »Hat se vielleicht de Erdbode verschluckt?« Wahrscheinlich kam genau das der Wahrheit am nächsten.

***

Es würde kein Spaziergang werden. Strobel hatte es gewusst. Sechs Stunden ohne nennenswertes Resultat. Er war geschafft, ließ sich auf den Sessel hinter seinem Schreibtisch sinken. Ein paar Minuten ausspannen. Sein einziger Tost: Die beiden Holländer waren auch nicht mehr taufrisch. Und längst nicht mehr so selbstsicher wie am Anfang.

Sie arbeiteten zu fünft an ihnen – nicht gerechnet die Dolmetscher, die Strobel schon nach einer halben Stunde herbeizitiert hatte. Gleich, als es heikel wurde, hatten die Burschen nichts mehr verstehen wollen.

Strobel pendelte zwischen den beiden Vernehmungsräumen hin und her, führte mal bei dem einen, mal bei dem anderen die Befragung. In den Pausen sah er über Video zu. Für die Holländer gab es keine Pause. Keinen Kaffee, keine Zigaretten. Nur Wasser. Es war fast sechs. Er würde ihnen etwas zu essen bringen lassen.

Vielleicht war es genug für heute. Sie leugneten alles, selbst den Mord an Pütz. Dabei musste ihnen klar sein, dass sie zumindest aus dieser Sache nicht mehr herauskamen. Die Kripo hatte jede Menge Fingerabdrücke am Jaguar gesichert. DNA-Spuren, Hautpartikel an Pütz' Leiche. Heute trägt niemand mehr einen Toten von einem Schiff in ein Auto, ohne Spuren zu hinterlassen. Es war nur eine Frage der Zeit, bis die Rechtsmedizin alles ausgewertet und mit den Proben der beiden Tatverdächtigen verglichen hatte. Sobald wie möglich wollte Strobel die beiden außerdem Stiller und Kleinschnitz gegenüberstellen.

Schwieriger war es mit dem Mord an Emge. Der Täter hatte ihn nicht berührt. Die beiden Holländer bestritten vehement, ihn gekannt zu haben. Nannten Zeugen, die sie in der Tatnacht im Hafen von Rotterdam gesehen haben sollen. Beim Beladen der *Marijke*. Sie hatte Fracht für Frankfurt. Erst von dort war sie unbeladen nach Elsenfeld weitergefahren, um die Container aufzunehmen, von deren Inhalt diese Burschen ebenfalls nichts gewusst haben wollten.

Ungeachtet der Zeugen, die noch gehört werden würden – Strobel gestand sich ein, dass er den beiden glaubte, was Emge betraf. Es ergab für ihn keinen Sinn: Weshalb sollten sie für einen Auftragsmord nach Aschaffenburg fahren, dann nach Rotterdam zurückkehren und per Schiff wieder einreisen? Das war viel zu heiß. Wenn der Mord an Emge wirklich auf das Konto des Wertstoffschieberrings ging, dann waren nicht diese beiden die Handlanger gewesen.

Wie auch immer: Zugeben würden sie nur, was ihnen nachzuweisen war. Strobel beschloss, der Rechtsmedizin Dampf zu machen, um baldmöglichst Beweise zu haben. Die Vernehmung würde er für heute abbrechen. Sabine sollte sich freuen. Wenigstens den Abend konnten sie gemeinsam verbringen.

Er erhob sich. Das Telefon hielt ihn zurück. Die Vermittlung. Er nahm den Hörer ab. »Ja, verbinden Sie.« Er setzte sich wieder.

»Frau Stiller«, sagte er nach einer kleinen Pause. »Was verschafft mir diese Ehre?«

Dann schwieg er lange und lauschte.

***

Stiller startete, fuhr die Darmstädter zurück und über die mittlere Mainbrücke in den Löhergraben. Laips Mercedes war nicht zu übersehen. FL. Wie am Donnerstag stand er zwischen dem Vereinsheim der Ascaphia und der Kapelle. Stiller parkte den Kangoo am Straßenrand. Diesmal schloss er den Wagen ab, bevor er zur Burg eilte.

Er versuchte es zunächst am Seiteneingang, der dem Parkplatz am nächsten lag. Die Tür war verschlossen. Er drückte den Klingelknopf, zählte bis zwanzig. Keine Reaktion. Er klingelte noch einmal, wartete aber nicht mehr, sondern lief zum Haupteingang. Ebenfalls verschlossen. Wieder keine Reaktion auf sein Klingeln. Entweder konnte Laip nicht mehr öffnen – oder er war nicht in der Burg. Er war in den Gewölben, vom Erdboden verschluckt.

Stiller erinnerte sich, dass es weitere Zugänge zu den Kellern gab. Laip hatte vom Parkplatz des Hotels »Wilder Mann« gesprochen. Und von der Fischergasse. Er spurtete den Löhergraben hinunter. Der Hotelparkplatz lag gleich unterhalb der Kapelle. Stiller sah die verbeulte Stahlpforte am Fuß des Hangs, überquerte den Platz, rüttelte und riss am Türgriff. Aussichtslos. Die Tür saß fest.

Er umrundete das Hotel, bog links in die Fischergasse. Er hatte keine Ahnung, wo sich hier der Zugang zu den Gewölben verbarg. Er schwitzte, sein Atem ging stoßweise. Er würde zu spät kommen. Hinter dem Hotel zweigte rechts eine schmale Passage ab, die in die Treppe zum Altstadtfriedhof mündete. Die Beinegasse. Da sah Stiller ein Holztor. Es lag am Ende der Treppe seitlich am Hang.

Mit wenigen Schritten war er dort, packte den altmodischen, verrosteten Griff, rüttelte. Wieder erfolglos. Er zog das rechte Bein an und trat gegen die Tür. Sie gab nicht nach, aber eine Bohle splitterte. Das Holz war morsch. Stiller schöpfte Hoffnung. Wieder und wieder trat er gegen die Tür. Zwei Bohlen brachen. Langsam wuchs das Loch.

Friedhofsbesucher kamen die Treppe herunter, drückten sich ängstlich an ihm vorbei. Stiller achtete nicht auf sie. Sein Fuß schmerzte, er fühlte, wie sein Knöchel schwoll, aber er gab nicht auf, bis das Loch so groß war, dass er sich hindurchquetschen konnte.

Er hielt inne und kramte den Wagenschlüssel aus der Tasche. Am Schlüssel hing ein Lämpchen. Es war winzig. Kleinschnitz hatte es ihm geschenkt, es stammte angeblich aus dem Wal-Mart in Boston und war in den USA für jeden Autofahrer unverzichtbar. Stiller hatte es nie benutzt. Bis jetzt.

Er schlüpfte durch das Loch, ließ den dünnen Lichtstrahl über die Wände des Gangs flimmern, der vor ihm lag. Die Decke war niedrig, voller Spinnweben. Gebückt humpelte er in den Tunnel.

Wenn es der Gang war, von dem Laip gesprochen hatte, würde er zur Wendeltreppe führen. Das bläuliche Licht sauste vor ihm her, wies den geraden Weg, vorbei an zwei, drei Abzweigungen rechts und links. Endlich erreichte er den Gang, der von der Wendeltreppe zu den alten Eiskellern und weiter zum Vereinsheim der Ascaphia führte.

Er richtete sich auf, lauschte. Das Blut pochte in seinen Ohren. Er lehnte sich gegen die Wand, atmete ruhig. Lauschte wieder. Diesmal hörte er Stimmen. Ganz sicher. Sie kamen von oben.

Er wandte sich nach rechts, schob sich durch den schmalen Durchlass und stieg die Wendeltreppe hinauf. Oben waren die Stimmen deutlicher. Er folgte ihnen durch mehrere Gewölbekeller bis in den größten, die Kathedrale.

Da sah er sie.

Laip lehnte an der Wand, die Augen zu schmalen Schlitzen zusammengekniffen. Rebecca blendete ihn mit einer starken Lampe. Mit der anderen Hand drückte sie ihm die Mündung eines Revolverlaufs unters Kinn. Der übrige Raum lag im Dunkeln.

»Rebecca!« Stiller blieb stehen.

Überrascht wandte sie ihm den Kopf zu.

Laip reagierte sofort, hob die Hände. Doch sie presste ihm die Waffe fester an den Hals, und er ließ die Arme wieder sinken. Seine Haare waren nicht mehr fein säuberlich über die Halbglatze gekämmt, sie standen wirr vom Kopf ab. Er war nicht mehr der joviale Politiker, er wirkte hilflos, fast lächerlich.

»Herr Stiller, helfen Sie mir!« Er klang erstickt. »Diese Frau ist wahnsinnig.«

»Geh weg, Paul!«, rief Rebecca.

Stiller trat einen Schritt näher. »Rebecca, lass ihn. Komm zu mir.«

»Bleib stehen, Paul! Ich drücke ab …«

»Bitte nicht!« Stiller sprach ruhig, streckte die Arme aus. »Nimm die Waffe weg.«

»Er hat Emge umgebracht.«

»Stiller, sie ist wahnsinnig!« Laips Stimme überschlug sich. »Sie müssen mir helfen!«

»Sie haben kein Alibi, Laip.« Wieder wagte sich Stiller einen Schritt weiter. »Rebecca, die Kripo weiß das bereits oder erfährt es gerade.«

»Das beweist gar nichts!« Laip wandte ihm den Kopf zu. »Emge war mein Vereinsbruder. Ein Freund. Warum sollte ich ihn umbringen?«

»Weil Emge Bescheid wusste, Paul.« Rebecca drehte Laips Kopf mit dem Revolverlauf wieder zu sich. »Er wusste, was der da getan hat. Laip hat Frauen vergewaltigt. Mädchen.«

»Das ist der Gipfel!« Laip röchelte. »Stiller, Sie dürfen ihr nicht …«

Rebecca schnitt ihm das Wort ab. »Ich weiß nicht, wie man das nennt, Paul. Aber er hat sie gezwungen. Er drohte, ihre Männer oder Väter zu entlassen, wenn sie nicht mitmachten. Mit den Bekleidungsfabriken ging's bergab. Wer seine Stelle verlor, fand nie mehr eine.«

»Ich habe keine gezwungen. Zu nichts. Das sind bodenlose Unterstellungen. Ja, ich hatte früher mal Affären. Aber die Frauen waren hinter mir her.«

»Mich hat er auch vergewaltigt. Vier Mal.«

»Das ist nicht wahr! Kein Wort«, presste Laip hervor. »Du hast es doch gewollt. Es hat dir Spaß gemacht.«

»Hörst du ihn, Paul? Ich bring ihn um!« Wieder presste sie den Revolver fest gegen Laips Kehlkopf.

»Tu's nicht, Rebecca.« Stiller flehte. »Du machst dich unglücklich.«

»Ich mach mich unglücklich? Ich?« Rebecca sprach zu Stiller, doch sie sah Laip an. »Kannst du dir vorstellen, wie das für mich war? Ich hatte ein Leben. Einen Freund. Ich war glücklich. Plötzlich war alles vorbei. Keine Hoffnung auf Hilfe. Schwanger von diesem Widerling. Ich wollte das Kind behalten. Aber ich hab seinen Vater gehasst. Niemand hat eine Ahnung, wie das ist.«

Stiller erstarrte. »Alex …«

»… ist sein Sohn. Ja.«

»Warum hast du mir nichts davon gesagt, Rebecca?« Stiller unternahm einen weiteren Schritt. Rebecca konnte ihn nicht sehen, nur hören. »Ich hätte dir helfen können.«

»Ich hab's doch versucht. Du hast mir nicht zugehört, Paul. Du warst mit dir selbst beschäftigt. So glücklich über deinen neuen Job ...«

Wie aber solltest du mein Schweigen hören, da du doch nicht einmal mein Wort vernahmst?

Stiller dachte an Rebeccas Lieblingsgedicht.

»... und ich hatte Angst, dich zu verlieren. Wer hätte mir schon geglaubt? Nach dem ersten Mal vielleicht, aber dann ... Der da hatte Jura studiert. Der war angesehen. Einflussreich. Alle kuschten vor ihm. Meine eigenen Eltern. Niemand hätte mir geglaubt.«

Stiller versuchte Zeit zu gewinnen. »Deine Eltern haben dir nicht geglaubt?«

»Natürlich haben sie mir geglaubt. Sie wussten sogar, dass ich nicht die Einzige war. Mit meiner Mutter ...« Sie presste Laip den Lauf fester gegen den Hals.

Er zuckte mit dem Kopf zurück, stieß an die Wand und schrie auf.

Rebecca blickte zu Stiller. »Hörst du? Jetzt hat er Angst. Das ist noch viel zu wenig für das, was er getan hat ... Mit meiner Mutter hat er es auch gemacht. Ich wollte zur Polizei. Aber mein Vater hat geheult, mich angefleht, Laip nicht anzuzeigen. Wir hatten gerade das Grundstück im Strietwald gekauft. Der Vertrag mit dem Bauunternehmen war schon unterschrieben. Mein Vater hatte immer davon geträumt. Er hatte Schulden. Nicht nur bei der Bank, weißt du? Sondern bei Laip selbst. Er hatte mir versprochen, mit Laip zu reden. Aber er traute sich nicht. Später hat er mir sogar Geld geben wollen für die Abtreibung. Mein eigener Vater. Und meine Mutter hat sich rausgehalten: ›Du bist volljährig. Du musst wissen, was du tust.‹ Das war alles, was sie gesagt hat.«

Rebecca sah wieder Laip an. »Genutzt hat es nichts: Zwei Jahre später ging der da in die Politik und schloss die Kleiderfabrik. Mein Vater saß auf der Straße, das Haus war weg. Ich hab es nie gesehen.«

Beim nächsten Schritt stieß Stiller gegen einen Stein. Er biss sich auf die Unterlippe.

»Komm nicht näher, Paul. Versuch nicht, mich abzuhalten. Ich kann nicht anders, verstehst du? Damals hätte mir niemand geglaubt, und niemand wird mir heute glauben.«

»Ich glaube dir, Rebecca. Ich will auch, dass er bestraft wird. Bitte, mach jetzt keinen Fehler!«

Sie lachte spöttisch. »Den Fehler hab ich schon vor langer Zeit gemacht. Ich hätte Nein sagen sollen. Andere haben es gewagt. Es gab eine junge Frau, die Nein gesagt hat. Sie hieß Angelika, und der da hat sie umgebracht.«

»Verleumdungen!«, stieß Laip hervor. »Glauben Sie ihr kein Wort, Stiller!«

»Ich hab's von Emge. Er hat es mir selbst gesagt, bevor der ihn umgebracht hat. Emge hat nachgeforscht. Andere Frauen gesucht, die Laip missbraucht hat. Ich hab die Anzeige gelesen, ›Laipgeschädigt‹ hieß die. Ich hab sofort gewusst, worum es geht, und mich gemeldet. Emge wollte ihn vor Gericht bringen.«

»Alles Unterstellungen«, sagte Laip. »Sie können nichts davon beweisen. Stiller, diese Frau – es war ein Unfall. Ich hab sie nicht angerührt.«

»Wir machen es, wie Emge es wollte«, sagte Stiller und schritt weiter vor. »Wir bringen ihn vor Gericht.«

Sie schüttelte den Kopf. »Laip hat recht, Paul. Ich kann nichts beweisen. Alle sind tot. Emge wusste es von Angelikas Mutter. Sie hat ihm von ihrem Verdacht erzählt, den sie schon all die Jahre hatte. Sie ist tot. Emge ist tot. Angelikas Leiche wurde nie gefunden. Ich bin vielleicht die Einzige, die davon weiß – aber niemand wird mir glauben. Und dass er mich vergewaltigt hat, ist längst verjährt. Ich finde keine Gerechtigkeit. Es sei denn, ich richte ihn selbst.«

»Lass es uns wenigstens versuchen, Rebecca«, bat Stiller. »Lass ihn leben. Wenn er tot ist, stellt Strobel die Ermittlungen ein.«

»Hör auf, Paul. Hör endlich auf.« Wieder sah sie in seine Richtung. »Warum gehst du nicht einfach? Da kannst mich nicht umstimmen. Niemand kann das. Ich hab mich daran gewöhnt, für mich selbst zu entscheiden und dazu zu stehen. Meine Eltern haben mich nicht davon abbringen können, das Kind zu behalten. Du hast mich nicht abhalten können, wegzugehen. Tut mir leid, aber du kannst mich auch jetzt nicht mehr aufhalten.«

Einen Moment nur achtete sie zu sehr auf Stiller, lockerte den Druck des Revolverlaufs. Blitzschnell riss Laip die Arme hoch, schlug ihr die Waffe aus der Hand. Stiller hörte sie im finsteren Teil des Gewölbes aufschlagen. Mit einer Schnelligkeit, die Stiller dem fülligen Mann nicht zugetraut hätte, sprang Laip der Pistole hinterher. Er warf sich zu Boden, begann nach ihr zu tasten.

Rebecca wollte ihm folgen. Mit zwei Sätzen war Stiller bei ihr, packte ihren Arm und drehte die Lampe von Laip weg zum Ausgang aus der Kathedrale. »Komm mit.« Er zog sie hinter sich her ins nächste Gewölbe.

Sie sträubte sich. »Warum bist du gekommen, Paul? Warum bist du nicht weggeblieben?«

Er antwortete nicht, zog sie weiter, versuchte ihren Arm so zu halten, dass Licht auf den Weg fiel. Nach dem nächsten Gewölbe hielt er sich rechts. Da musste es zur Wendeltreppe gehen. Hinter ihnen erklangen Schritte. Laip kam ihnen nach.

Als sie die Schritte hörte, gab Rebecca nach. »Er wird uns umbringen. Wie Angelika. Wie Emge.«

»Das wird er nicht.« Stiller versuchte, seiner Stimme einen festen Klang zu geben. »Wir sind gleich draußen.«

Plötzlich stolperte Rebecca. Sie stürzte, schrie auf. Neben ihr schlug die Lampe auf den Boden und erlosch. Stiller blieb stehen. Vollständige Finsternis umgab sie. Die Schritte hielten inne.

»Komm, steh auf«, flüsterte Stiller.

»Ich kann nicht«, rief Rebecca. »Mein Fuß …«

Laip musste sie gehört haben. Er orientierte sich an den Stimmen, tastend schritt er weiter.

»Du kannst«, entgegnete Stiller. »Ich helfe dir.«

»Lass mich«, stöhnte Rebecca. »Lass mich einfach liegen. Ich will nicht mehr weglaufen.«

Stiller sah sie in der Finsternis. Sie war wieder das Mädchen im wehenden Kleid, das in den Sturm lachte und Gedichte rezitierte. *Doch neuen Schutz hast du mir nicht gegeben …*

Laips Schritte näherten sich.

Stiller packte Rebecca unter den Achseln und zog sie hoch. Er legte ihren Arm über seine Schulter und seinen um ihre Taille. Er fischte das Lämpchen aus der Tasche und richtete den dünnen Lichtstrahl in einen weiten Gang, in dem es sich verlor.

Laip schoss. Der Knall hallte durch die Gewölbe. Die Kugel schlug hinter Stiller und Rebecca in den Boden.

Stiller hob Rebecca an. Sie humpelte neben ihm weiter. Hier würde es gehen. Aber in den schmalen Gängen im unteren Geschoss?

Sie erreichten die Wendeltreppe. Stiller schob Rebecca vor sich, obwohl er wusste, dass er sie leichter auf seinen Rücken ziehen und hinuntertragen konnte. Doch hinter ihnen war Laip mit der Pistole. Immer dichter rückte er auf. Stiller schob Rebecca die Treppe hinunter, hielt sie fest, damit sie nicht fiel.

In letzter Sekunde erkannte er den schmalen Ausgang von der Wendeltreppe in die unteren Keller. Er stieß Rebecca hinein, wollte sich hinterherschieben, als er Laips Hand auf seiner Schulter spürte. Stiller fühlte sich, als weiche ihm alles Blut aus den Adern.

Laip versuchte, ihn zurückzuziehen. Doch er verfehlte in der Finsternis eine Stufe und fiel vornüber. Rasch trat Stiller in den Durchlass, um nicht mitgerissen zu werden. Laip prallte gegen die Wand und stürzte die Treppe hinunter. Ein Schuss löste sich, das Mündungsfeuer erhellte die Wendeltreppe für den Bruchteil einer Sekunde. Es platschte, als Laip ins Wasser des Brunnens eintauchte.

Dann herrschte Stille. Kein Schreien. Keine Hilferufe. Stiller atmete schwer. Er wartete auf Geräusche, die darauf schließen ließen, dass Laip auftauchte und versuchte, sich über Wasser zu halten. Nichts. Es blieb still und finster.

Rebecca zitterte. Stiller hatte wieder seinen Arm um ihre Taille gelegt und versuchte, ihren Fuß zu entlasten.

»Meinst du ... er ist tot?«, fragte Rebecca, nachdem sie eine Weile geschwiegen hatten.

»Ich wünsch es mir nicht.« Er leuchtete sie mit dem Lämpchen an, zog sie ein wenig fester an sich. »Und dir auch nicht.«

»Wir sollten nachsehen«, sagte sie.

Stiller schüttelte den Kopf. »Ich ruf Strobel an.« Er drückte Rebecca das Lämpchen in die Hand, wühlte das Handy aus der Tasche und klappte es auf. Ärgerlich betrachtete er das leuchtende Display. »Kein Netz.«

Im selben Augenblick erschien ein Licht in der Biegung des Gangs. Jemand rief: »Ist da wer?«

Strobels Stimme.

Schon wieder, dachte Stiller. »Wir sind hier«, rief er. »Immer geradeaus.«

***

Erneut fand sich Stiller im Gang vor Strobels Büro wieder. Diesmal saß Rebecca an seiner Seite. Sie schwiegen.

Ihnen gegenüber hatte Mike Staab Platz genommen, um zu verhindern, dass sie sich austauschten.

Strobel ließ Stiller und Rebecca im Flur sitzen, bis er den Ermittlungsrichter verständigt hatte. Dann rief er sie einzeln zu sich, Rebecca zuerst.

Staab versuchte ein Gespräch in Gang zu bringen, aber Stiller gelang es nicht, sich zu konzentrieren. Er hatte während der Suche nach Laip und Rebecca und auf der Flucht in den Gewölben keine Zeit zum Nachdenken gefunden. Allmählich wurde ihm die Dramatik des Abends bewusst. Er starrte die Aushänge an der Wand des Flurs an, als wolle er sie auswendig lernen, nahm sie aber kaum wahr.

Nach über einer Stunde brachte Strobel Rebecca zurück. Sie hatte gerötete Augen. Während sie sich setzte, forderte Strobel Stiller auf, ihm zu folgen.

Ausführlich schilderte ihm Stiller, was sich am Abend in den Katakomben im Güterberg zugetragen hatte. Möglichst genau gab er nicht nur die Ereignisse wieder, sondern auch jedes Wort, das Rebecca und Laip gesprochen hatten. Außerdem berichtete er von den Hinweisen darauf, dass Laip für den Mord an Emge verantwortlich war.

Strobel äußerte sich nicht dazu, fragte nur hin und wieder kurz und präzise nach. Er zeichnete Stillers Aussage mit einem digitalen Aufnahmegerät auf, ließ sie aber gleichzeitig von einer jungen Beamtin protokollieren.

Zwischendurch klopfte es. Bühler trat ins Büro. Seine Miene war ernst, Stiller registrierte aber, dass er ihm freundlich zunickte.

»Kommst du mal mit?«, fragte Bühler.

Strobel folgte ihm ins Nebenzimmer, das als Besprechungsraum der Soko diente. Um ein Auge auf Stiller zu haben, zog er die Tür nicht ganz zu.

Stiller spitzte die Ohren, hörte aber nur wenig. Immerhin genug, um zu verstehen, dass im Brunnen am Fuß der unterirdischen Wendeltreppe außer dem toten Laip noch eine zweite Leiche entdeckt worden war. Skelettiert.

Strobel ordnete an, sie zu bergen, bat Bühler jedoch, vorrangig und mit Nachdruck alle Spuren auszuwerten, aus denen der Ablauf der Geschehnisse vom Abend und Laips Todesursache rekonstruiert werden könnten.

Bühler verabschiedete sich, und Strobel kehrte an seinen Schreibtisch zurück. Er wirkte äußerlich ruhig, ließ aber mehr als einmal die Finger knacken.

Als Stiller seinen Bericht beendet hatte, druckte die Beamtin das Protokoll aus. Stiller las die Seiten durch und unterschrieb.

Strobel begleitete Stiller in den Flur zu Rebecca und Staab.

»Nach Ihrer beiden Aussagen spricht einiges dafür, dass Laip durch einen Unfall ums Leben gekommen ist«, wandte er sich an Rebecca. »Der Ermittlungsrichter muss nun klären, ob sich die Spurenlage mit Ihren Aussagen deckt.«

Sie nickte, wirkte verunsichert.

»Wir haben ihm die Protokolle gefaxt«, fuhr Strobel fort. »Für eine Entscheidung braucht er zudem noch Aufschluss über die Todesursache. Das wird einige Stunden dauern. So lange muss ich Sie bitten, zu bleiben.«

Rebecca nickte wieder.

»Ich warte mit ihr«, sagte Stiller.

»Einverstanden.« Strobel nickte. »Kollege Staab leistet Ihnen Gesellschaft. Wenn Sie möchten, können Sie Ihre Angehörigen benachrichtigen, wo Sie sich aufhalten. Es ist Ihnen aber nicht gestattet, über den Fall zu sprechen.« Er verabschiedete sich.

Staab nahm Rebecca und Stiller mit in sein Büro. Von seinem Telefon aus rief Rebecca Alexander an, Stiller meldete sich mit dem Handy bei Ruth. Anschließend führte Staab sie in eine kleine Küche am Ende des Flurs und setzte Kaffee auf.

»Ist mir lieber als die Brühe aus dem Automaten.« Er gähnte und gab zum Kaffee die obligatorische Runde Schokoriegel aus. »Etwas anderes gibt's hier nicht«, entschuldigte er sich. »Tagsüber haben wir den Bäcker, den Metzger und den Lebensmittelmarkt gegenüber.«

Stiller war Mike dankbar dafür, dass er die Situation so normal wie möglich gestaltete. Er war am Ende seiner Nerven. Rebecca ging es ebenso, das sah er ihr an. In den nächsten zwei Stunden übernahm Staab die Gesprächsführung. Neugierig fragte er Rebecca über ihr Leben in den USA aus. Anfangs antwortete sie angespannt. Doch nach und nach taute sie auf, erzählte immer bereitwilliger. Am Ende schaltete sich auch Stiller in die Unterhaltung ein.

Als Strobel in die Kaffeeküche trat, lachten sie gerade über eine von Stillers Zeitungsanekdoten. Strobel betrachtete sie etwas befremdet. Dann bat er sie in sein Büro.

»Es wird kein Strafverfahren geben«, teilte er ihnen mit. »Laips Tod war zweifelsfrei ein Unfall. Ein Genickbruch, den er beim Sturz in den Brunnen erlitten hat. Es ist kein Fremdeinwirken feststellbar. Es gibt keine Spuren, die Ihren Aussagen widersprechen. Die Waffe lag im Brunnen, sie ist ebenfalls geborgen.«

Stiller atmete auf. Rebecca betrachtete Strobel unbewegt.

»Es bleibt aber der illegale Waffenbesitz.« Strobel sah Rebecca an. »Wann haben Sie vor, Deutschland zu verlassen?«

»Am Sonntagabend.« Sie sah auf die Uhr. »Heute, mit der letzten Maschine.«

Stiller zuckte zusammen.

»Illegaler Waffenbesitz ist kein Haftgrund«, sagte Strobel. »Da es aber zwischen Deutschland und den USA kein entsprechendes Abkommen gibt, wird sich ein späterer Strafbefehl schwerlich vollstrecken lassen. Der Ermittlungsrichter fordert daher eine Sicherheitsleistung in Höhe der zu erwartenden Geldstrafe.«

»Wie viel ist das?«, fragte Rebecca knapp.

»Nachdem Sie den illegalen Besitz der Waffe offen eingeräumt haben und nur über ein geringes Einkommen verfügen – sechshundert Euro.«

Rebecca nickte.

»Ich nehme an, so viel Geld haben Sie nicht bei sich?«, erkundigte sich Strobel.

»Ich leg's aus«, sagte Stiller rasch. »Mike soll mich zur Sparkassenfiliale am Geschwister-Scholl-Platz fahren.«

Nach fünfzehn Minuten war Stiller zurück, zählte die Scheine auf Strobels Schreibtisch und ließ sich eine Quittung ausstellen.

»Gut«, sagte Strobel schließlich. Er bot an, Stiller und Rebecca ein Taxi zu rufen, das sie zu ihren Autos in den Löhergraben bringen sollte.

Sie lehnten ab. Ohne darüber gesprochen zu haben, zogen sie es beide vor, zu laufen.

»Du bekommst das Geld wieder«, sagte Rebecca. »Ich werd's dir überweisen.«

»Hat keine Eile.«

Stiller und Rebecca gingen müde auf dem Mainuferweg in die Stadt zurück. Beide humpelten leicht. Es war nach drei Uhr zu, sie hatten gut sechs Stunden auf der Polizeidienststelle verbracht. Um sie herum herrschte Dunkelheit, der halbvolle Mond war untergegangen, von der Morgendämmerung noch nichts zu sehen. Hin und wieder scheuchten sie Enten auf, die flügelschlagend ins Wasser flohen. Überall in den Weiden und Eschen am dunklen Flussufer schlugen Nachtigallen an.

»Ich hab schon ewig keine Nachtigall mehr singen gehört«, sagte Rebecca.

»Gibt es keine Nachtigallen in Port Angeles?«, fragte Stiller.

»Nicht dass ich wüsste. Es gibt nicht einmal solche lauen Frühlingsnächte. Es ist der Ort mit den meisten Niederschlägen im Jahr. Eigentlich regnet es dort immer. Auf dem Schild einer Autowaschanlage steht: ›Waschen Sie Ihr Auto, bevor es regnet!‹ Ich glaube, etwas anderes als Wasservögel gibt es in Port Angeles nicht.«

»Übrigens singen Nachtigallen nicht«, stellte Stiller klar. »Sie schlagen und klagen.«

»Du bist ja ein echter Romantiker geworden.« Rebecca lächelte.

»Nein, wirklich. Hör mal genau hin …«

Er erklärte ihr den Unterschied, war froh über das Gesprächsthema. Schließlich fielen sie dennoch in Schweigen.

Erst als sie die Mainbrücke erreichten, sagte Stiller: »Es tut mir leid, dass ich dir damals nicht helfen konnte. Ich war wohl tatsächlich nur mit mir selbst beschäftigt.«

»Lass, Paul. Es ist vorbei.«

»Willst du drüber reden?« Er betrachtete sie von der Seite.

»Ich kann heute nicht mehr. Ein andermal, bitte.«

»Ich denke, du willst heute noch fliegen?«

»In sechs Monaten komm ich wieder. Alex hat dann Heimaturlaub, wir verbringen einen Teil davon in der Gegend.« Sie blieb stehen und sah Stiller an. »Dann können wir uns länger treffen, wenn du magst. Und wenn Ruth mag. Ich versprech's.«

»Abgemacht.«

Sie schwiegen, während sie die Brücke überquerten. Die Lampen der Uferpromenade spiegelten sich im Wasser, dunkel ragte links die Silhouette des Schlosses in den Nachthimmel.

»Ich kann dich am Abend zum Flughafen bringen«, schlug Stiller vor.

»Das ist nett, aber nicht nötig. Ich hab ein Mietauto. Das muss ich am Flughafen abgeben.«

»Dann komm ich hin und sag dir Adieu.«

Sie schüttelte den Kopf. »Ich hasse große Abschiedsszenen. Das solltest du doch wissen.«

Sie hatten das Vereinsheim der Ascaphia erreicht. Rebecca wandte sich ihm zu.

»Lass uns lieber hier Adieu sagen.«

Stiller nickte. »Leb wohl.«

»Bis bald, Paul«, erwiderte sie. »In sechs Monaten.«

Sie zögerten, dann umarmten sie sich.

Stiller sah ihr nach, als sie mit dem Mietwagen über die Brücke davonfuhr. Seinen Kangoo hatte er ein Stück weiter oben an den Straßenrand gestellt. Im absoluten Halteverbot. Er zerknüllte den Strafzettel und warf ihn in den Rinnstein.

Er hatte Schlimmeres erlebt in dieser Nacht.

10

»Stiller!« Rex Bausback fasste sich an den Kopf, raufte sein struppiges Haar, klopfte dann auf die Zeitung, die er vor sich liegen hatte. »Ich weiß nicht, was ich mit Ihnen machen soll!«

Stiller wusste, was in dieser Montagskonferenz auf ihn zukam. Er hatte es bereits gewusst, als der Beitrag am Vorabend in Druck gegangen war. Gleich nach dem Aufwachen war ihm vollends klar gewesen: Er hatte einen gebrauchten Tag erwischt. Wer auch immer ihn vor ihm benutzt hatte, er hatte die guten Stunden schon abgelebt und nur die miserablen zurückgelassen.

Beim Frühstück hatte Charlotte wegen des Tattoos weitergebohrt. Jan hatte noch eines obendrauf gesetzt: Wenn seine Schwester ein Tattoo haben dürfe, wolle er seinen eigenen Computer. Alle Jungs in seiner Klasse hätten bereits einen …

Ruth machte ihm Vorwürfe, weil er sich erneut in Gefahr gebracht hatte. Sie überlege sich ernsthaft, ob sie ihm nicht doch die Koffer vor die Tür stellen sollte. Zum Abschied nahm sie ihn aber versöhnlich in den Arm – der einzige Lichtblick.

Vor der Haustür lauerte Cathérine. Er 'abe sie an ihrem Geburtstag treulos im Stisch gelassen. Er sei eine 'erzlose 'und. Nie wiedäär werde sie seinen Verschpreschungen glauben. So be'andele man keine Frau, die in ein Alter komme, in dem sie den Tod vor Augen 'abe.

Auf dem Weg zur Konferenz hatte er sogar Streit mit Kleinschnitz bekommen. Der Freund war verärgert, weil Stiller ihn bei seiner Suche nach Laip und Rebecca nicht mitgenommen hatte. Außerdem hatte Kleinschnitz erfahren, was die Reparatur des Buicks kosten sollte: neuntausend Euro. Er schlug vor, sich die Kosten zu teilen.

Stiller hatte abgelehnt. »Ich bin Familienvater. Weißt du, was das heißt? Du kannst einem nackten Mann nicht in die Tasche greifen. Es ist dein Wagen, dein Hobby. Du bezahlst.«

Und jetzt – Bausback: »Mit diesem Artikel haben Sie unserem Verlag das Grab geschaufelt. Das ist mindestens rufmordrelevant.« Wie üblich folgte das scharfe: »Herr Stiller!«

Stiller sah in die Runde. Rebellieren oder resignieren? Er würde es in dieser Reihenfolge versuchen.

»Der Artikel stammt nicht von mir.«

»Aber Sie haben die Informationen geliefert«, brauste Bausback auf. »Lauter Verdächtigungen und unbewiesene Tatsachenbehauptungen.«

»Die auch als Vermutungen gekennzeichnet sind …«

Bausback schnitt ihm das Wort ab. »Meinen Sie, der normale Leser merkt den Unterschied? Ich zitiere: ›Dem Vernehmen nach hat Laip seine Stellung als Arbeitgeber der Bekleidungsindustrie dazu missbraucht, sich Frauen und Töchter seiner Angestellten gefügig zu machen.‹ Nach wessen Vernehmen, bitte?«

»Es gibt zumindest eine Aussage.«

»Ah ja, Ihre Freundin, Frau Lang. Fest steht: Deren Aussage ist höchst fragwürdig. Durch keinerlei Beweise belegt. Und was den Sohn angeht, der möglicherweise von Laip stammt: Wieso hat sie damals das Kind behalten, wenn es einer erzwungenen Liaison entsprang?«

Stiller holte tief Luft.

Bausback gab ihm keine Gelegenheit zur Erwiderung. »Selbst wenn: Das wäre heute verjährt. Sie wissen es selbst.«

Das stimmte. Laip dürfte sein Treiben eingestellt haben, als er vor achtzehn Jahren in die Landespolitik gewechselt war. Er hatte damals die Kleiderfabrik aufgegeben – und mit ihr sein Druckmittel. Selbst wenn sich weitere Opfer aus der Zeit davor melden sollten, dann war es zu spät. Bis auf Angelika Schäfer.

»Mord verjährt nie«, sagte Stiller.

»Allerdings!« Bausback ergriff die Zeitung, die er vor sich liegen hatte. »Mord, da haben Sie recht. Aber was lese ich hier? ›Die Staatsanwaltschaft lässt prüfen, ob Laip für den Tod einer Achtzehnjährigen verantwortlich ist.‹ Verantwortlich sein, das ist etwas anderes als Mord. Das ist unterscheidungsrelevant! Angelika Schäfer kam bei einem Unfall zu Tode. Ursache war die Finsternis in den Gewölben. Wie mir Strobel versichert, ist sie in den Brunnen am Fuße einer unterirdischen Wendeltreppe gestürzt, in denselben, in dem auch Laip sein Ende fand. Die Kripo hat ihre skelettierte Leiche geborgen und identifiziert. Mag sein, dass sie vor einem Verfolger geflohen ist. Aber dann könnte man genauso gut Sie für Laips Tod verantwortlich machen.«

Stiller sah Bausback direkt an. »Niemand hat Laip verfolgt. Er war hinter mir her. Hinter Rebecca und mir. Mit einer Waffe.«

»Mit einer Pistole, mit der Ihre Freundin zuvor ihn bedroht hatte. Die sie sich illegal beschafft hat. Dafür wird *sie* sich nun verantworten müssen.«

»Das hofft sie sogar.«

Bausback war verdutzt.

»Außerdem ist da noch der Mord an Emge. Alles spricht dafür, dass Laip ...«

»Schluss jetzt!« Bausback fing sich wieder. »Fakt ist: Es gibt keinerlei Beweise oder Zeugen, dass Laip in irgendein Verbrechen verwickelt war. Sei es der Mord an Emge, sei es sexuelle Nötigung, seien es das Verschwinden oder der Tod von Angelika Schäfer. Sie kennen den Grundsatz – Herr Stiller: *In dubio pro reo*. Solange nicht das Gegenteil bewiesen ist, gilt Laip als unschuldig. Dieser Artikel ...«, er fuchtelte mit der Zeitung, »... legt etwas anderes nahe.«

Stiller betrachtete seine Hände, die vor ihm auf dem Tisch lagen. Sie zitterten leicht. Arme Rebecca. Sie hatte es vorhergesehen. Es würde für sie keine Gerechtigkeit geben.

Bausback legte die Zeitung ab und beugte sich vor. »Fakt ist weiter: Ich hatte Sie von der Berichterstattung abgezogen. Sie haben sich nicht daran gehalten. Mehr noch: Ihr eigenmächtiges Eingreifen hat zum Tod eines verdienstvollen Bürgers und allseits beliebten Politikers unserer Stadt geführt.«

»Das ist jetzt nicht Ihr Ernst!« Wieder sah ihm Stiller ins Gesicht.

»Sie werden gleich sehen, wie ernst mir das ist.« Bausback wich seinem Blick aus, sah in die schweigende Runde und lehnte sich zurück. »Ich wünsche, dass Sie einen Nachruf auf den verstorbenen Kleiderfabrikanten und Landtagsabgeordneten Dr. Fredemann Laip verfassen. Einen Nachruf, in dem Sie seinen jahrzehntelangen Einsatz für die Wirtschaft und das Gemeinwesen der Stadt gebührend würdigen.«

»Ich denke, ich bin von der Berichterstattung abgezogen?«

»Ich beauftrage Sie persönlich damit!« Bausback sah zur Tür. Es hatte geklopft. »Ja bitte?«

Mike Staab, in voller Uniform, streckte seinen Kopf in den Konferenzraum. »Frau Wagner hat mir gesagt, dass ich Sie hier finde. Die Kripo braucht Herrn Stiller zu einer Gegenüberstellung.«

Stiller sprang auf. »Bin unterwegs.«

»Kann das nicht warten?« Bausback rang um Fassung.

»Leider nein.« Staab schüttelte den Kopf.

»Der Nachruf ...«

»Den soll die Kollegin übernehmen, die fürs Gesellschaftliche zuständig ist«, schlug Stiller vor.

»Und was ist mit mir?«, erkundigte sich Kleinschnitz empört. »Wenn es um die Typen vom Schiff geht: Ich war im Hafen dabei!«

»Kann sein, dass Sie auch gebraucht werden«, stimmte Staab zu.

»Augenblick«, rief Kerstin Polke. »Strobel wollte das komplette Video von der Vorpremiere. Ich geb euch die DVD mit.« Sie stieß ihren Stuhl zurück und stürmte hinter den Kollegen her.

»Ja, aber ...« Die Tür fiel ins Schloss und verschluckte Bausbacks wütenden Einwand.

Während sie den Gang hinabliefen, wandte sich Staab verärgert an Stiller. »Kannst du mir mal erklären, was das mit der SMS heute früh sollte?«

Von der anderen Seite redete Kleinschnitz auf Stiller ein. »Ich schlage dir einen Kompromiss vor: Du übernimmst ein Drittel der Reparaturkosten.«

»Ich schlage *dir* einen Kompromiss vor: Du bezahlst die Reparatur und ich – nicht.«

»Wieso sollte ich dich um genau zwanzig nach neun aus dieser Konferenz herausholen?« Staab tippte ihm auf die Schulter.

»Einigen wir uns auf ein Viertel?«

»Also gut«, gab Stiller nach.

»Ich hab heute einen freien Tag!«, klagte Staab.

»Prima«, sagte Stiller. »Dann lass uns im Café Fischer eine Partie Schach spielen.«

»Ich hab dich doch nicht aus der Konferenz geholt, damit du blaumachen kannst!« Staab blieb abrupt stehen.

»Er ist Printredakteur«, warf Kerstin Polke grimmig ein. »Die haben es nicht nötig, blauzumachen. Die entspannen bei der Arbeit.«

»Das grenzt ja an Amtsanmaßung.« Staab sah Stiller finster an. »Anders als du habe ich einen Ruf zu verlieren. Ich bin dabei, zur Kripo zu wechseln!«

»Rechtfertigender Notstand«, sagte Stiller.

»Was soll das denn heißen?«

»Lieber Mike«, Stiller legte ihm eine Hand auf den Rücken und schob ihn vorwärts, »die Kripo weiß gar nicht, was sie an dir hat. Du hast da drin gerade einen Mord verhindert.«

Dank

Es hat mir viel Spaß gemacht, diesen zweiten Roman zu schreiben. Aber es war nicht leicht neben meinem Beruf, der mich tagsüber immer und abends häufig fordert.

Ich hätte das nie geschafft ohne Gudruns Geduld, Liebe und Mitarbeit. Es ist ein Glück für mich, dass es sie gibt.

Danken möchte ich all den guten Freunden, die sich in der stressigen Zeit nicht von mir zurückgezogen, sondern zu mir gehalten und mich motiviert haben. Ich hoffe, das Ergebnis rechtfertigt ihre Treue und unverwüstliche Freundschaft. Sie ist nicht selbstverständlich, wie ich durch einzelne andere Beispiele weiß.

Stellvertretend möchte ich einige erwähnen, die mir in psychologischen, kriminalistischen und sonstigen fachlichen Fragen sowie mit konstruktiver Kritik besonders geholfen haben: Michael Baumann, Dr. Reinhard Böhlau, Dirk Ceelen, Uwe Heinemann, Nina Mähliß, Wolfi Marx, Michael Ries, Harald Schreiber und Jochen Westarp.

Wichtig ist mir ein Dankeswort an die Schlaraffia, auf die ich im Roman einige Anspielungen untergebracht habe. Das ist ein großartiger Verein, dem ich mit Freude angehöre. Mögen die Schlaraffen auch die Kunst der Überzeichnung mit Freundschaft und Humor betrachten!

Aschaffenburg, im September.

Peter Freudenberger
STILLER UND DIE TOTE IM BUS
Broschur, 224 Seiten
ISBN 978-3-89705-558-2

»Ein spannendes und witziges Buch, das auch über den bayerischen Untermain hinaus zahlreiche Leser finden wird.«
FAZ, Rhein-Main

»Spannend ist der Krimi, aber vor allem humorvoll und äußerst witzig.« Bayern 1

www.emons-verlag.de